HET RAADSEL VAN DE TEMPELIERS

DE DAGBOEKEN VAN ROGER SHALLOT

Reeds verschenen in deze reeks:

1. De moorden van de witte roos
2. De gifbeker
3. Het raadsel van de tempeliers

Meer informatie over de uitgaven van
Uitgeverij De Leeskamer kunt u vinden op onze internetsite:
www.leeskamer.nl
of schrijf naar Uitgeverij De Leeskamer,
Boldijk 4, 7021 JA Zelhem (Nederland)

PAUL DOHERTY

DE DAGBOEKEN VAN ROGER SHALLOT 3

HET RAADSEL VAN DE TEMPELIERS

MISDAAD EN SPIONAGE IN DE LATE MIDDELEEUWEN

De Leeskamer

Het raadsel van de tempeliers is een uitgave van
Uitgeverij De Leeskamer, Boldijk 4, 7021 JA Zelhem, Nederland

Oorspronkelijke titel: The grail murders
Vertaling: Kees van Weele
Omslagontwerp: Leo Wildschut
Eerste druk april 2008
ISBN 97890 8606 0122
NUR 332

OVERZICHT VAN DE BELANGRIJKSTE IN DIT VERHAAL VOORKOMENDE PERSONAGES

HOOFDPERSONEN EN BIJFIGUREN

Roger Shallot, de verteller van dit verhaal.
Benjamin Daunbey, zijn meester.
Kardinaal Thomas Wolsey, oom van Benjamin. Zoon van een slager uit Ipswich, wist aartsbisschop, kardinaal en een van de belangrijkste ministers van koning Henry de Achtste te worden.
Doctor Agrippa, adviseur van de kardinaal.
Johanna Beresford, meisje dat onder bescherming van Benjamin Daunbey staat.
John Santerre, bewoner van het landgoed Templecombe in Somerset.
Beatrice, zijn vrouw.
Rachel, zijn dochter.
Nicholas Hopkins, benedictijner monnik en kapelaan van Templecombe.
Edmund Mandeville en Geoffrey Southgate, beroepsspionnen van kardinaal Wolsey.
Cosmas en Damien, hun klerken.
Mathilda, dienstmeisje op het landgoed Templecombe.
Broeder Eadred van de abdij van Glastonbury.
Henry Bowyer, sheriff van de streek rond Templecombe.

HISTORISCHE PERSONAGES DIE IN DE TEKST GENOEMD WORDEN

Richard de Derde, de laatste koning van het Huis York, bijgenaamd de Overweldiger. Werd in augustus 1485 door Henry Tudor bij Market Bosworth verslagen. Het Huis York had als embleem een witte roos.
Henry Tudor, oorspronkelijk afkomstig uit Wales, versloeg Richard de Derde en stichtte vervolgens de Tudor-dynastie. Hij was de vader van Henry de Achtste en Margaret van Schotland.

Arthur, het eerste kind van Henry Tudor. Hij stierf jong, waarna de kroon naar zijn broer Henry ging.
Henry de Achtste, bijgenaamd *Bluff King Hal*, was zes keer getrouwd en had daarnaast nog een hele reeks minnaressen. Hij is de *Grote Moordenaar*, de *Mol*, zoals voorspeld door Merlijn.
Kardinaal Thomas Wolsey, zie boven.
Catharina van Aragon, Spaanse prinses, eerste echtgenote van Henry de Achtste en moeder van Mary Tudor.
Anna Boleyn, dochter van Sir Thomas Boleyn. Tweede vrouw van Henry de Achtste en moeder van Elizabeth Tudor.
Bessie Blount, een van de opvallendste minnaressen van Henry de Achtste.
Mary Tudor, dochter van Catharina van Aragon en Henry de Achtste. Had de bijnaam 'Bloody Mary' vanwege haar felle vervolging van protestanten.
Elizabeth de Eerste, dochter van Henry de Achtste en Anna Boleyn, werd later koningin. Werd 'de Maagdelijke Koningin' genoemd al beweert Shallot een zoon bij haar te hebben verwekt.
Catherine Howard, viifde vrouw van Henry de Achtste. Terechtgesteld wegens haar buitenechtelijke relaties.
François de Eerste, koning van Frankrijk. Briljant, opvallend en dol op seks.
Will Shakespeare, beroemdste Engelse toneelschrijver.
Christopher Marlowe, Engels toneelschrijver en spion, omgekomen tijdens een kroeggevecht.
Richard Tunstall, bisschop van Londen.
Suleiman de Schitterende, Turkse keizer.
Mary, koningin der Schotten, kleindochter van Margaret Tudor en moeder van James de Eerste van het verenigde Engeland en Schotland.
Henry Darnley, echtgenoot van Mary.
James Bothwell, minnaar van Mary.
Thomas More, humanist, geleerde en een van de ministers van Henry de Achtste. Later terechtgesteld omdat hij bezwaar had tegen Henry's scheiding van Catharina van Aragon.
Edward de Zesde, zoon van Henry de Achtste en Jane Seymour. Was ziekelijk en stierf op jonge leeftijd.

Catharina de Medici, Italiaanse prinses. Trouwde met Henry de Tweede, de zoon van François de Eerste. Ze heerste over Frankrijk na de dood van haar man en was een sluwe intrigante. Haar bijnaam was Madame Serpent.

Francis Walsingham, hoofdspion van Elizabeth de Eerste.

William en Robert Cecil, ministers van Elizabeth de Eerste.

Edward Stafford, hertog van Buckingham, kortweg ook wel Buckingham genoemd, machtig edelman, werd door Henry de Achtste geëxecuteerd.

Thomas Cromwell, de opvolger van Wolsey tot ook hij in ongenade viel en geëxecuteerd werd.

Michael Nostradamus, helderziende en magister, werd vaak door Catharina de Medici in de arm genomen.

Voor Niall Harrington – als herinnering aan de vele gesprekken over detectiveverhalen die we gevoerd hebben.

PROLOOG

Onze moordzucht heeft ons allen tot kinderen van Kaïn gemaakt: Kaïn, die, toen de aarde nog maar pas geschapen was, zijn broeder doodde met een ezelskaak en zich in de wildernis verborg tot God hem eruit verjoeg, bij het hoofd greep en er het moordenaarsteken op aanbracht. Het kan niet anders, of wij zijn zijn kinderen, nietwaar? Als Kaïn, de zoon van Adam, ons aller stamvader is, dan moeten ook wij allen zijn teken dragen.

Ik zie mijn kapelaan snuiven alsof hij een vieze lucht geroken heeft: hij tuit zijn zuinige lippen en trekt rimpels in die kersrode neus van hem. Zijn probleem is dat die neus te dicht bij zijn broekklep zit! Mannen met korte beentjes zijn niet te vertrouwen – hun hersens zitten te dicht bij hun kont en daardoor is hun begrip beperkt.

Maar goed, we zijn dus allemaal kinderen van Kaïn. Eerlijk gezegd heb ik dat niet zelf bedacht. Michaël Nostradamus, de toekomstvoorspeller van Catharina de Medici, heeft het me ooit gezegd, toen ik me schuilhield in Parijs voor een bende moordenaars die op mijn hoofd uit waren, maar, zoals mijn stopwoordje luidt, dat is een ander verhaal.

Een vreemde kerel, die Nostradamus! In zijn geheime kamer in het kasteel van Blois had hij een schitterende spiegel hangen. Als je daarin keek, kon je de toekomst zien. Catharina de Medici, de wellustige, moordzuchtige Catharina – Madame

Serpent, zoals ik haar noem – zat er vaak dagenlang in te staren.

Nostradamus had ook dromen waarin hem de toekomst werd voorspeld, beweerde hij: 's nachts werd hij bezocht door demonen, met donkere, bloeddoorlopen ogen en in hun vuist enorme boekrollen, waarin de zonden van de mensheid van de eerste tot de laatste dag waren opgetekend. Nostradamus zei dat ze die boekrollen steeds maar bleven uitrollen en dat er geen eind aan kwam. Dat er geen eind kwam aan de afschuwelijke, bloedige euveldaden van de mens.

Dat ben ik met hem eens, want de Moordzucht heeft me mijn hele leven achtervolgd en komt me nog steeds kwellen in mijn dromen. O nee, zelf heb ik nog nooit een moord gepleegd, maar ik heb wel mijn hele leven doorgebracht met het opsporen van moordenaars. En nu heb ook ik dromen als Nostradamus: over bizarre, genadeloze duivels, met van woede verwrongen tronies en opgetrokken lippen. Ze komen uit het diepste duister, want het zijn de verdoolde zielen van moordenaars.

Gisternacht nog werd ik gewekt door deze geesten, vlak nadat de sneeuw die was gevallen de velden onder een dikke witte deken had bedolven. Ik schoot overeind in mijn hemelbed, trok de gordijnen opzij en staarde door het grote erkervenster dat uitzicht biedt over het grasveld voor mijn huis. De maan scheen spookachtig wit, de sterren stonden glinsterend als zilverkleurige wieken aan de hemel. Aan weerszijden van mij lagen Phoebe en haar zuster Margot warm en zacht te snurken. (Een prachtmanier om midden in de winter warm te blijven!) Ik staarde uit over het grasveld en dacht aan mijn verleden. Toen zag ik die donkere schaduw als een enorme vleermuis bewegen en wist ik dat hij door de Heer der Duisternis vooruitgeworpen werd.

(Mijn kapelaan lacht. Laat hij op zijn tellen passen, die lamstraal! 'Het zullen de dampen van de wijn geweest zijn,' gniffelt hij. Als hij niet oppast, trek ik hem de kussens van onder zijn kont. O ja, reken maar dat ik dat zal doen, en dat mijn homunculus, mijn dwergje van een kapelaan, dan met zijn billen op het harde hout zal moeten zitten.)

Ik had die schaduwgestalten wel degelijk zien komen, de

nachtmerriemannen, de spoken uit mijn verleden.

De volgende ochtend arriveerde er een vreemdeling, die door de diepe sneeuw was gereisd met brieven en volmachten die hem toegang verschaften tot Roger Shallot, Lid van de Geheime Raad, Ridder in de Orde van Bath, Ridder in de Orde van de Kousenband, Vrederechter, Voorzitter van de Jury, Maarschalk in de Orde van Sint Michaël. (Die laatste titel is me verleend door een heerschap dat zich tsaar van alle Russen noemde, de moordzuchtigste schoft in mensenheugenis.)

Ik maakte met de vreemdeling kennis in mijn geheime kamer, achter het wandtapijt in de grote zaal. De kapitein van mijn lijfwacht stond met getrokken zwaard achter me, want ofschoon ik al ver over de negentig ben, heeft ouwe Shallot nog altijd vijanden. De geheim agenten van menig staatshoofd kunnen nog steeds een beloning opstrijken als ze mijn hals afsnijden en mijn levensbloed weg laten stromen. Iemand die in mijn buurt komt, moet dus op zijn tellen passen.

Dat deed deze man dan ook: hij hield halt bij de grote poort die toegang tot mijn landgoed geeft. Als hij mijn terrein zonder toestemming had betreden, zouden mijn grote Ierse wolfshonden hem aan stukken hebben gescheurd, en zo niet, dan hadden de grote, sterke kerels die dienen in mijn troep huurlingen hem opgeknoopt aan de eerste de beste boom.

Maar goed, ik maakte dus kennis met hem in mijn geheime kamer, waar het enige lichtschijnsel afkomstig was van de komfoors met gloeiende houtskool en de kaarsen van zuivere bijenwas, waarvan de vlammen lang en sterk in het duister op en neer dansten. Voor mij was dat licht sterk genoeg om hem te kunnen zien, maar het was niet fel genoeg om de tegen de muren opgestapelde schatkisten, kasten, verzegelde pakketten en met hangsloten afgesloten kisten te onthullen, volgestouwd met de papieren van ouwe Shallot, de erfenis van een moorddadig verleden.

De kerel zag er onopvallend uit, oud en kalend, met een huid die de kleur van donker geworden leer had aangenomen, maar zijn heldere, montere oogopslag beviel me. Die blik deed me denken aan mijn vroegere meester, Benjamin Daunbey, een neef van die dikzak, kardinaal Wolsey, in wiens dienst we beiden jarenlang gezwoegd hebben.

Mijn bezoeker bleef een tijdje zitten en staarde me aan.
'U kent me dus niet meer?' vroeg hij.
Hij sprak perfect Engels, maar met een licht accent.
'Kom nou!' antwoordde ik. 'Hoe zou ik me iedereen die ik ooit gekend heb nog kunnen herinneren?'
Ik bekeek de volmachten die hij had meegebracht en die nu op de schrijftafel voor me liggen, met het zegel van Elizabeth van Engeland, die verrukkelijke meid. Elizabeth met de groene ogen, de dochter van Boleyn. (Ik zeg niet de dochter van Henry de Achtste. Die vette schoft. De Grote Moordenaar was onvruchtbaar. Ik weet wel wie de echte vader van Elizabeth was, maar dat vertel ik jullie niet. Nou ja, voorlopig niet. Een andere keer misschien nog eens.)
'Waarom heeft de koningin,' vroeg ik, 'u deze volmachten verleend?'
De man haalde zijn schouders op en boog zich dichter naar me toe. De kapitein van mijn lijfwacht tikte met zijn zwaard zacht de schouder van de kerel aan, om hem te waarschuwen dat hij niet nog dichter bij me moest komen.
'Wie bent u?' vroeg ik.
De man haakte zijn mantel open en liet het bloedrode gewaad en het witte, zespuntige kruis zien van de Ridders van de Heilige Johannes, die ook wel de hospitaalridders worden genoemd. Ik slaakte een zucht en glimlachte.
'Zoals ik al zei,' vervolgde mijn gast, 'kent u mij niet meer, Sir Roger. Ik ben John de Coligny, hospitaalridder en baljuw in die orde, maar ik ben geboren op het landgoed Templecombe in Somerset.'
Grote God! Daar zat ik en ik gaapte hem aan, terwijl ik overspoeld werd door herinneringen: aan zwaarbewolkte luchten en de besneeuwde bomen en weiden van Somerset. Aan loeiende vlammen rond een bed. Aan een op hol geslagen paard dat zijn berijder voortsleepte en met zijn hoeven dood trapte. En aan het ijskoude water van dat meer toen Benjamin en ik tegen een buitengewoon wrede moordenaar vochten. De tranen rolden over mijn wangen en ik deed niets om ze tegen te houden.
'Sir Roger.' De Coligny zweeg een ogenblik. 'Ik wilde u niet ontrieven. Hare Majesteit de Koningin heeft me gezegd dat u

wel zou begrijpen dat dit geheim gehouden dient te worden. Ik ben katholiek en volgens de wet verdien ik de doodstraf indien ik ook maar één voet op Engelse bodem zet. Maar ik ben teruggekeerd om een schuld af te lossen, om een gelofte gestand te doen.'

Hij knoopte zijn wambuis open en haalde er een klein, gevlekt leren etui uit dat hij aan een koord om zijn nek had gedragen.

Ach, wat een bitterzoete herinneringen! Ik wist wat er komen ging, maar met mijn ogen vol tranen kon ik alleen staren naar de kleine ring met de amethist die de kerel over mijn schrijftafel op me toeschoof.

'Ik was nog maar een kind,' vervolgde Coligny, 'een zuigeling, toen u dit aan mijn moeder heeft geschonken. Ze had het altijd over uw vriendelijkheid en moed.'

Weten jullie, ik wist niet of ik moest lachen of huilen. Hier bracht iemand hulde aan mijn moed! Aan mij, Roger Shallot, die in zijn tijd de snelste vluchter van de christelijke wereld was – dat heb ik keer op keer bewezen, nemen jullie dat maar van me aan. Wanneer er zwaarden getrokken werden en bloed werd vergoten, stond ouwe Shallot, om mijn vriend Will Shakespeare te citeren 'als een hazewind in het blok', klaar om erop los te gaan – maar altijd de tegenovergestelde richting uit. Ik pakte de ring op en bekeek het glinsterende juweel.

'Het is al zo lang geleden,' mompelde ik. 'Zoveel afschuwelijke sterfgevallen. Zoveel gruwelijke moorden.'

Ik verzonk in gepeins en de Coligny liet me alleen.

Later die dag bereidde ik hem een feestelijk onthaal en vervolgens beloonde ik hem rijkelijk, voorzag ik hem van een vrijgeleide naar Dover en keek hem na toen hij vertrok. Zijn komst was een voorteken. Een naargeestige herinnering aan het verleden. Hij had dan wel mijn moed geprezen, maar ouwe Shallot kent de waarheid: het verleden is één pak leugens. Mijn dromen zouden me kwellen. De nachtmerriemannen zouden komen.

Eerst negeerde ik ze, maar toen ik gisternacht wakker werd, met mijn ene hand op de borsten van Phoebe en de andere op die van Margot, staarde ik door het erkerraam naar de schaduwen die over het dikke pak gevallen sneeuw kropen en wist ik dat ik verder zou moeten schrijven aan mijn memoires. Als ik dat niet deed, zouden de dromen erger worden. Het was tijd om het werk weer op te nemen.

Ik had drie bekers koppige rode wijn gedronken en had me tussen Phoebe en Margot genesteld. (Prachtmeiden zijn het, maar ze zijn stinkend jaloers op elkaar.) We speelden nog een spelletje en toen viel ik in slaap. Ik weet niet of het in een droom of een visioen was, maar op een gegeven moment merkte ik dat ik met mijn gezicht tegen het erkerraam gedrukt stond en het duister in staarde.

Er verscheen een dierenschedel, die door de lucht op me toe zweefde en vlak achter het glas bleef hangen. Toen zag ik een in tempeliersgewaden gehulde ridder, met een zwart gezicht onder een scharlakenrode helm, en op de kam van die helm een nest slangen die woest door elkaar kronkelden in de rottende maag van een kip. In zijn handen hield de ridder een afgehakt, grijs hoofd met verbonden ogen, dat overdekt was met een wriemelende laag insecten.

Andere droombeelden volgden. Ze liepen in elkaar over en waren zo fel, zo dringend dat ik gillend wakker schoot. Ik kon de slaap niet meer vatten tot Phoebe en Margot me een beker Spaanse wijn hadden gebracht en de dans hadden opgevoerd die ze hadden geleerd voor de toneeluitvoering van de laatst gevierde meidag.

En dus zijn we er weer. Omdat het winter is, zit ik niet in het hart van mijn doolhof, maar gewikkeld in een paar dekens op mijn troon met de hoge rugleuning in mijn geheime kamer. Aan mijn ene kant staan een kan rode wijn en een diepe drinkbeker, aan de andere mijn rotting van zwart essenhout, voor het geval dat mijn kapelaan te spotzuchtig wordt. Dat onderkruipsel denkt namelijk dat ik al deze verhalen uit mijn duim zuig, moeten jullie weten. Hij denkt dat ik te veel wijn drink en dat ik lieg dat ik zwart zie. Maar als ik dat doe, dan verschil ik niet veel van lieden van zijn eigen slag, zoals hij donders goed weet. O ja, ik ken hem wel, mijn ondeugende kapelaantje. Ik zie hem wel eens blikken werpen op de ronde dijen van de jonge Phoebe of op de ampele boezem van Margot. De mensen zeggen dat hij graag jonge deernes meetroont naar de hooizolder van een van mijn schuren. Hij zal wel denken dat ik even dom ben als hij er zelf uitziet! Een hooizolder op een warme zomeravond is nu eenmaal niet de beste plaats om een rondborstige deerne les te geven. Of, bij nader inzien ligt het er misschien aan waar die les over gaat!

Als je het mij vraagt, is mijn kapelaan jaloers op mij. Hij gaat er prat op dat hij een kundig redenaar is en dat hij ferme preken kan afsteken. Twee jaar geleden was hij aan het hof uitgenodigd om ten overstaan van Hare Majesteit de Koningin over bepaalde theologische kwesties te discussiëren. Waar het precies over ging, wil me niet meer te binnen schieten – het had iets van doen met het bestaan van engelen, dacht ik.

Het debat werd ingeleid door een eerbiedwaardige bisschop die het lang niet slecht deed, want hij hield me wel vijf minuten wakker. Het schijnt dat de ouwe knaap daarna nog een uur verder gekletst heeft. Ik werd wakker juist op het moment dat hij van de preekstoel afdaalde en mijn kapelaan aan de beurt was.

Ik zat naast Elizabeth. Ik knikte naar haar en ik souffleerde op luide, voor iedereen verstaanbare toon: 'Nu is het woord aan de raadsman van de andere partij.' Een subtiele grap, die alleen de koningin en ik begrepen, en ze begon dan ook onbedaarlijk te lachen. Mijn kapelaan hield zijn redevoering, terwijl zijn broeders, de overige geestelijken, mij alleen maar aangaapten. Toen alles voorbij was, kwam er een oudere bisschop met een loopneus op me af.

'De spot met iemand drijven is geen kunst, Sir Roger,' schreeuwde hij. 'Maar zou u zelf een preek kunnen houden?'

Nou, jullie kennen ouwe Shallot. Wie A zegt, moet ook B zeggen!

'Natuurlijk kan ik dat!' riep ik uit.

Hare Majesteit ving mijn blik op, knikte en de leden van de hofhouding gingen weer zitten. Iemand hielp me de hoge preekstoel op. (Ik had iets te veel rode wijn gedronken.) Ik leunde tegen de houten balustrade van het ding en keek met benevelde blikken om me heen.

'Mijn tekst,' begon ik, 'luidt: Wat u niet wilt dat u geschiedt, doe dat ook een ander niet. Misschien staat het hun nu eenmaal niet aan wat u zichzelf aandoet.'

Nou, dat werd op een schaterend gelach onthaald. De bisschop met de rode neus, die evenveel rode wijn achterover had geslagen als ik, sprong op.

'Een echte preek!' brulde hij. 'Drijft u niet de spot met ons, Sir Roger!'

Elizabeth bewoog haar hoofd met de rode pruik knikkend op en neer en beval me verder te gaan.

'Een preek met een moraal!' riep een bisschop uit.

'Ja,' brulde een collega van hem. 'Doe wat u verkondigt, Shallot! Sticht ons.'

Ik leunde dronken tegen de rand van de preekstoel en keek die twee schijnheilige figuren aan. Het leken net twee billen van dezelfde kont.

'Goed dan,' brulde ik terug. Vliegensvlug overdacht ik de mogelijkheden.

De koningin, die prachtmeid, beet op haar onderlip. Haar gezicht was paarsrood aangelopen en zelfs haar pruik was iets scheefgezakt omdat ze zich uit alle macht trachtte te beheersen. Ze klapte in haar handen en staarde me gestreng aan.

'Vooruit, Sir Roger. Houd uw preek kort en geef uw geachte toehoorders ten minste drie thema's ter overdenking!' Vlug gaf ze me een knipoog.

'Er was eens,' begon ik, 'een mus die naar het zuiden vloog toen het allang winter was.'

Ik zweeg en liet mijn blik gaan over de goegemeente die bijeengekomen was in de met wandtapijten behangen kapel van Hampton Court. De geestelijken keken me boos aan. Elizabeth had haar hoofd gebogen en ze verborg haar hoofd achter haar hand. Volgens mij wist ze al wat er komen ging. De kleine Cecil, haar secretaris, keek strak naar het plafond.

'Binnen de kortste keren,' vervolgde ik mijn preek, 'vormde zich ijs op de vleugels van de mus en viel hij in een schuur. Een koe kwam voorbij en liet een vlaai op de mus vallen. De mus dacht dat hij het niet zou overleven, maar de mest hield hem warm en deed zijn vleugels ontdooien. Behaaglijk en gelukkig begon de mus weer adem te halen en toen te zingen. Een kat die juist op dat moment voorbijliep, hoorde zijn getsjilp, krabde de mest weg, vond de mus eronder en peuzelde hem terstond op.

'Majesteit, broeders en zusters in Christus, ziedaar mijn

preek!'

'Wat is de moraal van dit verhaal?' schreeuwde de bisschop. Hij sprong op. 'Hare Majesteit heeft gezegd dat u ons drie thema's ter overdenking moest geven.'

'Begrijpt u het dan niet?' blafte ik terug. 'Ten eerste, waarde heer, hoeft niet iedereen die op je schijt je vijand te zijn. Ten tweede hoeft iemand die je uit de stront haalt niet je vriend te zijn. En ten derde moet je je zelfs in een hoop stront gedeisd houden, ook al zit je daar nog zo warm en knus!'

Nou, daar had ik de poppen aan het dansen! De koningin haastte zich de kapel uit en ik werd onder huisarrest geplaatst in mijn huis in Londen tot ik de bisschop een lijvig excuus zou schrijven. Dat deed ik, en ik kreeg prompt een boete van honderd kronen omdat ik had geschreven dat hij een van de aardigste oude dames was die ik ooit had ontmoet.

Ach ja, als je niet tegen een grapje kunt, moet je ook geen christen willen zijn!

(Ik zie mijn kapelaan schokschouderen. Laat hij het niet wagen om me uit te lachen. Ik zou zijn nek omdraaien als hij de moeite nam om zich te wassen! Maar goed, hij heeft zich weer in de hand. Hij tikt met zijn ganzenveer op de rand van het manuscript en het is tijd om te beginnen.)

We moeten terug naar het verleden. Zie het maar als een lange gang met veel kamers, die stuk voor stuk vol moordenaars zitten. Terug naar die gouden tijden dat ik in dienst was van Benjamin Daunbey, de neef van de grote kardinaal Wolsey. Indertijd waren we beiden speciaal agent in dienst van de kardinaal en was het onze taak om hem en de vorstelijke macht van dienst te zijn. De vorstelijke macht van dienst zijn! Dat was de vette, moordzuchtige, syfilitische Henry de Achtste, de Vorst der Duisternis, de Mol, die zijn koninkrijk van stromen bloed doordrenkte en zijn beste, nobelste hovelingen naar het schavot zond...

Ik ben zover. Ik heb het leren etui geopend waar in verbleekte, goudkleurige cijfers het jaartal '1522' op geschreven staat. We hebben de overblijfselen van dat lang vervlogen, moorddadige tijdperk tevoorschijn gehaald. Ze liggen hier voor me op mijn schrijftafel. Op sommige staan paarse randen van wijnbekers, op andere zijn vlekken van een dieper, scharlakenkleurig rood achtergebleven, sporen van het levensbloed van een of andere onfortuinlijke drommel. De ring die ik teruggekregen had speelt verder geen rol. Mijn ogen worden aangetrokken tot de scharlakenrode draden, de stroken stugge zijde, die zo licht, zo aandoenlijk zijn, maar indertijd raadselen verhulden die teruggingen tot de dagen van koning Arthur.

Ik knijp mijn ogen halfdicht en roep het verleden op. Het is haast alsof ik Benjamins stem weer kan horen en ik zie zijn donkere, glimlachende gezicht weer voor me, zijn zachtmoedige ogen en zijn slungelachtige, gebogen gestalte, die zijn uitzonderlijke scherpzinnigheid verhulde. Ach, toen was ik een heel andere man. Geen groot heer, maar een nederig burger, een omhooggevallen snotaap die door Wolsey's neef gered was om de duistere daden van verraad aan Henry's hof te ontraadselen.

In mijn kamer kijk ik naar een schilderij dat in een vergulde lijst aan de muur tegenover me hangt. Een getrouwe weergave van mij in mijn gouden jeugd. Op een keer vroeg Will Shakespeare me of ik mezelf wilde omschrijven zoals ik toen was.

'Ik was een uitgemergelde schavuit met een magere tronie,' antwoordde ik. 'Een nar, een armoedige zwendelaar, een hologige, gewiekste schooier.'

Will bedankte me en verwerkte mijn woorden zoals gewoonlijk in een van zijn toneelstukken. Dezelfde beschrijving is te vinden in zijn *Comedy of Errors,* een verfijnd, humoristisch stuk, dat ik met mijn goud heb ondersteund.

Maar nu terzake, geen getreuzel meer. Het doek gaat op en het bloedige drama kan beginnen. Ik zal de boze geesten uit mijn hoofd verdrijven. Mijn ziel reinigen van demonen, ze gelasten terug te keren naar de hel en hun heer Satan te zeggen dat ze door mij gestuurd zijn. (O, trouwens, diezelfde zinsnede is terug te vinden in een van de toneelstukken van Shakespeare. Ook die woorden heeft hij aan mij ontleend!)

HOOFDSTUK 1

Nadat we in de zomer van 1521 waren teruggekeerd uit Frankrijk, liet de grote kardinaal Thomas Wolsey mijn meester, Benjamin Daunbey, met rust. Zoals we later te weten kwamen, had de ouwe Tom toen andere zaken aan zijn hoofd. De dikke kardinaal had namelijk één grote nachtmerrie, moeten jullie weten: hoe de koning in het gareel te houden. Het verhaal gaat zelfs dat hij daarvoor een toverring gebruikte om demonen op te roepen en dat hij de opperheks, een snol die Mabel Brigge werd genoemd, in dienst had genomen om een satanische vastentijd in acht te nemen, opdat hij de geest van de koning stevig in zijn greep kon blijven houden.

De ouwe Wolsey was een dwaas. Dat heb ik hem ook gezegd toen hij op sterven lag in Leicester Abbey en hij alle vorsten, en Henry in het bijzonder, vervloekte.

Nu had Henry, dat satansgebroed, zijn hersens achter zijn broekklep zitten en was zijn ziel een baaierd van tegenstrijdige emoties. Hij was een overtuigd katholiek en toch verbood hij de misviering. Een geleerd man, maar toch liet hij Tom More ter dood brengen. Een trouwe vriend, tot hij je beu was. En bovenal, een liefhebbend echtgenoot, tot zijn oog op een jongere, knappere vrouw viel.

Misschien hebben jullie gelezen dat Henry een mannelijke opvolger wilde en zijn beide dochters afwees. Eerst de arme Mary. (Dat was haar probleem, weten jullie. Mary zocht altijd haar vader in andere mannen, ook in mij. Daaruit blijkt wel hoe wanhopig ze was!) Zijn tweede dochter was de grote Elizabeth, natuurlijk, de dochter van Boleyn. Was dat niet komisch? Satan moet gelachen hebben in de hel. Ouwe Henry op zoek naar een jongen, terwijl zijn arme, afgewezen dochter, Elizabeth, de grootste monarch bleek die Engeland ooit heeft gekend. Maar pas op, dat is niet helemaal waar. Elizabeth was zijn erfgenaam, en ogenschijnlijke zijn dochter, maar ik weet wel beter... dat is echter een ander verhaal, dat ik jullie op een andere tijd en plaats nog wel eens zal vertellen.

Wat jullie vooral moeten weten is dat Henry beheerst werd door zijn lusten. O ja, hij had zo zijn bevliegingen: Bessie Blount en Lucy Rose, maar in die zomer van 1522 beperkte hij zich tot één bepaald type. Hij had een oogje op de dames Howard: Elizabeth Howard, de moeder van Anna Boleyn, had het bed reeds met hem gedeeld, evenals Anna's oudste zuster, Mary. Maar nu was Anna zelf, die duistere, zinnelijke heks, teruggekeerd uit Frankrijk, vol behaagzucht, met haar satijnen jurken, onderrokken van dikke kant, karmijnrode, hooggehakte schoenen, donkere blauwig-zwarte ogen en die prachtige handen die fladderden als vlindervleugels.

Henry begeerde haar, maar dit keer was het anders. Anna had een leerschool doorlopen aan het hof van de grootste wellusteling ooit, François de Eerste van Frankrijk, waar aan verleidingskunsten, minnekozen en kwesties van het hart evenveel aandacht werd besteed als aan de staatszaken. Anna had gezien dat Henry haar oudere zuster achternaliep, het hof maakte en verleidde – alleen om haar vervolgens af te wijzen als 'de Engelse merrie', een huurpaard dat iedereen kon berijden. Maar Anna was anders. Ze wilde slechts één ding: Henry's vrouw worden.

Wolsey had zijn handen vol aan zijn ingewikkelde menselijke schaakspel tegen Boleyn en liet ons met rust. En dus reden we terug naar ons landgoed nabij Ipswich.

Nu was Benjamin een vreemd heerschap. We hadden samen op school gezeten. Daarna was hij als klerk bij een jurist in dienst gegaan en bijgevolg had hij kunnen voorkomen dat ik werd opgehangen terwijl ik niets gedaan had. Hij was scherpzinnig, slim en een uitmuntend schermer, maar bij tijd en wijle kon hij ook ergerlijk naïef zijn; dan was hij niet kinderlijk, maar kinds. Hij was niet het soort landheer dat de pachtboeren uitbuit en hun dochters misbruikt. O nee! Benjamin geloofde oprecht dat je je medemensen goed moest doen. Ondanks mijn bezwaren maakte hij geen aanspraak op alle heffingen, tolgelden en leges waar hij als landheer recht op had. Hij maakte zijn pachters eigenaar van het land, en ze mochten hun eigen grond bewerken en hun eigen gewassen telen. Hij had een klein ziekenhuis opgezet in het dorp en had een oude arts in dienst genomen, een vriendelijke, zorgzame man die de heelkunst meester was.

(En dat komt zelden voor! Ik vertrouw geen enkele heelmeester, nog voor geen cent. Ze noemen mij een schurk, maar met die kwakzalvers moet je pas echt uitkijken! Zo'n kerel pakt je pols beet, staart naar je urine, roert eens in je uitwerpselen en dan schudt hij zijn hoofd en strijkt hij eens door zijn baard. Denk je dat hij inzit over jou? Geloof daar maar niets van! Hij denkt aan wat hij je kan rekenen, en iets anders interesseert hem niet.

Dat heb ik kort geleden ontdekt, toen de schurk die zich hier voor arts uitgeeft me kwam bezoeken. Hij had een kan bij zich met een artsenijmiddel dat hij had gedestilleerd uit de gedroogde huid van een watersalamander, een kikkerkop en een snufje vleermuisvleugel. Ik trok mijn dolk en zei dat hij er eerst zelf maar eens een slok van nemen moest. Weet je wat hij toen deed, die smeerlap? Hij kuchte, keek me onderzoekend aan en zei toen dat hij bij nader inzien meende dat wat meer rode wijn en een betere nachtrust me wel zouden genezen. Neem dus een goede raad van ouwe Shallot aan en vertrouw nooit een arts of advocaat! De enige goede die ik ooit gezien heb, hingen aan een galg.)

Maar goed. Benjamin was dus een ziekenhuis begonnen, alsook een school, die hij in de hal van ons landhuis had gevestigd, en alle sjofele schooiertjes uit het nabijgelegen dorp konden er terecht zonder een duit te hoeven betalen. Benjamin had een schoolmeester in dienst genomen – een echte leraar, en niet een van die wreedaardige schurken die dat beroep hebben gekozen omdat ze dan ieder kind dat aan hun zorgen toevertrouwd wordt zo diep mogelijk kunnen beschadigen. Nee, deze man was een geleerde die onder Colet en Erasmus had gestudeerd. Hij onderwees wiskunde en aardrijkskunde en hij sprak vloeiend Latijn, Oud-Grieks, Frans en Italiaans. Benjamin was en bleef echter een zachtgekookt ei. Hij had geen enkel talent voor zaken. Maar let wel, te zijner nagedachtenis heb ik op mijn eigen landgoed soortgelijke instellingen gesticht.

Het landgoed werd beheerd door een krenterige rentmeester genaamd Barker, de grootvader van de kerel die thans kapitein van mijn lijfwacht is. (O ja, ik ben ervan overtuigd dat je alles maar beter in de familie kunt houden. Zelfs mijn kapelaan, die flapdrol, die ik overlaad met al mijn liefde en genegenheid, is een achterneef van de leraar die Benjamin in dienst genomen had.) Het behoeft dus geen betoog dat ik me, terwijl mijn meester zich over zijn medemensen ontfermde en anderen, die dat beter konden, over het landgoed, begon te vervelen. En dus trok ik weer naar Londen, zogenaamd om daar schermlessen te volgen bij een zwaardmeester, een Portugees van wie Benjamin die kunst geleerd had en die zijn land nog juist op tijd had kunnen ontvluchten voor de inquisitie.

‘Je hebt een scherpe blik en een vlugge pols,’ zei die snuiter op een dag tegen me. ‘Je pareert vlug en je valt listig uit – maar het ontbreekt je aan iets.’

‘Dat zal best!’ antwoordde ik. ‘Het lijkt me niks om vermoord te worden en ik zou ook niet graag iemand anders vermoorden!’

De zwaardmeester stond in een elegante houding op zijn floret geleund en streek eens over zijn kortgeknipte sik.

‘Uitstekend!’ mompelde hij. ‘Dat is een eigenschap van een goed schermer.’ Hij stak een vermanende vinger naar me op. ‘Maar op een dag zul je begrijpen wat ik bedoel. Als de gemoederen hoog oplopen, zul je het leren kennen. Een wild, onzelfzuchtig verlangen, iets wat opkomt uit het diepst van je ziel: doden of gedood worden. Je hele leven, je hele bestaan, zal op dat ene doel gericht lijken.’

Natuurlijk dacht ik dat de kerel onzin uitsloeg en dat hij ze zag vliegen. Maar toch had hij gelijk. Jaren later, op een goudkleurig strand, zouden Benjamin en ik elkaar zwaard tegen zwaard en dolk tegen dolk bestrijden, om een vrouw met een gezicht zo mooi als dat van Helena van Troje, en een hart en een ziel zo duister als de diepste diepten van de hel. Maar dat is een ander verhaal, dat niets met dit verhaal van doen heeft.

Weldra had ik genoeg geleerd over duelleren en begon ik rond te zwerven door de hoofdstad. Londen is prachtig! Alle schurkentypes onder de zon tref je er aan: gokkers, zwendelaars, straatrovers, halsafsnijders en beurzensnijders, potige bedelaars, stromannen en vervalsers... ik voelde me er thuis als nergens anders. Uiteraard hield Benjamin me in de gaten en hij drong erop aan dat ik niet meer dan drie achtereenvolgende nachten in Londen doorbracht. Hij zat achter zijn schrijftafel in de grote zonnekamer van ons landhuis en zwaaide zijn knokige vinger vermanend voor me heen en weer.

'Roger, je bent mijn vriend maar de ondeugd oefent een even grote aantrekkingskracht op je uit als room op een kat. Of je komt naar huis of ik kom je halen. Begrijp je me?'

Ik begreep hem. Om heel eerlijk te zijn, was Benjamin de enige persoon voor wie ik echt bang was en de enige persoon die ik nog nooit een leugen had verteld. Nu ja, op een paar leugentjes om bestwil na. Maar katten houden van room en Shallot houdt van de ondeugd.

Ik raakte verzeild in slecht gezelschap: enkele zwervers die op het kerkhof bij de St. Paul bivakkeerden, een vrijplaats waar de sheriff geen gezag had. Hun aanvoerder was een voormalig geestelijke, een priester die uit zijn ambt ontzet was. Zijn naam kan ik me niet meer herinneren, maar laten we hem maar Rattenkont noemen. Hij had een onschuldig engelengezicht en een van de welsprekendste monden die ooit adem hebben uitgeblazen. Hij kon je ervan overtuigen dat zwart wit is en dat de nacht een dag was!

Rattenkont wist me over te halen om geld los te peuteren bij onze bankier, de krenterige Waller, zodat hij een bordeel zou kunnen opzetten in een steeg achter Cock Lane. Een exclusief bordeel moest het worden, waar heren van stand zich konden vermaken. Natuurlijk ging hij er met het goud vandoor en zag ik hem nooit meer terug. Althans, niet levend. Twee jaar later kwam ik over Hampstead Heath gelopen en zag ik de arme Rattenkont daar overdekt met teer en veren aan een galg bungelen. Ik deed een schietgebedje. Hij was een schurk, maar een schurk met een goed hart.

Maar dit ter zijde. De ouwe Waller achtervolgde me zoals een hazewind een konijn. Op dezelfde middag dat ik de stad wilde ontvluchten, pakte hij me bij mijn arm in Paternoster Row.

'Shallot!' riep hij uit. 'Waar is mijn geld?'

(Is jullie dat wel eens opgevallen van bankiers? Als je geld hebt, willen ze het van je lenen. Maar als jij zonder zit, knijpen ze hun lippen op elkaar en schudden ze hun hoofd.)

Ik was wanhopig. Zoekend naar een uitweg keek ik om me heen en toen zag ik opeens de ouwe Tunstall, de bisschop van Londen, die juist naar de St. Paul reed voor zijn dagelijkse aanroeping van de Almachtige. Nu had ik Tunstall leren kennen toen ik met Benjamin op het gerechtshof was geweest, en dus greep ik Waller bij zijn pols.

'Ziet u hem daar?' riep ik uit.

'Wie?' antwoordde de ellendeling.

'Zijne Excellentie de Bisschop van Londen. Hij heeft erin toegestemd om borg te staan voor het geld. Ik heb het gebruikt om een aantal zieken en behoeftigen op pelgrimstocht naar Santiago de Compostella te sturen!'

Waller vertrok zijn zure gezicht als een adder die op het punt staat om te bijten.

'Daar geloof ik niks van!' snauwde hij.

'Ziet u maar.' Ik trok mijn laarzen uit. 'Houd u mijn laarzen, dan steek ik de straat over en lever ik het bewijs.'

Waller pakte mijn laarzen aan en ik liep op mijn tenen over de straatklinkers op de bisschop toe.

'Heer bisschop!' bracht ik uit. 'Monseigneur!'

De door lakeien omringde bisschop toomde zijn paard in en keek op me neer.

'Ja, mijn zoon?'

'Een verzoek, heer bisschop. Een verzoek. Herinnert u zich mij nog, monseigneur?'

De ouwe hypocriet staarde nors naar me terug en tastte naar de teugels, alsof hij aanstalten maakte om verder te rijden.

'Ik ben de bediende van Benjamin Daunbey, de neef van de grote kardinaal.'

Nu bleef de ouwe flikker stokstijf staan. Hij dwong zich tot een glimlach. (Is het jullie wel eens opgevallen hoe priesters dat doen? Alsof ze zelf de almachtige God zijn en alle andere mensen achterlijke stumpers!)

'Wat is er aan de hand, mijn zoon?'

Ik wees naar Waller, die als een dwaas met mijn laarzen in zijn handen stond.

'Heer bisschop, ik was in een felle woordenstrijd met de heer daarginds verwikkeld over de aard van de Heilige Drievuldigheid, toen u voorbij kwam rijden. Mijn heer,' loog ik, 'uw naam en faam als theoloog is wijdverbreid. Ik heb hem voorgesteld om u als scheidsrechter te nemen in ons debat. Mijn vriend zei dat hij me niet wilde geloven en dus heb ik hem mijn laarzen gegeven om te garanderen dat u hem audiëntie zult verlenen en hem van zijn dwaling zult genezen.'

Tunstall rechtte zijn rug en hij knikte wijs.

'Heer, ik weet dat u een drukbezet man bent,' ging ik ademloos verder, 'maar kunt u een tijd en een plaats afspreken waar u hem zult kunnen ontvangen...?'

Opnieuw dat zalvende knikje, en vervolgens wenkte Tunstall Waller naderbij.

De ouwe dwaas kwam zijn hoofd nijgend en buigingen makend naderbij.

Tunstall keek hem met afkeurende blik aan. 'Geef uw vriend zijn laarzen terug,' beval hij. 'En komt u morgen op slag van tien bij me, dan zal ik deze zaak met u regelen.'

Uit dankbaarheid had Waller zich bijna languit op de straat geworpen. De bisschop maakte een zegenend gebaar in de lucht en reed verder. Ik pakte mijn laarzen en een uur later was ik uit Londen vertrokken.

Met een uitgestreken gezicht keerde ik in Ipswich terug en ik verzekerde Benjamin dat mijn goede werken onder de armen van Londen voorbij waren en dat het wellicht beter zou zijn als ik hem hielp op het landgoed. Hij keek me bevreemd aan, glimlachte met zijn onschuldige grijze ogen en verdiepte zich toen weer in het grootboek dat hij aan het bestuderen was.

Ik keek naar dat donkere, schrandere, door zwart haar omlijste gezicht en vroeg me wanhopig af of mijn meester de listigste persoon was die ik ooit had leren kennen of de onschuld zelf.

De dagen verstreken en toen, enkele dagen voor Allerheiligen, op een van die laatste, prachtige gouden dagen van het jaar waarop de zon nog warm is en je denkt dat de zomer is teruggekeerd, bevond ik me in een hooiberg met een van de jonge deernes uit het dorp – een vrolijke, blije meid met een aangenaam gezicht en een warm lichaam. Ik trachtte haar ervan te overtuigen dat het lijfje van haar jurk te strak was dichtgeregen en ze duwde lachend mijn tastende vingers weg. Haar verzet nam af en ze begon steeds meer te lachen, maar op dat moment hoorde ik Benjamin opeens mijn naam roepen.

'Roger, Roger. Kom hier! Vlug wat!'

Ik keek over de rand van de hooiberg. Mijn meester stond gekleed in een pofbroek en een wit hemd met open kraag van de ene voet op de andere te springen en poogde zijn voeten in zijn laarzen te krijgen.

'Hier ben ik, meester!'

'Wat voer je daar uit, Roger?'

Ik siste de deerne toe dat ze zich stil moest houden, klom naar beneden en verklaarde brutaalweg dat ik probeerde de baan van de zon te volgen.

'Je bent wel erg nieuwsgierig, Roger,' mompelde hij. 'Jij bent altijd dingen aan het onderzoeken.'

Mijn meester duwde me de met gras begroeide, lage bult op waar het landhuis op gebouwd was.

'Wat is er aan de hand?' vroeg ik.

Benjamin wees naar het stoffige pad dat naar de hoofdpoort leidde.

'Ruiters, Roger. En volgens mij zijn ze gestuurd door oomlief.'

Ik hield mijn hand boven mijn ogen en zag witte stofwolkjes, een klein, in de bries wapperend vaandel, de bontgekleurde wambuizen van de ruiters en een geheel in het zwart gehulde voorrijder. De moed zonk me in de schoenen. Oomlief liet zijn macht gelden. Als hij zijn persoonlijke secretaris en raadsman stuurde, de magiër Doctor Agrippa, was er iets ernstigs aan de hand.

We ontvingen de bezoekers in onze grote, pas geschilderde zaal, waar de familiewapens van Shallot en Daunbey aan de gelambriseerde muur hingen. De ruiters, een troep in het scharlaken livrei van de kardinaal uitgedoste huurlingen van

Wolsey, werden naar de eetkamer verwezen, waar ze hun dorst konden lessen en naar de dienstmeiden konden lonken.

Doctor Agrippa, van top tot teen gehuld in zwart leer, tikte met zijn breedgerande zwarte hoed tegen zijn been en wachtte tot de bedienden gekoelde witte wijn en zoetigheden geserveerd hadden. De hele tijd bleef hij glimlachen en over koetjes en kalfjes kletsen en nam hij mij met zijn koude, kleurloze ogen onderzoekend op.

Een vreemde kerel, Agrippa. Ik heb hem al eerder beschreven. Er ging altijd iets kils van hem uit, en hoe warm het ook was, ik heb hem nooit zien zweten. Hij was een echte magiër. Op het eerste gezicht, echter, zag hij eruit als een welwillende dorpspastoor, met zijn opgewekte ronde engelengezicht, keurig geknipte zwarte haar en die glimlach die er nooit in slaagde door te dringen tot zijn ogen. Hij leek nooit ouder te worden en na het overlijden van Wolsey kon hij op de vreemdste plaatsen opduiken.

Raleigh heeft me ooit verteld – ja, die vrijbuiter bevaart nog steeds de zeven zeeën, gefinancierd door mijn goud – dat hij Agrippa in de buurt van Jamestown in Virginia gesignaleerd had. God mag weten hoe hij in de Nieuwe Wereld had kunnen raken! Een spion rapporteerde dat hij hem in Madrid gezien had en jaren later, toen ik op de vlucht was voor de wurgers van Suleiman, ving ik een glimp van zijn gezicht op in de menigte toen ik achtervolgd werd door de met vuil bezaaide straten en stegen van Constantinopel. Op een keer zag ik hem voor een rechtbank, en nog maar vijftien jaar geleden kwam hij op een dag op Burpham aanzetten. Hij zag er toen nog even jeugdig en fris uit als in mijn jonge jaren. Ik vroeg hem wat er aan de hand was. Hij glimlachte slechts en waarschuwde mij dat Mary, de koningin der Schotten, die toen gevangen zat in Fotheringay, een moordcomplot beraamde tegen Elizabeth. Daarop verdween hij. Agrippa was een magiër die over het vermogen beschikte om de toekomst te voorspellen, en hij heeft me ooit gezegd dat ik op een zeer onverwachte manier zou sterven – daarom houd ik die flapdrol van een kapelaan ook zo donders goed in de gaten. Een vreemde snoeshaan, dus. Misschien was Agrippa de wandelende jood en was hij gedoemd om voor altijd over de wereld te blijven zwerven. Ik heb ooit aan een paar rabbi's gevraagd of ze die legende kenden. Ze trokken alleen een achterdochtig gezicht en schudden toen hun hoofd. (Ik mag de joden trouwens graag. Ze doen me sterk aan de Ieren denken. Ze houden van discussiëren, hebben eer- en familiegevoel en ze maken graag ondeugende grappen. Ik heb zelfs ooit een geleerde verhandeling gepubliceerd waarin ik aanvoer dat de Ieren in feite de verloren stam van Israël zijn. Mijn voornaamste conclusie daarin is de volgende: 'Toen Mozes en Aäron wegtrokken uit Egypte, lieten ze alle schurken de achterhoede vormen. Nadat de Israëlieten de Rode Zee waren overgestoken, sloeg die achterhoede een verkeerde weg in en kwamen ze uiteindelijk terecht in Ierland. Bijzonder interessant, jullie zouden het eens moeten lezen.)

Op die gulden, lang vervlogen dag werd Agrippa's aandacht echter door dringender zaken in beslag genomen. Hij wachtte tot Benjamin zijn bedienden de zaal had uitgestuurd en liet zich toen neervallen op een zetel met een harde rugleuning die voor de lege haard stond. Toen hij langs me liep, ving ik een vleug van die merkwaardige geur op die hem altijd omgaf – alsof er een of andere kostbare olie op een gloeiend hete schaal gegoten was. Zijn ogen veranderden van kleur en verleenden hem een duistere, gemarmerde aanblik en de glimlach week van zijn lippen. Hij staarde Benjamin en mij aan, nipte van zijn wijn en knabbelde op een blokje marsepein.

'In hemelsnaam, gaan jullie toch zitten!' zei hij zacht, en hij wees naar de onbezette stoelen. Hij rekte zijn nek uit en ontspande hem toen, om de stijfheid na de lange rit eruit te verdrijven. 'Het is begonnen,' mompelde hij.

'Wat is begonnen?' vroeg Benjamin kregelig.

'Het moorden,' antwoordde Agrippa. 'De Mol is verschenen.' Hij stak zijn hand uit en spreidde zijn vingers. 'Ieder mens kan kiezen uit verschillende levenspaden. Voor koning Henry geldt dat ook. Hij zou de grootste monarch kunnen zijn die ooit over Engeland heeft geheerst, maar in plaats daarvan heeft hij verkozen om zich te ontwikkelen tot de Mol, de Vorst der Duisternis die zijn koninkrijk in bloed zal dompelen.'

'Doctor Agrippa,' onderbrak ik hem, 'wilt u wat duidelijker zijn.'

'Goed. Over twee dagen zal Edward Stafford, de hertog van

Buckingham, worden onthoofd op Tower Hill.'

Benjamin staarde ontzet voor zich uit en ook ik kon niets anders doen dan een verbijsterd gezicht zetten, ofschoon ik geen flauw benul had van de hofpolitiek. Stafford was een directe nakomeling van Edward de Derde, een van de rijkste grootgrondbezitters van Engeland, de zoon van de hertog van Buckingham, die had samengezworen tegen Richard de Derde en onthoofd was, kort voor Henry Tudor was geland om de onrechtmatige bezitter van de kroon in Bosworth ter dood te brengen.

'Wat is er gebeurd?' vroeg Benjamin.

Agrippa haalde zijn schouders op. 'Stafford was altijd al een luis in de pels van uw oom.' Hij glimlachte verontschuldigend naar Benjamin. 'Hij noemde hem een omhooggevallen deugniet uit Ipswich, een ordinaire oplichter vermomd in kardinaalsgewaden.' Hij trok een gezicht. 'Welnu, een paar weken geleden was Stafford aan het hof. Hij stond naast Henry en zoals te doen gebruikelijk bood hij de koning een zilveren bekken aan om zijn handen in te wassen. Toen de koning dat gedaan had, doopte Wolsey zijn eigen vingers in het waterbekken. Toen maakte Stafford zich kwaad over iets en gooide hij het water over de gewaden van de kardinaal.'

Agrippa onderbrak zijn verhaal en veegde enkele stofjes van zijn zwarte broek.

(Vreemd, nietwaar, dat zulke gewichtige mannen zich zo hevig kunnen opwinden over een paar druppels water?)

'Uw oom was woedend,' vervolgde de doctor, 'en hij riep uit dat hij Staffords ambtsgewaad uit zou trekken. Toen liep hij met grote passen weg, morste nog meer water en sloeg een nog dwazer figuur.'

Ik boog alleen mijn hoofd en dankte God dat ik er niet bij geweest was. Ik zou in lachen zijn uitgebarsten als ik kardinaal Tom als een kleine jongen die het in zijn broek gedaan had weg had zien lopen.

'En de overige leden van de hofhouding moesten daar om lachen?' vroeg Benjamin.

'O ja, ze lagen dubbel. Het hele gebouw schudde van het lachen. En Stafford maakte de zaak alleen maar erger. De volgende dag kwam hij opdagen in een eenvoudig wambuis en een gewone pofbroek en toen de koning hem vroeg waarom, antwoordde hij dat hij die had aangetrokken om te voorkomen dat de kardinaal hem zijn ambtsgewaad zou uittrekken.' Agrippa spreidde zijn handen. 'Toen werd hij nog luider bespot.'

'Maar als een man zijn hoofd moet verliezen omdat hij een kardinaal bespot heeft,' opperde ik, 'dan zou Henry geen onderdanen meer over houden.'

Benjamin glimlachte wrang, want ondanks zijn diepe genegenheid voor zijn machtige oom maakte hij zich geen illusies over deze laaggeboren burger die het dankzij zijn briljante geest tot kardinaal en kanselier van Engeland gebracht had.

'Ach ja!' Agrippa boog zich voorover alsof hij vermoedde dat er loergaten in de lambrisering achter hem zaten. 'U kent uw oom toch, meester Daunbey. Hij laat zich door niemand beledigen en aan Stafford heeft hij altijd al een hekel gehad. De kardinaal is altijd van mening geweest dat wraak het beste koud kan worden opgediend. In weerwil van mijn goede raad begon hij toespelingen op Henry's geheime nachtmerries te maken.' Enkele tellen lang keek Agrippa naar zijn vingernagels. 'Hetzelfde verhaal,' mompelde hij toen, 'dezelfde woorden, dezelfde melodie. Henry mag dan wel de zoon van Elizabeth van York zijn, maar zijn vader was Henry Tudor, die slechts een boer uit Wales was. De Duitse hervormer Maarten Luther heeft hem in het openbaar bespot door hem Henry de Landjonker te noemen. Hij is altijd bang geweest dat anderen, zoals Stafford, meer rechten op de troon zouden kunnen laten gelden dan hij.'

'Welnu,' vervolgde Agrippa, 'de Tudors verlangen vurig naar een dynastie. De vader van de huidige koning gaf zijn oudste zoon de naam Arthur en heeft gepoogd zijn Welshe afkomst aan te wenden door legenden in omloop te brengen waarin zijn familie in verband gebracht wordt met Arthur van de Ronde Tafel. Kennen jullie die legenden?'

Ik schudde mijn hoofd. 'Natuurlijk niet. Ik ben niet zo geleerd.'

'Welaan,' zei hij en streek over zijn kin, 'een van die legenden verhaalt dat er na de dood van de grote Arthur in de Westlanden voorspeld werd dat hij na zijn dood terug zou komen rijden uit de windstreek van de ondergaande zon en een eind zou maken aan alle misstanden. De Grote Vrek wilde zijn familie voor de nazaten van Arthur laten doorgaan, maar toen overleed zijn oudste zoon en nu is Dikke Henry koning. Ondanks dat alles duurt de droom, of de nachtmerrie, van de Tudors voort.

'Ach, kom,' onderbrak ik hem. 'U wilt toch niet zeggen dat onze edele Henry bang is dat er een of andere mythische koning Westminster binnen zal rijden aan het hoofd van de Ridders van de Ronde Tafel?'

Agrippa kneep zijn ogen tot spleetjes. 'Natuurlijk niet, maar hij is wel bang voor de aanhangers van het huis York en voor het geslacht der Plantagenets, die meer rechten op de troon kunnen laten gelden dan hij! En je weet hoe bijgelovig hij is. Wat zal er gebeuren als Stafford of een andere prins met York-bloed in zijn aderen met die gewijde relikwieën aan komt zetten? Met het zwaard van Arthur, Excalibur, of erger nog, de graal die bij hem op tafel stond, de beker waaruit Jezus bij het laatste avondmaal gedronken heeft?'

(Nee, lachen jullie nou niet. Ik weet dat we tegenwoordig in de eeuw van de rede en het gezonde verstand leven, maar in mijn tijd heb ik de onwaarschijnlijkste opstanden meegemaakt, marcheerden de mensen achter een lap stof aan en geloofden ze dat stukjes van het echte kruis van Christus hun bescherming zouden bieden tegen pijlen en kogels. Vreemd nietwaar, wat de mensen allemaal bereid zijn te geloven!)

'U wilt toch niet beweren,' merkte ik ongelovig op, 'dat de hertog van Buckingham die relikwieën in handen heeft gekregen?'

'Ja en nee,' antwoordde Agrippa. 'Na Buckinghams beledigingen toog het spionnenlegioen van Wolsey aan het werk. De kardinaal verzon het verhaal dat Buckingham zou samenzweren tegen de koning en dat hij de gewijde relikwieën in handen wilde krijgen om krachten tegen hem in het geweer te brengen.'

'Ach kom, dat is toch te gek voor woorden!' viel Benjamin hem in de rede. 'Ik heb begrepen dat Arthurs lijk eeuwen geleden bij Glastonbury is gevonden, maar volgens de legenden is het zwaard Excalibur in een meer geworpen en het is nog steeds een raadsel waar de graal te vinden zou zijn.'

'O, maar Wolsey heeft bewijzen,' antwoordde Agrippa. 'Zijn agenten hebben een benedictijner monnik gearresteerd, een zekere Nicholas Hopkins, en op het ogenblik zit die in de Tower. Hopkins is afkomstig uit Glastonbury. Hij is ook kapelaan van Templecombe, het landgoed van de Santerres in Somerset. Hopkins beweert dat hij weet waar de graal en het zwaard te vinden zijn en dat hij ze heeft aangeboden aan Buckingham. Volgens Hopkins was de hertog van plan ze te gebruiken om zich als leider van een opstand op te werpen, Henry af te zetten, terecht te stellen en zelf de troon te bestijgen.'

'En Buckingham slikte al die onzin voor zoete koek?' lachte ik. 'Dus hij viel voor de wartaal van een of andere ouwe monnik!'

'En de Santerres?' vroeg Benjamin. 'Hadden zij er ook iets mee te maken?'

'Nee. Ze zijn niet meer dan de pachters van Buckingham. De edele hertog was naar Templecombe gereisd om Hopkins te treffen en hij poogde Sir John Santerre ook bij de samenzwering te betrekken. Maar Santerre weigerde, en voor hem was dat maar goed ook, want Wolsey's agenten waren zowel in zijn huishouding als in het gevolg van Buckingham geïnfiltreerd. De waarde hertog,' besloot Agrippa, 'had wel degelijk belangstelling voor de relikwieën: hij stuurde boodschappen naar zijn agent in Londen dat hij zich, zodra hij ze in handen had, zou opwerpen als leider van een opstand.'

'En dat is zeker nog niet alles?' vroeg Benjamin.

Agrippa wreef met zijn handen over zijn gezicht. 'Nee. Er is nog een andere partij die uit is op de graal en het zwaard.'

'Wie dan?' vroeg mijn meester.

'De tempeliers,' zei Agrippa kortaf.

'De wie?' vroeg ik.

'De tempeliers,' vervolgde hij, 'vormen een militaire orde die in de twaalfde eeuw gesticht is om het Heilige Land te verdedigen. Ze hebben uitgestrekte bezittingen verworven in Engeland en Frankrijk – kastelen, grond en landgoederen. Ze verwierven ook geheime kennis en ze bezaten alle belangrijke heilige relikwieën, zoals de lijkwade waarin het lichaam van

Christus was gewikkeld, de Mandylion, oftewel de doek waarmee hij zijn gezicht heeft afgewist toen hij naar de Calvarieberg werd gevoerd en, als we de legende mogen geloven, de graal en het heilige zwaard Excalibur.'

'O,' zei Benjamin, 'en wat hebben die met ons te maken?'

(Ach, ja, mijn meester was ook zo argeloos. Ik kon al raden wat er komen ging.)

'Zijne Majesteit de Koning en Zijne Eminentie de Kardinaal willen dat jullie naar Somerset gaan, de graal en Excalibur opsporen en zo mogelijk met die tempeliers afrekenen.'

'Bestaan die dan nog?' vroeg ik.

'Jazeker.' Agrippa streek over de zijkant van zijn gezicht. 'Ik was nog niet klaar met mijn verhaal. Op vrijdag 13 oktober 1307 werden de tempeliers overal in de christelijke wereld opgepakt, gefolterd en ter dood veroordeeld, op aanklacht van afgoderij, sodomie en het bedrijven van zwarte magie. De meesten van hen stierven op de brandstapel of aan de galg, maar enkelen ontkwamen en organiseerden zich in geheime genootschapen. Deze tempeliers zijn vastbesloten de graal en het zwaard niet in handen van Henry te laten vallen, want ze beschouwen hem als het vleesgeworden kwaad.'

(En dat hadden ze goed gezien, dacht ik bij mezelf.)

Agrippa schraapte zijn keel. 'Er zijn bewijzen dat sommige telgen van het huis York tot deze geheime orde behoorden. Hopkins was er in ieder geval lid van en Buckingham misschien ook.'

'En onze edele heer de koning gelooft dat allemaal?'

Agrippa trok een gezicht. 'Hopkins heeft bekend, heeft Wolsey de koning laten weten, en Buckingham heeft zich niet erg sterk gemaakt voor zijn zaak. Hij is gearresteerd op London Bridge en overgebracht naar de Tower. Hij wilde Wolsey's aantijgingen ontkennen noch bevestigen.'

De doctor verstrengelde zijn vingers met elkaar. 'Buckingham was ook zo dom om in de beslotenheid van zijn eigen huis in bijzijn van zijn zuster, Lady Fitzwalter, een paar opmerkingen te maken die hem tot hoogverrader konden bestempelen.'

Benjamin glimlachte flauwtjes en ik besefte hoe slim de kardinaal dit gespeeld had: Henry had Buckinghams zuster verleid en de hertog was in woede ontstoken omdat de koning haar als de eerste de beste slet had behandeld. Wolsey zou kunnen toeslaan – en de ongelukkige vrouw voor de Geheime Raad kunnen slepen, haar een eed kunnen afnemen en haar een bekentenis kunnen afdwingen op grond van woorden die hij gemakkelijk kon verdraaien.

'Wat is er daarna gebeurd?' vroeg Benjamin.

'Buckingham is in Westminster Hall berecht voor een jury van leden van de hoge adel onder voorzitterschap van de hertog van Norfolk. Het vonnis lag al bij voorbaat vast: hij zou op een draagbaar naar de terechtstellingsplaats worden gesleept en daar zou hij op last van de koning worden opgehangen, waarna hij levend aan stukken zou worden gehakt, zijn edele delen zouden afgesneden worden en in het vuur geworpen. Zijn ingewanden zouden voor zijn eigen ogen worden verbrand, zijn hoofd zou hem van het lijf worden gerukt en zijn lichaam zou worden gevierendeeld.'

'Maar Henry zal hem toch zeker wel genade schenken?'

Koningin Catherine heeft hem op haar knieën gesmeekt de hertog in te laten leven. De koning heeft drie dagen het bed moeten houden omdat hij koorts had, maar de enige genade die hij wil schenken is dat Buckingham alleen onthoofd zal worden. De overige wreedheden zijn afgelast. Over twee dagen zal hij terechtgesteld worden.'

'Toen u hier zonet was aangekomen, zei u dat het moorden zou beginnen, dat Henry de Mol zou zijn?' polste ik hem.

Agrippa wierp me een ijskoude blik toe en ik herinnerde me zijn diagnose van jaren geleden, toen hij ons verteld had over de vergevorderde geestesziekte van de koning.

'Begrijp je dan niet, Roger,' fluisterde hij, 'dat niemand meer veilig is als Henry de hoogste edelman van het land ter dood kan brengen? De hoven van Europa hebben al bezwaar aangetekend. De koning van Frankrijk heeft de kardinaal in het openbaar bespottelijk gemaakt en gezegd dat de slagershond de nobelste hertenbok van de christelijke wereld omvergetrokken heeft.'

Natuurlijk had Agrippa gelijk. Henry zag ze vliegen: hij zag overal samenzweringen tegen hem en hij wilde van geen oppositie weten. Naar verluidt was hij bij zijn dood verantwoordelijk voor minstens zestigduizend terechtstellingen. Ik geloof het graag! Ik heb de dikzak oud zien worden. Nooit zal ik die bleke, dikke papwangen en de waanzinnige varkensoogjes vergeten. De open zweer op zijn been die stonk als een riool en zijn door syfilis aangetaste hersenen, die hem tot de baarlijke duivel maakten...

Benjamin stond op en schonk onze bekers nog eens vol. 'Dus het moorden is begonnen?' mompelde hij. 'Buckingham zal sterven en oomlief heeft ons nodig.'

Agrippa vouwde zijn handen in zijn schoot en onderging een van zijn opmerkelijke karakterveranderingen – hij was nu niet langer de sombere profeet maar de beminnelijke priester die goede raad en hulp wilde bieden.

'U hebt gelijk, meester Benjamin,' zei hij op luchtige toon, 'Buckingham zal sterven en dat kunnen we niet voorkomen. Maar natuurlijk hebben we de bekentenis van meester Nicholas Hopkins ook nog. Uw oom wil dat jullie naar Londen komen. Hij heeft uitdrukkelijk bevel gegeven dat we allen getuige moeten zijn van Buckinghams terechtstelling.'

(O, God, dacht ik bij mezelf, daar gaan we weer, bloed en geweld en de arme Shallot die er tot over zijn oren in zit!)

'En dan?' vroeg Benjamin op scherpe toon.

'We moeten meester Hopkins verder ondervragen en meer over zijn mysterieuze onthullingen te weten zien te komen.'

'Maar u zei toch dat hij gek was?'

'O, dat is hij ongetwijfeld, maar dat wil nog niet zeggen dat hij daarom ook een valse bekentenis heeft afgelegd.'

'Denkt u dat Buckingham betrokken is bij hoogverraad?' vroeg ik.

Agrippa schudde zijn hoofd. 'Nee. Maar ziet u, meester Shallot, dit probleem heeft twee kanten. Buckingham zal sterven en daarmee is de kous af. Hopkins, echter, was een boodschapper. Hij moet orders hebben gehad. Maar van wie?'

'En oom is vastbesloten,' concludeerde Benjamin op effen toon, 'om de waarheid boven tafel te krijgen?'

'De waarheid, meester Benjamin? Wat is de waarheid? Pilatus stelde die vraag ook al en ik kon hem er toen geen antwoord op geven.' Agrippa glimlachte alsof wij alleen zijn grap begrepen en liet de zoom van zijn mantel door zijn vingers glijden.

'Genoeg,' mompelde hij. 'Het is tijd om naar Londen te vertrekken.'

HOOFDSTUK 2

Met tegenzin stemde Benjamin erin toe om onmiddellijk te vertrekken en mijn bezwaren wees hij van de hand. Ik liep naar mijn kamer met het gevoel of ik een schooljongen was die gedwongen werd weer aan de studie te gaan en begon boos kleren en andere benodigdheden in zadeltassen te proppen. Benjamin glipte geruisloos mijn kamer binnen en bleef met zijn rug naar de gesloten deur staan.

'Het spijt me, Roger, maar we hebben geen keus. Herinner je je nog dat we gezworen hebben de kardinaal te dienen, in tijden van vrede en van oorlog?' Hij zwaaide met zijn hand door de lucht. 'Alles wat we hier hebben, is van hem.'

'Als de hertog van Buckingham zijn leven en al zijn bezittingen kan verliezen,' riep ik uit, 'hoe zit het dan met de andere vlooien, die niet zo hoog op het varken zitten?'

Benjamin haalde zijn schouders op. 'We kunnen alleen bij de dag leven en alles nemen zoals het komt.'

'Ja, ja, en als de kardinaal zijn zin krijgt, zijn onze dagen zo geteld!'

Toen we onze spullen hadden ingepakt, stonden de paardenknechten al klaar met pakpaarden en gezadelde rijpaarden. Benjamin gaf strenge orders aan Barker, de rentmeester, en laat in de namiddag galoppeerden we zuidwaarts. Ik weet het nog goed. Het was de dag dat de zon stierf en de winter plotseling inviel. Wie zegt daar dat de seizoenen niet de dingen aankondigen die te gebeuren staan?

Agrippa zei niets meer, of liever, hij praatte in zichzelf, in een vreemde taal die ik niet begreep, en ook de leden van zijn gevolg, de fraaiste verzameling galgenaas die ik ooit bij elkaar had gezien, deden er het zwijgen toe. De nacht brachten we door in een priorij. Agrippa was nog steeds geen erg best gezelschap en overdacht zijn eigen problemen. Hij onderbrak zijn gepeins slechts één keer, keek de verlaten refter rond en verkondigde: 'Er zit hier meer achter, weten jullie.'

'Wat bedoelt u?' vroeg Benjamin.

Agrippa schudde zijn hoofd. 'Er zit meer achter,' herhaalde hij. 'Maar ach, de wereld hangt nu eenmaal van leugens aan elkaar!'

Het weer werd steeds slechter, maar vroeg in de ochtend van de tweede dag na ons vertrek uit Ipswich, verlieten we Waltham Abbey en bereikten we de Mile End Road, die zich door enkele gehuchten naar East Smithfield slingerde. De weg werd steeds drukker. Niet alleen zagen we de gebruikelijke ketellappers, kooplui met handkarren en rondzwervende hagepredikers op zoek naar een gemakkelijk verdiende duit en een zacht bed (ik zie mijn kapelaan graag een boos gezicht trekken!), maar ook gewone mensen op weg naar Tower Hill om te zien hoe het bloed van een van de groten der aarde zou worden vergoten.

We sloegen vanuit het noorden Hog Street in, reden langs de kerk van St. Mary Grace, van waar we een glimp opvingen van de hoge grijze torenspitsen van de Tower, en gingen toen op in de dicht opeengepakte mensenmenigte die rond Tower Hill was samengestroomd. Heel Londen was uitgelopen, neem dat maar van mij aan! Tussen de Tower en Bridge Street was geen plaatsje meer vrij.

Ik heb me vaak afgevraagd waarom mensen zo graag terechtstellingen bijwonen. Wat is er zo plezierig aan om te zien hoe een man zijn hoofd of zijn ballen verliest? Ik vroeg het aan Agrippa.

'We zijn geboren moordenaars,' zei hij op halfluide toon. 'We hebben de dood lief. En als Henry zijn gang kan gaan, zal hij onze honger naar terechtstellingen en bloedvergieten volledig stillen.'

We maakten gebruik van onze volmachten en de zwaarden van ons gevolg om ons een weg door de menigte te banen en reden recht naar het schavot, dat op de kruin van de heuvel was opgericht en omringd werd door soldaten van de koninklijke garde. Op de verhoging stond de beul, met zijn armen voor zijn borst gekruist en een rood masker over zijn hoofd. Naast hem stond zijn helper, van top tot teen in zwart leer gehuld en met een gewei op zijn hoofd, die de reusachtige bijl met twee bladen rechtop hield naast het hakblok. Een priester prevelde gebeden, terwijl ambtsdragers met elkaar stonden te fluisteren en vol verwachting uitzagen over de zee van gezichten rondom hen.

Eerst leek het een tamelijk vredig tafereel, maar laat ouwe Shallot jullie dit vertellen: jaren later (en ja, ook dat is weer een ander verhaal) moest ik ooit zelf mijn hoofd op dat blok leggen. Toen werd de bijl geheven – en alleen een op het allerlaatste moment verleende kwijtschelding redde mijn leven. Het wachten is erger dan de dood zelf, nemen jullie dat maar van me aan. Het grote blok hout stinkt naar bloed en je bent omringd door de parafernalia van een gewelddadige dood: een laken om het bloed op te nemen dat met kracht uit je nek zal spuiten, de mand waar je hoofd in zal vallen, de olmenhouten doodskist voor je romp en het mes voor het geval een spier of pees niet geheel is doorgesneden. Ook al gaat het nog zo snel, het blijft een verschrikkelijke dood. Toen Mary, koningin der Schotten, werd onthoofd, bleven haar oogleden knipperen en bleven haar lippen nog minstens een minuut lang bewegen nadat haar hoofd van haar lichaam was gescheiden. Tot overmaat van ramp besefte de beul op Fotheringay niet dat de koningin der Schotten een pruik droeg en hij liet het hoofd stuiteren en als een bal op en neer dansen.

Ik had wel vaker terechtstellingen bijgewoond, maar nooit een die met zoveel ceremonieel gepaard ging als die van Buckingham. Agrippa sloot zijn ogen en ik wist zeker dat hij in slaap gevallen was en Benjamin staarde met een bleek gezicht onder de verhoging. Ik volgde zijn blik en zag kleine, donkere gedaantes bewegen.

'Wie zijn dat?' vroeg ik een van de wachters.

'Dwergen,' antwoordde de kerel uit zijn mondhoek. 'Ze betalen de burgemeester ervoor. Als het hoofd wordt afgehakt, spuit het bloed eruit en lekt het door de planken. Ze vangen het op in lappen stof en dan verkopen ze die als relikwieën en aandenkens.' De man draaide zich om en spoog over zijn schouder. 'Als ik het goed begrijp, zijn er altijd meer dan genoeg kopers voor.'

We wachtten af en de menigte begon rusteloos te worden. Venters liepen rond in het gedrang en ze verkochten snoepgoed, aan parten gesneden appels en zelfs gescheurde kopieën van Buckinghams zogenoemde 'eindbekentenis.'

Waterverkopers met mandflessen prezen vloekend en tierend hun handel aan. Kinderen begonnen te huilen en werden op de schouders van hun ouders gehesen. De dames en heren hoogwaardigheidsbekleders van het land, zowel zijzelf als hun paarden overhuifd met zijden baldakijnen, drongen op om het schouwspel beter te kunnen zien. Iedereen perste en duwde, en een beurzensnijder die op heterdaad betrapt werd moest het ontgelden. Het scheelde niet veel, of hij werd aan stukken gescheurd door de menigte, maar toen kwamen de mannen van de sheriff erbij en voerden ze hem weg.

De lucht betrok en grote, grijze wolken kwamen de Theems opdrijven. De mensen beschouwden het als teken dat het God onwelgevallig was dat Buckingham ter dood zou worden gebracht, en toen de koude regen hen tot op de huid doorweekte begonnen ze de kardinaal nog luider te verwensen.

De bui dreef over en toen de wolken openscheurden hoorden we gebrul opstijgen uit de menigte bij de Tower. Een groep ruiters verscheen, voorafgegaan door de sheriffs en de burgemeester. Ze omringden een rijzige man met kastanjebruin haar, wiens gezicht even wit zag als het hemd met open kraag dat hij droeg onder een scharlakenrode mantel. Agrippa fluisterde dat dit de hertog van Buckingham was.

Bij het schavot aangekomen, stegen de ruiters af en klom Buckingham de trap op, kalm en beheerst, alsof hij een preek ging afsteken en niet zijn dood tegemoet liep. Hij knielde neer voor de priester, die hem haastig zegende, enkele woorden met de sheriffs wisselde en toen over de balustrade van het schavot boven ons leunde. Maar op hetzelfde moment dat hij het woord nam en verklaarde dat hij onschuldig was, stak de wind op en verwaaiden de woorden voor zijn mond.

Aan alle kanten ingesloten door de mensen keek ik de rij wachters van de koninklijke garde langs. Een grote man met een getaand gezicht, een ravenzwarte haardos en een arendsneus trok mijn aandacht. Wat hem en de roodharige man naast hem echter zo bijzonder maakte, was dat ze beiden van top tot teen in het zwart gehuld waren.

Vervolgens richtte ik mijn aandacht op de jonge vrouw naast deze twee kraaien. Ze had de kap van haar mantel op haar rug geduwd, en ik zag dat ze gitzwarte haren, een hoog voorhoofd en een opvallend knap gezicht had. Ze moest mijn belangstellende blikken hebben opgemerkt, want ze keek me een ogenblik aan... en haar donkere, starende ogen drongen door tot in mijn hart. Ze schoof haar mantel iets terug en ik zag dat ze een lange jurk van amberkleurige zijde droeg. Ze hief een met sieraden getooide hand en ik ving een glimp op van een met zuiver witte kant afgezette kraag en mouw en de glinstering van een met diamanten bezette corsage die ze op het lijfje van haar jurk gespeld had, en nog een die was aangebracht op de band van amberkleurig fluweel om haar prachtige haar. Ze glimlachte (ofschoon ik me dat misschien alleen maar verbeeldde), draaide zich om en zei iets tegen een grote, blonde man met het blozende, welgedane gezicht van een rijke grootgrondbezitter. Hij hield zijn arm rond een vrouw met een bleek gezicht en zwart haar geslagen en terwijl de menigte uiteenweek, zag ik dat ze tegen hem aan leunde en haast flauwviel van angst om wat er te gebeuren stond.

'Wie zijn dat?' Ik stootte Benjamin aan. Evenals Agrippa, leek hij staande te slapen.

Hij schudde zijn hoofd, maar Agrippa volgde mijn blik.

Die man met het blonde haar is Sir John Santerre, de Heer van Templecombe in Somerset. Die dame die haast flauwvalt zal zijn vrouw wel zijn.'

'En die jonge schoonheid?' vroeg ik.

'Dat is Rachel, de dochter van Santerre.'

'Waarom zijn ze hier?' fluisterde ik.

'Ze zijn naar Londen gekomen om rekenschap af te leggen en hun onschuld te bewijzen. Op last van de koning moeten Sir

John en zijn familie getuige zijn van Buckinghams dood.'

'Waarom?'

'Dat doet er nu niet toe. Daar komt u later nog wel achter.'

Agrippa kreeg een harde trek op zijn gezicht en hij richtte zijn blik op de in het zwart gehulde mannen rond de Santerres.

'Voordat u het vraagt, meester Shallot, de man die zo zwart ziet als de duivel is Sir Edmund Mandeville, zijn roodharige metgezel is meester Geoffrey Southgate, en ergens bij hen in de buurt moeten ook hun twee sinistere klerken Cosmas en Damien te zien zijn.'

Nu begon zelfs mijn meester ongerust te kijken.

'Wie zijn dat nou weer?' fluisterde ik hees. 'Kent u hen, meester?'

'Het zijn *"Agentes in rebus"*,' vervolgde Agrippa.

Plots liepen de rillingen over mijn rug. Over die onaangename kerels had ik het nodige horen vertellen. Genadeloze schoften waren het, de beroepsspionnen en -moordenaars van de kardinaal. Benjamin en ik waren Wolsey's loopjongens, moeten jullie weten, maar de *'Agentes in Rebus'*, letterlijk vertaald de 'Doeners van Dingen', waren de spionnen die bijzondere opdrachten voor de kardinaal vervulden.

Zelfs iemand als ik, die alleen maar wat had rondgehangen aan het hof, had gehoord van Mandeville, die als een spin zijn webben spon om de vijanden van de koning in te vangen. En als hij geen sluitende bewijzen tegen hen vond, verzon hij die gewoon. Zijn agenten konden overal opduiken, in iedere vermomming die ze wensten: als koopman, als kwakzalver, als een van de zigeuners, zelfs, die in hun bont beschilderde woonwagens langs de wegen zwerven. Nu houdt iedere koning er een spionagedienst op na: de Fransen hebben de 'Luciferi' of 'Lichtdragers'; de Ottomaanse Turken de 'Tuiniers'; de doge van Venetië de 'Secretissimi' en Henry van Engeland had zijn *'Agentes in Rebus'*. Ze waren opgericht door kardinaal Morton, de eerste minister van de vader van de koning en ook nu zijn ze nog volop actief als de geheimste dienaren van de kroon. Soms zijn ze jarenlang je dienaar, je meesteres of zelfs je broer of zuster. Maar als de tijd gekomen is, als je kop moet rollen, zijn zij het die de bewijzen leveren.

'Zijn zij bij deze zaak betrokken?' fluisterde ik.

Agrippa maakte wapperende handbewegingen in mijn richting. 'Ja, ja.' Hij onderbrak zijn gefluister toen Buckingham een stap terug deed van de beul en plotsklaps iets heel vreemds deed. Hij stak de verhoging over, leunde over de houten balustrade en keek eerst mij recht aan, toen Agrippa en ten slotte Benjamin. Hij had tranen in zijn ogen, maar voor het overige lag er een heldere, fonkelende blik in.

'Ik ben onschuldig,' bracht hij hees fluisterend uit. Ik kon de woorden bijna niet verstaan. 'Voordat er een uur verstreken is, zal ik oog in oog staan met mijn schepper, maar ik ben onschuldig!' Hij wees recht naar Agrippa. 'Onthoud dat!'

Ergens begon één enkele trom te slaan. De soldaten van de koninklijke garde begonnen de menigte achteruit te drijven, zodat we beter konden zien wat er gebeuren zou. Buckingham knielde nogmaals voor de voeten van de priester neer. Vervolgens boog de beul zich naar hem over en vroeg hij de hertog zoals te doen gebruikelijk om vergeving en een fooi. (Dat heb ik nooit kunnen begrijpen! Hoe kan iemand zeggen dat het hem spijt en dan je kop afhakken en daar tegelijk betaling voor vragen? Vele jaren later, toen ik zelf voor het beulsblok stond, zei ik tegen die rotzak dat hij op moest krassen en dat hij wat mij betrof zijn werk niet hoefde te doen!)

Ten slotte knielde de hertog van Buckingham voor het blok neer. Een beulsknecht bond zijn haar op, maar toen hij de hertog een blinddoek aanbood, schudde deze zijn hoofd. Hij maakte een buiging, draaide zijn hoofd iets, spreidde zijn handen en bewoog ze op en neer als een aangeschoten vogel die neervalt. Het tromgeroffel begon luider te klinken, de tweebladige bijl beschreef een volmaakte halve cirkel en kwam neer met een doffe klap die als een donderslag weerklonk. Een golf lichtrood bloed spoot op. De menigte, die tot nu toe doodstil geweest was, slaakte een gezamenlijke zucht toen het bloed vloeide en de dwergen onder het schavot kwamen in beweging. De beul hield het hoofd van Buckingham op en kwam aan de rand van het schavot staan.

'Zo sterven alle verraders!' schreeuwde hij.

Ik wendde mijn blik af. Benjamin had zijn rug naar het tafereel gekeerd.

'Zo sterven alle verraders!' herhaalde de beul.

'Ach, rot toch op man!' schreeuwde een stem.

'Je hebt de verkeerde kop te pakken,' brulde iemand anders. 'Het zou die van de slagerszoon moeten zijn!'

Een hees gejoel ging op en het schavot werd bekogeld met een regen van rot fruit en afval. Soldaten rukten aan en joegen de menigte uiteen.

'Kom mee, Agrippa!' siste Benjamin.

De magiër schudde zich wakker en blikte om zich heen.

'Ja, ja, het is tijd om hier weg te gaan.'

We drongen ons door de menigte op Tower Hill en volgden de muur tot we het fort binnen konden door de Water Gate. (Aha, onderbreekt mijn kapelaan me. Ja, ja, hij heeft gelijk, die schat van me. Latere generaties hebben die de 'Verraderspoort' gedoopt – en wat een optocht is erdoor gekomen! Anna Boleyn, die zich tot haar laatste snik verzette; Thomas More, die moppen tapte; John Fisher, die bad; Catherine Howard, die de spot dreef met Henry's seksuele prestaties. O, trouwens, ze had gelijk, die stelden niet veel voor! Ik heb tussen de lakens rondgedarteld met de jonge Kate en we hebben gebruld van het lachen om Henry's potsierlijkheden. Zij werd vermoord en ik werd veroordeeld tot het beulsblok, maar dat is een ander verhaal.)

Binnen in de Tower trokken de soldaten en leden van de koninklijke garde zich terug. Ze hadden op de muren gestaan en zich gereed gehouden achter de uitvalspoorten voor het geval dat er rellen zouden uitbreken. Met Agrippa voorop liepen we tussen de verschillende torens door tot we bij de Wakefield-toren kwamen – in de volksmond tegenwoordig de 'Bloody Tower' genaamd.

'Volg me!' beval Agrippa.

We openden een deur met ijzerbeslag naar de keldergewelven van de Bloody Tower en gingen een vertrek zonder vensters binnen, waar rokende, tussen de stenen gestoken pektoortsen de enige lichtbron vormden. Eerst kon ik er niet goed zien en hoorde ik slechts zacht sprekende stemmen en knarsende touwen, maar toen wenden mijn ogen aan het duister. Ik hoorde mijn meester happen naar adem en toen ik het halfduister in tuurde, zag ik de folteraars met hun bezwete, halfnaakte lijven bij elkaar staan rond wat 'de dochter van de hertog van Exeter' werd genoemd, een bijnaam voor de pijnbank, omdat die in Engeland was ingevoerd door de hertog van Exeter als middel om tongen losser te maken en de waarheid boven tafel te krijgen – zoals politici het toepasselijk noemden.

De arme man die erop werd uitgerekt, was naakt op een lendendoek na. Ik ving een glimp op van witte haarpieken en een magere, uitgeteerde gedaante die met zijn handen en voeten aan de vier hoeken gebonden op dat bed van pijn lag uitgestrekt. De folteraars stonden bij een rad en als ze daaraan draaiden, rekte het bed uit en kraakten er botten, spieren en pezen.

Agrippa stond verborgen in het halfduister en wenkte een der folteraars. De kerel had een bos vet haar en een verwilderde baard en kwam als een grote beer naderbij gewaggeld. Zijn ontblote bovenlijf glom van het zweet, evenals zijn versleten, in zijn laarzen gepropte pofbroek. Desondanks hield hij kennelijk van zijn werk, want door de verwarde haren van zijn baard heen glimlachte hij monter.

'Nog steeds geen nieuws, meester.'

'Geen nieuws?' vroeg Agrippa.

'Alleen wat hij al eerder heeft gezegd.'

'Hoe lang zal hij het nog volhouden?' vroeg Agrippa. Hij was in het halfduister blijven staan en Benjamin en ik staarden bevreesd naar het angstaanjagende tafereel. Geloof me, als jullie de hel op aarde willen zien, ga dan maar eens kijken hoe een man op de pijnbank wordt uitgerekt tot zijn armen en benen uit de kom schieten, zijn bovenlichaam langer wordt en zijn edele delen beginnen te scheuren. Ik werd ooit gedwongen de foltering van Nicholas Owen bij te wonen, de arme lekenbroeder van de jezuïeten die de cel van de priester in mijn huis gebouwd heeft, en nog andere, overal in het koninkrijk. Een bekwame, vernuftige timmerman, die arme Owen. Hij werd uitgerekt tot zijn lichaam in stukken uiteenviel; ze moesten het met stalen platen bij elkaar houden, om hem nog naar buiten te kunnen slepen en op te kunnen hangen. Grote God, wat een wrede wereld is dit toch! Ik viel flauw toen ik zag aan welke folteringen Owen onderworpen werd, maar toen ik meester Hopkins zag, stond ik te beven als een konijn dat van een hermelijn schrikt.

'Denken jullie,' vroeg Agrippa zacht, 'dat meester Hopkins iets weet?'

'Ja en nee,' antwoordde de folteraar. 'Maar hij zal het ons niet meer vertellen. Hij is de dood nabij, meester. We hebben niet veel tijd meer.'

Agrippa leidde ons terug het daglicht in.

'Blijven jullie hier!' beval hij.

Hij liep de hoofdtrap van de Bloody Tower op, kwam terug met een bundel kleren in zijn hand en liep er de martelkamer weer mee binnen. Benjamin en ik stonden erbij als twee schooljongens die de klas zijn uitgestuurd.

'Wat nu, meester?' vroeg ik.

'Stil!' fluisterde Benjamin. 'We krijgen hier alleen de openingsscènes te zien, Roger. Oomlief zal ons vast vertellen wat de intrige van het stuk is.' Hij zwaaide met een hand naar de deur van de martelkamer. 'Ik kan die wreedheid niet verdragen! Hopkins mag dan een verrader zijn, maar dit is nergens voor nodig.'

Het gras was nog nat na de regenbui, en dus liep hij voor me uit naar een houten bank die aan een geplaveid pleintje stond.

'Weet je, Roger,' mompelde hij nadat we plaatsgenomen hadden, 'dat de burgerlijke wet van Engeland deze folterpraktijken verbiedt?'

(Wel, daar had ik in lachen om kunnen uitbarsten, want Dikke Henry, die kwaadaardige ploert, was de mening toegedaan dat iedereen gemarteld behoorde te worden. Toen hij zijn tweede koningin naar het schavot wilde sturen, werd de muzikant Mark Smeaton gefolterd tot hij bekende dat hij overspel met haar gepleegd had, nadat hem een snelle dood beloofd was als hij toe zou geven dat hij het met de arme Anna had gedaan.)

Ik keek naar het vierkante pleintje en zag een kleine, doffe vlek in het midden.

'Wat is dat daar, meester?'

Benjamin schuifelde met zijn voeten. 'Hier sterven vorsten, Roger,' zei hij op halfluide toon. 'Als een persoon te belangrijk is om het gepeupel tot spektakel te dienen, wordt hier een schavot opgericht en het hoofd eraf gehakt.'

Vreemd, nietwaar? Daar zat ik dan, vlak bij de plek waar

Anna Boleyn, die een persoonlijke beul uit Calais in dienst nam, later haar hals op het beulsblok zou leggen, evenals Catherine Howard, die de nacht voor haar terechtstelling doorbracht met het oefenen van haar houding voor het moment dat de bijl zou neerkomen. Hier stierven ook de arme Tom More, ouwe Fisher en Margaret, de hertogin van Salisbury, en haar drie zonen. Ach ja!

Benjamin ging op in zijn eigen gedachten en dus keek ik rond en vroeg me half en half af wat er van ons zou worden, toen een kar beladen met een onopvallende houten lijkkist het binnenplein op kwam rijden. De twee wagenmenners vloekten en lachten.

'Wat hebben jullie daar bij je, vrienden?' vroeg ik.

De mannen glimlachten naar elkaar, stapten van de kar af en kluisterden de benen van de paarden.

'De halve hertog van Buckingham!' merkte de ene gevat op. Hij zag de niet-begrijpende uitdrukking op mijn gezicht. 'Nou, het hoofd staat op de London Bridge!' vervolgde de kerel. 'En de rest...' Hij gebaarde naar de kleine, van grijze natuursteen opgetrokken kerk van St. Peter ad Vincula, de kapel van de Tower. 'De rest wordt onder de stenen gestopt, net als alle anderen.'

Hij wendde zich van me af toen een officier en een troep soldaten aan kwamen snellen om de lijkkist met het losse deksel van de kar te tillen en over het grindpad naar de donker wordende kapel te dragen. Een vreemd oord, St. Peter's! Alle lijken van de mannen en vrouwen die op Tower Hill terechtgesteld zijn liggen er begraven. Slechts weinig mensen weten het, maar onder de kapel loopt een geheime gang of galerij, en jaren later zou ik me daarin verborgen moeten houden. Wat een afgrijselijke taferelen ik daar zag! De verdieping onder de kapel lag stampvol met onthoofde lichamen, nog gekleed in de glinsterende vodden waar ze de geest in hadden gegeven. De lijkkisten waren niet sterk en al vlug begonnen ze uiteen te vallen en dus kroop ik over de skeletten van Lord Hastings, Anna Boleyn, de De la Poles, Catherine Howard en Thomas Cromwell. (Die doortrapte schoft! Ik was een van degenen die hem arresteerden na zijn avondmaal in de Tower.)

Kunnen jullie je dat voorstellen? Een zee van lijken, tussen de funderingen en de vloer van de kapel geperst? Grote God, zelfs vandaag de dag schiet ik alleen al bij de gedachte zwetend wakker en brul ik om een beker rode wijn, de dikke kont van Phoebe en de pronte tieten van de jonge Margot. Geen wonder dat ze zeggen dat het in de Tower wemelt van de geesten!

Ik zal jullie zeggen dat ik er op een keer de nacht heb doorgebracht, toen ik in het geheim een bezoek gebracht had aan de jonge Elizabeth, die daar was opgesloten door haar zuster, Bloody Mary. De poorten werden vergrendeld en ik zat binnengesloten, dus verborg ik me achter de rozenstruiken die tegen de kapel van St. Peter ad Vincula groeien. Om een uur of een 's nachts werd ik wakker omdat ik de haartjes in mijn nek voelde prikken. Ik werd bevangen door een diepe angst, die me koud om het hart sloeg en mijn maag deed omkeren. Toen ik opkeek, zag ik een vaag, blauwig lichtschijnsel achter een van de kapelramen en hoorde ik vreemd klinkende muziek. Ik zeg het jullie eerlijk! Ik, Roger Shallot, die dwaallichten boven moerassen heb gezien en getuige ben geweest van de verschrikkingen die op verlaten heidevelden rondwaren, beklom de muren van St. Peter ad Vincula en staarde door het raam. En daar zag ik een spookachtige optocht naar het altaar schrijden, een lange rij verschijningen, waaronder de geesten van allen die in de Tower waren omgekomen. O God, ik viel haast flauw van angst! En als jullie me niet willen geloven, gaan jullie er dan zelf maar eens heen en blijf gewoon een half uurtje zitten in die kapel, dan voel je vanzelf dat de geesten zich om je heen verzamelen.

Maar reken maar dat ik op die herfstdag lang geleden banger was voor de levenden en me afvroeg bij welke zaak de geheimzinnige Agrippa ons betrokken had. We moeten daar wel een uur gezeten hebben, bedrukt en somber, toen de doctor plotseling weer opdook en gehuld in priestergewaden de traptreden op kwam.

'Hopkins heeft me alles verteld,' zei hij op halfluide toon, terwijl hij als een welwillende oom tussen ons in ging zitten.

'Wat bedoelt u, heer?' snauwde Benjamin. 'En waarom hebt u die kleren aan?'

'Wel, omdat ik hem de laatste biecht heb afgenomen.'

Verbaasd stond Benjamin op. 'Maar heer, dan hebt u de man

bedrogen! Wat tijdens de biecht onthuld wordt, is heilig, en u bent geen priester!

Agrippa glimlachte gemoedelijk. 'Wie heeft ooit gezegd dat ik geen priester ben, Benjamin?' Met strakke blik keek hij mijn meester aan. 'En ik stel ook geen belang in de zonden van meester Hopkins, maar in de inlichtingen die hij mij verstrekt heeft. Ik ken de canonieke wet, en dat valt niet onder het zegel van de biecht.'

Benjamin blies zijn wangen bol en ging weer zitten. 'Als dat zo is, wat heeft meester Hopkins u dan gezegd?'

'Welaan,' zei Agrippa en hij strekte zijn korte benen, 'volgens Hopkins liggen de graal en het zwaard Excalibur nog steeds in Glastonbury.'

'Waar dan?' vroeg ik.

'Ah!' Agrippa maakte een smakkend geluid met zijn lippen. 'Had jij daar een wijnzak, Shallot?'

'Jawel, maar hij is leeg.'

Hij glimlachte. 'Ach, nou ja, dan moet ik maar even geduld hebben.' Met raadselachtige blikken keek hij Benjamin aan. 'Hopkins heeft bekend, het kon hem toch niet meer schelen. Andere tempeliers zullen het raadsel oplossen.'

'Welk raadsel?'

Agrippa leunde achterover, sloot zijn ogen en mompelde:

> 'Onder het water van de Jordaan ligt de beker
> van Christus.
> En het beste zwaard bevindt zich boven in de
> Ark van Mozes.'

'Wat kan dat nou in godsnaam betekenen?' vroeg ik.

'Ik weet het ook niet. Hopkins heeft het gevonden in een geheime kroniek in de Abdij van Glastonbury, dus ik zou denken dat we daar met zijn allen heen moeten.' Hij stampte met zijn voeten tegen de kou en keek naar de lage luchten. 'Het gaat sneeuwen,' mompelde hij. 'Veel en al heel gauw. We moeten zo snel mogelijk uit Londen vertrekken, samen met de Santerres. Anders zal de sneeuw de wegen onbegaanbaar maken.'

'We?' riep ik uit.

'Och, nou ja. Wel,' glimlachte Agrippa, 'jullie twee, althans.'

'Waarom gaat u niet terug en vraagt u Hopkins wat hij bedoelde?' vroeg ik.

'Ik kan Hopkins niets meer vragen.'

'Waarom niet?'

'Omdat hij dood is. Ik heb zijn keel doorgesneden.' Agrippa haalde zijn schouders op. 'Het was een daad van genade. Wat kon ik nog voor hem doen? De man zou overleden zijn voor de dag ten einde was en hij doorstond helse pijnen toen ik bij hem was, en dus heb ik zijn keel doorgesneden.' Hij stond op, stampte met zijn voeten en toen hij zich met golvende gewaden naar ons omdraaide, rook ik eens te meer een vleug van dat merkwaardige, exotische parfum. 'Ik heb iets te drinken nodig,' fluisterde hij hees. 'Er is een goede taveerne, niet ver van de poort van de Tower. De Gouden Turk.'

We wandelden terug over het grasveld. Agrippa verdween in de koninklijke verblijven om de priestergewaden uit te trekken en toen hij terugkwam, zag hij er even opgewekt uit als altijd, klapte hij in zijn handen en zei hij dat een beker goede, bloedrode bordeaux hem goed zou doen. Ik keek eens goed naar die sluwe, kleine schurk met zijn glimlachende lippen en kille ogen en beloofde mezelf plechtig dat ik Doctor Agrippa nooit mijn rug zou toekeren.

Eenmaal in de Gouden Turk begon hij weer zijn rol van joviale vriend te spelen en bestelde hij schalen vlees, kapoen in citroenmarinade en een kan van de beste bordeaux.

Nadat hij zijn honger gestild en zijn dorst gelest had, leunde hij achterover, zijn vingers met elkaar verstrengeld voor zijn buik, als een dwerg in een opperbeste stemming. Hij staarde naar mijn meester, die er tijdens de maaltijd stil en teruggetrokken bij had gezeten.

'Koestert u argwaan, meester Benjamin?'

'Zeker, heer.'

Agrippa maakte een afwijzend gebaar met zijn vingers. 'Dat zou u ook moeten doen, dat zou u zeker moeten doen. Maar begrijpt u wat ik bedoel? Alles wat jullie tot nu toe gezien hebben, zijn slechts de eerste bedrijven van een drama, en wat we nog te zien zullen krijgen, zal invloed hebben op het lot van vorsten en op de kroon. Er zullen raadselen, verraad en intriges aan te pas komen en, zoals jullie later zullen ontdekken, moord!' Hij nam een slok uit zijn wijnbeker en smakte met zijn lippen. 'O ja, jullie zullen met een boosaardigheid te maken krijgen,' zei hij zacht, 'zoals jullie nog nooit hebben meegemaakt!'

Met een klap zette Benjamin zijn beker neer. De overige gasten, een groep ketellappers die de verschillende relikwieën en andere koopwaar die ze wilden verkopen op een markt in het nabijgelegen Smithfield aan het uitzoeken waren, keken verstoord op.

'Waarom vertelt u ons niet alles? En waarom bent u hierbij betrokken?' bracht ik stotterend uit.

Agrippa stak zijn hand uit en spreidde zijn vingers. 'Er zijn vele wegen die naar de hemel leiden,' mompelde hij. 'Maar wie interesseert dat iets, zolang we daar toch wel terechtkomen? De kardinaal beheerst dit hele spel, meester Shallot, en ofschoon ik later weer zal ontkennen wat ik nu zeg, beheers ik de kardinaal. De gebeurtenissen moeten zich ontwikkelen volgens plan, en ik ben hier om erop toe te zien dat dat ook gebeurt.' Hij zwaaide met een stompe vinger naar ons beiden en hij glimlachte. 'En jullie beiden zijn hier om mij te helpen, en door dat te doen, zullen jullie roem en rijkdom vergaren.'

Die laatste woorden sprak hij uit met een spottende ondertoon en ik zag de boosaardige blik op zijn gezicht. Marionetten, dacht ik, marionetten aan touwtjes, dat zijn we. Maar jullie kennen ouwe Shallot – als je eenmaal in een spel zit, moet je het uitspelen.

'Welnu dan,' vervolgde Agrippa, 'het raadsel van de arme, eenzame Hopkins:

> 'Onder het water van de Jordaan ligt de beker
> van Christus.
> En het beste zwaard bevindt zich boven in de
> Ark van Mozes.'

'De Jordaan is een rivier die door Palestina stroomt,' zei Benjamin peinzend, 'en met de Ark van Mozes zal de Ark des Verbonds wel bedoeld worden, de kist waarin de Tien Geboden werden meegedragen. Ofschoon God mag weten waar die gebleven is!' Hij nipte van zijn wijnbeker. 'Eén ding weet ik wel zeker, mijn waarde Agrippa, en dat is dat geen van beide zaken in Glastonbury te vinden zijn, dus waarom zouden we daarheen gaan?'

Mijn meester was in een kwade luim, omdat hij ontstemd was over de dood van die arme hertog van Buckingham en Agrippa's koele afrekening met Hopkins. En dus was dit een van die zeldzame gelegenheden waarbij ik zei wat hij dacht.

'Ze moeten in Glastonbury zijn,' hield ik vol. 'Op een of andere manier moeten de Jordaan en de Ark van Mozes betrekking hebben op iets wat daar te vinden is.'

'Hoe kom je daarbij?' vroeg Benjamin.

'Nou, omdat die regels afkomstig zijn uit een geheime kroniek uit Glastonbury en de schrijver dus een monnik uit die plaats geweest moet zijn. Hij moet een raadsel opgeschreven hebben waarvan de oplossing aan slechts enkele anderen bekend geweest zal zijn, voortvluchtige tempeliers misschien. Waarschijnlijk verwijzen de Jordaan en de Ark van Mozes naar plaatsen in of rond Glastonbury.'

Agrippa boog zich voorover en kneep in mijn hand. 'Shallot, Shallot,' zei hij zacht. 'Je mag dan een beetje loensen' – en dat doe ik ook, een aangeboren afwijking – 'maar onder die doortrapte tronie van je, gedijt en groeit een scherp verstand. De kardinaal zal blij zijn dit te horen.'

'O,' merkte ik spottend op, 'dan kan ik mijn geluk niet op. En hoe zit het nu met dat hoogverraad en die vermaledijde moord?'

'Even geduld nog,' grijnsde Agrippa. 'Geef de donkere wolken nog wat meer tijd om zich samen te pakken.'

HOOFDSTUK 3

We verlieten de Gouden Turk en liepen naar de rivieroever. Bij het vervagende daglicht bracht de roeiboot die we hadden gehuurd ons naar het midden van de rivier, om ons dan naar het stroomafwaarts gelegen Richmond Palace te brengen. Benjamin hurkte somber en lusteloos in de boeg neer. Agrippa was monter en zelfingenomen en hij boog zich verschillende malen naar me over om me klopjes op mijn hand te geven vanwege de schranderheid waarmee ik het raadsel van Hopkins had opgelost.

De roeiers rondden de bocht in de Theems en we voeren langs Westminster. De kademuur was niet te zien door de vele vaartuigen die er lagen afgemeerd: karaken uit Venetië, logge, stoere koggen uit de Baltische landen en vissersboten die zich opmaakten voor een nacht werk. Een aangenaam tafereel op deze vaartocht de rivier af op een avond in de late herfst.

Agrippa genoot van het vredige tafereel en glimlachte ons geruststellend toe. Geloof me, als ik toen had geweten wat ons te wachten stond – raadselachtige branden, de afgehakte hand van de roem, een kapel waar het spookte, vervloekingen door heksen en afgehakte hoofden die dropen van het bloed – zou ik die roeiboot uit zijn gesprongen en zo snel ik kon naar de dichtstbij gelegen oever zijn gezwommen.

Mijn meester, echter, had dringender bekommernissen. Hij keek slaperig naar de verdwijnende torentjes van Westminster

Abbey en schudde zich wakker.

'Waarom?' vroeg hij plotseling.

'Waarom wat?' kaatste Agrippa terug.

'Waarom moesten we getuige van die terechtstelling zijn? En moesten wij er per se bij zijn toen Hopkins werd uitgerekt op die pijnbank?'

Die gedachten waren ook al bij mij opgekomen en dus staarde ik Agrippa nieuwsgierig aan. Hij kauwde op zijn onderlip en wendde toen zijn blik af van de oever, op een manier alsof het hem moeite kostte. Zijn ogen hadden weer wat kleur gekregen. Ze zagen nu donkerblauw en hadden niet langer die heldere, glasachtige blik die ze altijd aannamen wanneer Agrippa getuige was van gewelddadigheden of bloedvergieten.

'Over enkele dagen,' fluisterde de waarde doctor, 'zullen we alles weten. Maar voorlopig zeg ik jullie niet meer dan dit: Buckingham mag dan een dwaas geweest zijn, hij is ter dood gebracht voor iets waaraan hij niet schuldig was.'

Ik staarde hem verbijsterd aan.

'O ja,' vervolgde Agrippa. 'Misschien is hij in het geheim lid van de tempeliersorde geweest. Misschien ook heeft hij naar de graal en het zwaard van Arthur gezocht. Maar volgens Hopkins was dat ook alles waar Buckingham belang in stelde.'

'Maar welk bewijs van hoogverraad heeft de koning dan aangevoerd tijdens het proces tegen Buckingham?'

'Het getuigenis van Taplow, Buckinghams agent in Londen. Vergeet niet,' Agrippa tuurde de dichter wordende mist in, 'dat Buckingham niet de enige was die is omgekomen in deze zaak.' Hij keek Benjamin strak aan. 'Hebt u Calcraft gekend?'

'Een beetje.'

'Welnu, hij was een van de agenten in wie Mandeville het meeste vertrouwen stelde: een betrouwbaar man, een scherpzinnig speurder, iemand die geheimen kon ontraadselen en die een fijne neus had voor complotten tegen de koning.'

'Ja, ja, dat weet ik,' antwoordde Benjamin, 'ik heb meester Calcraft wel eens ontmoet. Hij had een gezicht als een oorwurm en hij was er bedreven in om andere mensen verraderlijke woorden in de mond te leggen. En wat voert hij nu in zijn schild?'

'Waarschijnlijk maakt hij nu een dansje met de duivel,' antwoordde Agrippa glimlachend. 'Calcraft is dood! Hij is gewurgd op niet meer dan een steenworp afstand van Richmond.'

'Dus wellicht slaan onze geheimzinnige tempeliers terug tegen Mandeville's mannen?'

'Wellicht, ja. Calcraft heeft ervoor gezorgd dat Buckingham naar het beulsblok is gestuurd. Maar nu is hij toch dood.'

'En daarom haalt oomlief ons erbij?'

'Natuurlijk; Mandeville heeft nog een andere agent, Warnham. Warnham stelt een onderzoek in naar Buckinghams dekmantel, maar oom wil jullie!'

'En wij moesten bij de terechtstelling van Buckingham aanwezig zijn om onze gedachten te concentreren.'

Agrippa glimlachte en knikte. 'De kardinaal kent de menselijke aard maar al te goed,' antwoordde hij. 'Meester Benjamin, u was gewend aan de rust en kalmte van Ipswich. De dood van Buckingham was een toepasselijk voorspel op de gruwelen die u wellicht nog wachten.'

Benjamin leunde achterover op zijn zitplaats en hij sloot zijn ogen terwijl Agrippa het gesprek op de roddels en schandalen aan het hof bracht.

Nog net voor het invallen van het duister bereikten we Richmond. Een vreemd oord, ook al was het betrekkelijk nieuw. Richmond was herbouwd in 1490 door de Grote Vrek, de vader van Dikke Harry, en in feite bestond het uit een reeks torens en zalen gebouwd rond een aantal binnenhoven met kleine boomgaarden en tuinen. De muren waren bedekt met rozen die langs latwerk groeiden, rode en witte door elkaar, om een ieder in herinnering te brengen dat de Tudors het beste van de beide huizen York en Lancaster in zich verenigden. De stenen muren waren verfraaid met beeldhouwwerk en vreemde afbeeldingen, waterspuwers en standbeelden, en iedere toren werd bekroond door een grote, uivormige koepel. Van de hoogste wapperden de banieren van Engeland en de vaandels van Wolsey, om aan te geven dat zowel de koning als diens eerste minister er thans verbleven.

Agrippa droeg ons over aan een bediende en deze bracht ons naar een nogal krap bemeten kamer in een van de torens, spaarzaam gemeubileerd met een bed en enkele houten meubelen. Aan de muur hing een gehavend schilderij dat Noachs uittocht uit de ark voorstelde. Benjamin keek rond en glimlachte.

'Mijn waarde oom,' verklaarde hij sarcastisch, 'schijnt nog altijd een even hoge dunk van ons te hebben.'

We pakten onze zadeltassen uit en liepen toen de gangen door, een routine die ik altijd in acht nam wanneer we ergens waren aangekomen waar we onbekend waren. Een van Shallots gouden regels is deze: als je ergens onbekend of voor de eerste keer bent, ga dan onmiddellijk op zoek naar de snelste vluchtweg, want die kun je altijd nodig hebben. (Bij maar één gelegenheid heb ik die stelregel in de wind geslagen, toen een jonge edelvrouwe mij in haar slaapkamer onthaald had. Ik was zo geboeid door haar kousen met vergulde bovenranden en scharlakenrode jarretellen dat ik er niet aan dacht het vensterraam te controleren. Toen haar broer onverwacht de kamer binnenkwam zat ik in de val. Ik kan jullie niet aanraden om drie uur lang in een bedompte kleerkast te staan terwijl donzige zwarte ratten over je blote voeten rennen en er af en toe hongerig aan knagen. Maar goed, dat is een ander verhaal!)

We kwamen langs de provisiekamer, waar een kok met één oog weigerde ons van voedsel te voorzien. Daarop stiet ik een komfoor om en toen hij ons de rug toekeerde stak ik de jongen die het spit draaide een duit toe en kaapte een mooi geroosterde kapoen en een brood weg. We zaten onze onrechtmatig verkregen maaltijd te verorberen in een van de tuinen toen Agrippa haastig op ons toe kwam lopen.

'Kom, kom,' beval hij, en haast zonder zijn pas in te houden haastte hij zich verder. Benjamin en ik volgden hem terwijl we onze gestolen maaltijd gulzig beëindigden. Agrippa voerde ons het paleis uit en een overwoekerde tuin in, waar, zo zag ik, ook een kleine begraafplaats was aangelegd. Aan de achterzijde, tegen de muur, stond een vervallen knekelhuis, een klein gebouwtje waar de lijken van bedienden die in het paleis waren overleden uit de gemeenschappelijke doodskist werden gehaald en in lappen goedkoop zeildoek werden genaaid.

In zichzelf mompelend duwde Agrippa de deur open. Hij

haalde een tondeldoos tevoorschijn en stak een kaars aan. Op een lage stenen plaat midden in het vertrek lag het lijk van een man, gehuld in kleding van goedkoop bruin bombazijn, die nu doordrenkt was met slijmerig rivierwater. Ze hadden hem zijn laarzen uitgetrokken en door de versleten sokken stak hier en daar een teen. Hij was jong gestorven, met een kop vol kastanjebruin haar, maar zijn gezicht zag er afstotelijk en haast onherkenbaar uit: de huid was zwart verkleurd, de tong stak aan één kant uit de mond, de ogen waren achter in de kassen gerold. De wangen vertoonden beetsporen, waarschijnlijk afkomstig van snoeken en andere riviervissen. Maar wat ons meteen opviel, was het koord dat strak om zijn keel gesnoerd zat. Het kleine stokje dat de wurger had gebruikt om het koord nog strakker aan te halen was er met een vernuftige knoop aan vastgemaakt. Ik wierp er slechts één blik op, wendde me toen af en braakte de kapoen grotendeels uit.

'Wie is dit?' fluisterde mijn meester.

'John Warnham,' antwoordde Agrippa. 'Calcraft is op dezelfde manier vermoord.'

Benjamin, die over een maag van staal leek te beschikken, knielde neer en onderzocht voorzichtig het scharlaken koord.

'Het ziet eruit als een veterkoord,' merkte hij op. 'Van iemands mantel.'

Hij staarde naar de knoop. Ik keek naar hem en probeerde geen glimp op te vangen van dat groteske, zwarte gezicht. Benjamin stond op, klopte het stof van zijn knieën, liep naar buiten en ging in de donker wordende tuin staan. Agrippa en ik volgden hem.

'Wanneer is hij gevonden?'

'Vanochtend vroeg, in een van de karpervijvers bij de rivier.'

'Hoe lang is hij al dood?'

'Een dag of twee geleden is hij verdwenen.'

'De dader, wie dat ook geweest mag zijn,' antwoordde Benjamin, 'kon goed overweg met het wurgkoord.' Hij raakte vluchtig zijn eigen keel aan en glimlachte naar mij. 'Pas op voor het wurgkoord, Roger. Een kundig moordenaar, en dat kan ook een kind zijn, kan zijn koord om je nek slaan en je binnen een paar seconden laten stikken. Wist je dat?'

(Indertijd wist ik dat niet en ik schudde mijn hoofd. Maar nu weet ik het wel! In een van mijn dagboeken zal ik jullie nog vertellen hoe ik de Zwarte Eunuch, de haremmeester van Constantinopel, omkocht. Een verschrikkelijk oord, Constantinopel, met zijn marmeren muren, gouden drinkbekers, geurige tuinen en geruisloos toeslaande dood. De Turken geloven niet in openbare terechtstellingen. In plaats daarvan houden ze er een groep doofstom gemaakte eunuchen op na, die 'de Hoveniers' heten en scharlakenrode wurgkoorden dragen. Als een man of vrouw bij de sultan uit de gratie is gevallen, wordt er een teken gegeven, verschijnen 'De Hoveniers' en wordt die persoon binnen enkele tellen gewurgd.

Soms wordt de opdracht tot die wurgingen zelfs in een opwelling gegeven. Bij zo'n gelegenheid besloot een vizier, een van de hoogwaardigheidsbekleders van de sultan, zich van zijn gehele harem te ontdoen. Alle meisjes werden gewurgd, in met stenen verzwaarde zakken gestopt en in de Bosporus gegooid. Op een middag ontsnapte ik uit het paleis van de sultan. Ik moest van de boot waarop ik vluchtte springen en zwom onder water in een ondiep gedeelte van de Bosporus. Welnu, jullie zullen het niet geloven, maar de zeebodem lag er bezaaid met zakken met een wel heel weerzinwekkende inhoud. Ze waren dichtgebonden bij de hals en door de krachtige zeestroming stonden ze recht overeind. Kunnen jullie je dat voorstellen? Een zee van dode meisjes in een zee? Ik zie mijn kapelaantje gniffelen. Hij denkt dat ik dit uit mijn duim zuig. Maar dat doe ik beslist niet. Ik kan zwemmen als een vis en heb vaak moeten zwemmen voor mijn leven, en als hij me niet gelooft, zal ik hem eens meenemen naar de dichtstbijzijnde vijver en hem zwemles geven!

Zo, nu houdt hij zijn mond weer, en toegegeven, ik dwaal af.)

'Was Warnham een van de agenten van de kardinaal?' vroeg Benjamin.

Agrippa knikte. 'Net als Calcraft,' voegde hij eraan toe.

'Maar waarom zouden ze vermoord zijn?' vervolgde Agrippa alsof hij in zichzelf sprak. 'Waarom zou iemand een agent vermoorden?'

'Ze moeten iets geweten hebben,' antwoordde ik.

Agrippa schudde zijn hoofd. 'Nee. Volgens mij hebben we de inlichtingen die we nodig hebben al vergaard. Buckingham is dood en Hopkins ook.' Hij trok een gezicht. 'Ach ja, de tijd zal het leren.'

Met waggelende pas liep hij weg en wij liepen terug naar onze kamers.

De volgende dagen werden we met rust gelaten. O, van een afstand zagen we Wolsey wel eens even, in zijn gewaden van scharlakenrode zijde, en soms ook aan de tafel in de grote zaal, waar hij onthaald werd op een reeks overdadige banketten. De aanwezigheid van het Grote Beest was tastbaar.

Koning Henry zag er iets ouder maar nog altijd reusachtig uit, met zijn blonde, goudkleurige haar en baard en die blauwe, agaatharde oogjes waar niets aan scheen te ontgaan. Hij ging gekleed in schitterende, met edelstenen bezette wambuizen, met zilverdraad gegalonneerde broeken en hooggehakte, met bonte linten gestrikte schoenen, die hem een nog voornamer aanzien gaven dan de mannen van zijn hofhouding. De Grote Moordenaar hield van vermaak en welke gevaren er ook dreigden, hij vierde altijd feest.

Een of andere dwaas moest hem verhalen over koning Arthur hebben verteld, want zijn verbeelding scheen geprikkeld en op de derde avond van ons verblijf in Richmond organiseerde hij een schitterend maskerspel. Samen met andere gasten (de kardinaal wist nog steeds niet dat zijn neef er was) werden we een grote, door honderden kaarsen van zuivere bijenwas verlichte zaal binnengeleid. Aan de muren schitterden de rijke scharlakenrode, gele en gulden kleuren van de Venetiaanse wandkleden in het licht en aan de overzijde van het spelonkachtige vertrek was een geheel groen geverfd gevaarte te zien. Het was een sprookjeskasteel, de hoge, versterkte muren bekroond met torens en voorzien van kantelen. Timmerlieden en kunstenaars hadden twee weken werk gehad om dit Château Vert of Groene Kasteel te bouwen en om het houten geraamte met groen papier, bladmetaal en groenspaan te bedekken. Met opmerkelijke gevolgen: het groene kasteel schitterde in de door kaarsen verlichte zaal als een geestverschijning in een visioen.

Nou, jullie begrijpen wel wat er te gebeuren stond. Acht mooie vrouwen, die de schoonheid, de eerzucht, enzovoorts verbeeldden, moesten het kasteel verdedigen tegen acht edele heren, die, uiteraard, onder aanvoering stonden van het stomme, vette beest persoonlijk. Deze acht heren, die de namen Liefde, Jeugd, Trouw enzovoort droegen, bekogelden de verdedigsters van het Château Vert met bloemen en werden op hun beurt besproeid met rozenwater en suikerwerk. Alle aanwezigen namen dit ernstig. Maar toen ik de groten van het land zulke kinderlijke spelletjes zag spelen, kreeg ik haast de slappe lach.

Mijn meester zat er roerloos en heel stil en teruggetrokken bij en dacht na over wat Agrippa hem had verteld. Ik had meer belangstelling voor het eten: in bier bereid lamsvlees, eend in sinaasappelsaus, pasteien, zoete blokjes gegelatineerde melk en bekers rode en gekoelde witte wijn. Ik dronk alsof mijn leven ervan afhing.

Eén ding viel me op tijdens het maskerspel en een andere, gelijkaardige farce toen we ons met ons allen naar de buiten gelegen Shooters Hill begaven om Dikke Henry gekleed in jagersgroen voor Robin Hood te zien spelen: de nieuwe liefde van de Grote Moordenaar, een meisje met donker haar en blauwig-zwarte ogen. Ze bewoog zich met een lome gratie en de koning overlaadde haar voortdurend met betuigingen van zijn speciale genegenheid.

Het was de eerste maal dat ik Anna Boleyn zag. Ze was niet mooi, althans, niet op de klassieke manier, maar haar seksuele aantrekkelijkheid oefende een magnetische aantrekkingskracht uit op alle mannen en hun aller blikken waren op haar gericht. Naast haar leek de korte, gedrongen Spaanse koningin Catharina van Aragon op een kamerpot die naast een prachtige vaas gezet was.

De arme Catharina! Die zovele kinderen had gebaard, van wie er slechts één in leven was gebleven: het kleine, roodharige meisje Mary met haar spichtige gezichtje, dat overal haar moeder volgde. Grote God, wat wij onze kinderen niet aandoen! Mary groeide op en ze haatte haar vader en evenals haar moeder bracht ze haar hele leven door met verlangen naar een kind dat zou blijven leven. Dat weet ik van haar. Toen ze stierf, heeft ze mij haar gebedenboek gegeven. Ik heb het nog steeds. Een gedeelte ervan, met het gebed van een moeder die vraagt of ze een gezond kind mag krijgen, is dusdanig bevlekt door tranen dat de inkt is uitgelopen.

Maar nu zijn ze allemaal dood en zit ik hier terug te denken aan Dikke Henry, die liep rond te springen en net deed alsof hij Robin Hood was. In de loop der jaren vermoordde hij iedereen in zijn omgeving, voordat hij zelf vermoord werd. Jawel, vermoord. Ik beken het nu, ik was er niet zelf bij betrokken, maar ik was wel op de hoogte. Zijn raadsheer diende hem een dosis witte arsenicum toe en daardoor ontstond er een soort vuurbal in zijn buik. Dagenlang lag de koning op een stinkend bed, met bloeddoorlopen ogen en een perkamentkleurig gezicht, en was hij niet langer bij machte om te slikken. Zijn huid begon los te laten, de vetmassa op zijn buik begon vloeibaar te worden en uit zijn maag en darmen lekte bloed. Toen hij met het schuim op zijn mond overleed, was zijn tong zo groot dat hij zijn hele mond vulde en opengesperd hield. Ze moesten zijn rottende lichaam in de doodskist hijsen en het erin proppen zoals je een baal rottend stro in een zak perst. Ach ja, zo gaat wereldse luister teloor.

Nadat we een paar dagen op Richmond hadden rondgeslenterd, ging het hof tot de orde van de dag over. We werden ons steeds sterker bewust van de aanwezigheid van de Santerres en de naargeestige *Agentes*. De laatsten slopen als schaduwen door de gangen en heimelijk begon ik bang te worden voor Sir Edmund Mandeville. Hij zag er even duister uit als Lucifer en leek op een mooie maar uit de gratie gevallen engel. Met zijn olijfkleurige huid, gitzwarte haar en keurig geknipte baard en snor was hij een knappe man, op een arrogante, mediterrane manier, ofschoon hij een vreemde trek om zijn lippen had en er altijd een spottende blik in zijn ogen lag. Hij zag eruit als een man die niet in zichzelf geloofde, laat staan in iets anders.

Geoffrey Southgate, zijn luitenant, leek opgewekter, met zijn rode bos haar, borstelige wenkbrauwen en bleke huidskleur. De kerel lispelde enigszins en bewoog zich nogal onnatuurlijk, maar hij was de dolk in handen van zijn meester.

Enkele dagen na onze aankomst op Richmond maakten we met hen allen kennis in Fountain Court. Benjamin zat te lezen in een manuscript dat hij in de bibliotheek had geleend en ik hing dodelijk verveeld rond en zon op streken die ik uit zou kunnen halen.

De eersten die ons benaderden, waren de Santerres. Sir John was een lompe maar sluwe grootgrondbezitter die wist op welke plaats aan tafel hij moest zitten. Hij was het soort kerel dat je gelag betaalt in een taveerne en je onthaalt op grappige verhalen, maar die je voor geen cent kunt vertrouwen. Zijn ijskoude, blauwe ogen leken op varkensoogjes en ze deden me denken aan de ogen van de koning. Lady Beatrice, zijn vrouw, had intussen haar kalmte hervonden en zo te zien was ze vroeger een mooie vrouw geweest, hoewel er een verwende en tamelijk zinnelijke trek op haar bleke gezicht lag. Ze gaf haar man altijd een arm, alsof ze vastbesloten was hem nooit aan haar greep te laten ontsnappen. Rachel, hun dochter, was een schoonheid. Ze droeg een eenvoudige sluier van purperrood over haar haar en een zedige blauwe jurk van zuivere wol, die aan de kraag en de mouwen was afgebiesd met gouddraad.

De Santerres kwamen Fountain Court binnenlopen alsof ze een rondwandeling in het paleis maakten. Mijn meester sloeg het boek waarin hij zat te lezen dicht en nam hen met oplettende blikken op terwijl ze aangelopen kwamen.

'Ik vroeg me al af wanneer ze zouden komen,' fluisterde hij.

'Waarom?'

'Wij zijn te bescheiden om ons voor te stellen,' siste hij, 'en dus zijn zij naar ons gekomen. Ten slotte zullen we hen vergezellen op hun reis naar huis, als we Agrippa mogen geloven. Opstaan dus, Roger, en gedraag je.'

De Santerres kwamen met majesteitelijke schreden op ons toe en wij stonden op, stelden ons voor en schudden of kusten handen. Sir John deed een stap achteruit en schraapte zijn keel.

'Ik heb begrepen,' baste hij met een brouwend, boers accent, 'dat jullie met ons naar Somerset terug zullen reizen. Naar aanleiding van die zaak!' Hij gooide zijn handen in de lucht. 'Vreselijk! Vreselijk! Wat kan ik er anders over zeggen?'

Ja, dacht ik bij mezelf, wat kun je zeggen? Sir John was een man die zocht naar goede kansen. Ik kon me best voorstellen dat hij de vertrouwelijke mededelingen van de arme Buckingham had doorverteld.

'U hebt de edele hertog zien sterven,' flapte ik eruit.

'Edel?' snauwde vrouwe Beatrice. 'Buckingham was een verrader van zijn koning. Een judas aan Henry's hof. Waarom beweert u iets anders?'

'De man is dood,' antwoordde ik vlug. 'En zijn ziel staat terecht voor God. Waarom zouden we dan nu kwaad over hem spreken?'

Santerre wreef zijn ogen uit en keek me argwanend aan.

'Ja, ja,' fluisterde hij. 'Hij was een edele heer, maar hij stroopte in de verkeerde velden.'

'Het pleit voor meester Shallot dat hij het opneemt voor de hertog,' zei Rachel Santerre, met een zachte, diepe stem.

Ik wierp een blik op haar en mijn hart maakte een sprongetje. Ze keek op en ze was echt mooi; haar huid was als doorweven zijde en zuiver goudkleurig. Ik zou dolgraag haar wang hebben aangeraakt of haar lange, slanke hals hebben geliefkoosd. Ik keek of ik gevoel voor humor, of wellicht zelfs spotzucht op haar gezicht ontdekken kon, maar haar donkere ogen stonden helder en haar lippen, die nu licht uiteenweken, vertoonden geen spoor van hoon.

'Dank u voor het compliment, juffrouw.'

Benjamin stootte me aan, want hij kende me. Mijn hersens zaten achter mijn broekklep en als er mooie vrouwen in het spel waren liet ik alle terughoudendheid van me afvallen – en nog veel meer als de gelegenheid zich voordeed!

'Kom, Rachel,' beet vrouwe Beatrice het meisje toe. 'Je vader en ik hebben nog meer te doen.'

'Je bedoelt mijn stiefvader,' zei ze op zachte toon.

Nu glimlachte ik naar haar. Ik had wel iets van vrouwe Beatrice herkend in Rachel, maar ik vroeg me af hoe een met wratten overdekte, roodhoofdige boer als Sir John erin geslaagd was om zo'n schoonheid te verwekken.

'Ik ben je vader,' antwoordde hij op ferme toon.

Lady Beatrice pakte haar echtgenoot bij zijn pols en ze keek Benjamin aan. Uiteraard keurde ze mij niet meer waardig dan een minachtend flitsende blik van onder haar oogleden. Maar dat was ouwe Shallot wel gewend.

'Sir John is mijn tweede echtgenoot,' legde ze uit. 'Rachels vader is overleden toen ze nog een kind was.'

'In dat geval, moeder,' antwoordde Rachel, 'ben ik lang kind gebleven. Vader ligt nog maar vijf jaar in zijn graf.'

O, ho, dacht ik bij mezelf, een mooi gesprek is dit. Er is namelijk niets interessanter dan een familieruzie. Ik staarde nogmaals naar Rachel, verlustigde me aan de prachtige lijnen van haar gezicht en mijn stoute hart sprong op van plezier. Als de moeder een hekel aan me had, was er wellicht nog hoop voor me bij de dochter? (Ik zie dat mijn klerk gniffelt. Hij denkt dat ik ter plaatse met haar het bed in wilde duiken. Nee, nee, zo zit ouwe Shallot niet in elkaar. Nou ja, eigenlijk niet, maar ik wilde gewoon graag bij haar zijn. Naar haar staren, me verliezen in die prachtige donkere ogen. We hebben niet allemaal een geest als een beerput!)

Nu, achteraf gezien, denk ik dat er een familieruzie zou zijn uitgebroken, als op dat moment de deur naar Fountain Court niet open was gegaan en Sir Edward Mandeville en Geoffrey Southgate verschenen waren, gevolgd door twee kaalhoofdige schepsels, die evenveel op elkaar leken als twee erwten in een pan. Sir John draaide zich om en keek hen aan, zijn gezicht wit weggetrokken.

'Kom,' fluisterde hij. 'We hebben meer te doen.'

Ze liepen weg, Lady Beatrice nog steeds zwaar leunend op zijn arm. Rachel draaide haar gezicht iets om en ik weet zeker dat zc glimlachte.

Mandeville en Southgate wilden ons zoals gewoonlijk voorbijlopen. Ik stond te kijken, gefascineerd door de twee types die hen volgden: het waren tweelingbroers en met hun dikke, deegachtige gezichten, kabeljauwachtige monden en hoofden zo kaalgeschoren als duiveneieren, deden ze me denken aan eunuchen.

Plotseling draaide Mandeville zich om. Hij kwam op ons af en maakte een buiging. (Is jullie dat wel eens opgevallen, trouwens? Dat de sinisterste types vaak ook de hoffelijkste zijn?)

'Meester Daunbey, meester Shallot. Ik zie dat de Santerres zich hebben voorgesteld en misschien is het tijd dat wij elkaar wat beter leerden kennen.' Hij volgde mijn blik. Ik keek nog steeds naar zijn kaalhoofdige vazallen. 'O, mag ik jullie Geoffrey Southgate en mijn twee klerken, Cosmas en Damien voorstellen?'

De eunuchen bogen.

'Is dit een tweeling?' vroeg ik.

'Vanzelfsprekend,' antwoordde Southgate mat.

De twee eunuchen, zoals ik ze bij mezelf noemde, keken me aan; ze hadden glasachtige, zielloze kikkerogen. Nergens op hun gezicht en hoofd was ook maar een haartje te bekennen.

'Kunnen ze niet spreken?' vroeg mijn meester.

Mandeville draaide zich half om. 'Cosmas, doe je mond open!'

Ik kon mijn ogen niet geloven. Op bevel van Mandeville sperden de beide nachtmerrieachtige creaturen hun mond open. Ik zag een rode flard vlees waar hun tong had moeten zijn en vol walging wendde ik mijn blik af. Mijn meester, God zegene hem, keek nog oplettender toe.

'Wat is er met hen gebeurd?' vroeg hij, als een huisarts die een diagnose wil stellen.

'O, ze zijn geboren in Engeland,' antwoordde Mandeville. 'Maar tijdens een zeereis die ze maakten met hun ouders op een karaak werden ze op de Middenzee overvallen door Turkse kapers. Cosmas en Damien, zoals ik hen nu noem, werden meegevoerd naar Constantinopel, gecastreerd en stom gemaakt.' Hij gaf een van hen een liefkozend klopje op zijn kale kop, zoals je een goede jachthond op zijn kop zou kloppen. 'Maar ze zijn welopgevoed.'

Hij hield zijn blikken strak op mij gericht, maar ik wist dat hij ons beiden opnam. Benjamin scheen hem belangstelling in te boezemen, maar aan de spottende glinstering in zijn ogen zag ik dat hij mij voor een schurk aanzag. Plotseling keek hij over zijn schouder naar de deur, alsof hij verwachtte dat er nog iemand bij ons zou komen staan, en toen kwam hij een stap dichterbij. Ook Southgate boog zich voorover, als een schoolmeester die een paar leerlingen vermaande.

'De *Agentes* heten jullie welkom,' fluisterde Mandeville. Zijn stem kreeg een staalharde klank. 'We hebben Buckingham in de val gelokt. Nu kunnen we die tempeliers daarginds gaan uitroken en te weten zien te komen wat Zijne Excellentie de Kardinaal van ons wil, maar hij staat erop dat jullie met ons meegaan.'

Ik staarde naar hun harde gezichten en het vooruitzicht dat ik in gezelschap van dit griezelige viertal naar Glastonbury zou moeten reizen verloor zijn laatste restje aantrekkelijkheid, ondanks de charmante aanwezigheid van Rachel Santerre. Ze deden beiden een stap achteruit, maakten een buiging en liepen de binnenplaats af.

Benjamin keek hen na. 'Ik vraag me af wat ze daar allemaal mee bedoelden?' mompelde hij. 'Ik wou dat oomlief ons eens zou zeggen wat hij van plan is.'

'Heren!' riep een stem. 'Ik hoorde jullie praten.'

We draaiden ons allebei om. Een jongeman was zonder enig gerucht te maken achter ons opgedoken. Misschien hadden de *Agentes* hem zien naderen en waren ze daarom vertrokken. Hij bleef trots en parmantig staan, als een haan op een boerenerf. Ik kreunde onhoorbaar: de kerel zag eruit als een ruziezoeker, met zijn roodbruine leren buis, strakke broek, opstaande broekkleppen, hooggehakte laarzen en, bovenal, zijn zwaard met korfgevest, waar hij aanhoudend met zijn vingers op trommelde.

Het was een vechtersbaas, een van die klaplopers die een plaag vormen in iedere hofhouding en in het huis van iedere edelman, opgeblazen, vol eigendunk en altijd uit op ruzie. (Meester Shakespeare heeft uit mijn beschrijvingen van dergelijke kerels geput om Thibault de zwaardvechter te portretteren in zijn uitmuntende toneelstuk *Romeo en Julia*.) De man kwam dichterbij en zette zijn breedgerande, met een goedkope pluim versierde hoed af. Hij had een vaalbruin gezicht met dunne, bloedeloze lippen en hield zijn ogen geloken en half dichtgeknepen. Hij stak zijn kin vooruit.

'Heren, ik vroeg u iets. Waar hadden jullie het over? Ik wilde bij jullie komen staan, maar jullie vrienden liepen meteen weg. Deden ze dat op jullie verzoek? Stoort mijn aanwezigheid jullie soms?'

Benjamin pakte me bij mijn pols. 'Wees voorzichtig, Roger,' fluisterde hij. 'Die kerel zoekt ruzie.'

Mijn meester was zo naïef dat hij altijd op voor de hand liggende dingen wees. Natuurlijk was ik op mijn hoede. Ouwe Shallot is immers een lafaard! Bij het minste of geringste teken van gevaar ga ik er als een hazewind vandoor, en dat wilde ik toen ook doen, maar de kerel versperde me de weg en priemde zijn vinger in mijn borst.

'Ga jij er ook vandoor, lamstraal?'

'Rot op!' siste ik.

Hij stapte achteruit, smeet zijn hoed op de grond en trok zijn zwaard half uit de schede. Benjamin kwam voor me staan.

'We bieden onze verontschuldigingen aan,' verklaarde hij. 'Heer, we hebben het niet beledigend bedoeld.'

Mijn aanstaande tegenstander verloor me geen moment uit het oog.

'Ik heb geen ruzie met u, meester Daunbey,' antwoordde hij zacht. 'Ik heb geen verschil van mening met een neef van de kardinaal, maar deze snuiter heeft me beledigd.'

'Dat heb ik helemaal niet!' verdedigde ik me. 'Ik voel me niet lekker. Laat me erlangs, heer!'

Opnieuw kwam Benjamin tussenbeide. 'Opzij, heer!' zei hij. 'Wij hebben geen ruzie met u.'

'Nee, *u* niet, meester Daunbey,' herhaalde de man en ik kreeg een wee gevoel in mijn maag van angst, want de kerel kende onze namen. Dit was geen toeval. Hij probeerde mij opzettelijk uit te dagen en in zulke situaties komen er altijd twee gedachten in me op. Ten eerste, kan ik vluchten? Ten tweede, als dat niet gaat, kan ik er zonder kleerscheuren van afkomen?'

De man trok zijn zwaard en plantte de venijnige punt in de grond.

'Gaan jullie dan maar,' zei hij, en hij zwaaide spottend met zijn heupen. 'En bij de avondmaaltijd zal iedereen het hebben over de moed van "juffrouw Shallot". Juffrouw Shallot! Juffrouw Shallot!' ging hij op zangerige toon verder. 'Wat is er, meid?' daagde hij mij met scheef gehouden hoofd uit. 'Met die rare ogen weet je ook nooit zeker wat je ziet.' Hij stak een vinger op. 'Ik heb een voorstel. Als je voorover buigt en je laat me met het plat van mijn zwaard op je kont slaan, dan mag je gaan van me.'

Nu sloeg Benjamin zijn hand aan het heft van zijn zwaard.

'Als u uw zwaard trekt, meester Benjamin,' vervolgde mijn kwelgeest, 'loop ik gewoon weg.'

'Alsjeblieft,' mompelde ik, terwijl ik de verlaten binnenplaats rondkeek.

'Alsjeblieft!' bauwde de kerel me na.

'Je hebt geen andere keus,' fluisterde Benjamin.

Dus daar stond ik dan, met een wee gevoel in mijn maag en rommelende darmen. Ik trok mijn wambuis uit, trok mijn degen en zette het moedigste gezicht dat ik kon opbrengen. We kozen positie. Het saluut werd gegeven, we kruisten onze zwaarden en het duel begon. Ik bewoog en zwaaide mijn zwaard, met mijn ene oog dichtgeknepen. De kerel speelde gewoon met me en bewoog zich voor- en achterwaarts. Hij raakte mijn pols. Ik deed mijn ogen dicht. Hij glipte achter me langs en gaf me een klap op mijn achterste met het plat van zijn zwaard.

'Juffrouw Shallot!' riep hij uit.

Ik staarde naar Benjamin, maar hij had zijn blik afgewend. Toen gebeurde er iets vreemds. Ouwe Shallot zet niet gauw zijn eigen leven op het spel, maar die klap op mijn achterste had mijn trots gewekt (waar die zich ook verborgen had gehouden) en ik herinnerde me de woorden van mijn schermmeester. Ik opende mijn ogen en staarde naar de opschepper die voor me op en neer danste. Hij symboliseerde alles waar ouwe Shallot een hekel aan had: de spottende afkeuring van Wolsey, de bevoogdende houding van Agrippa, de sluwe, honende schimpscheuten waarmee ik me verborg achter mijn meester. Met andere woorden, ik verloor mijn zelfbeheersing en hervond mijn moed.

Mijn zwaard daalde neer. Ik kneep mijn ogen tot spleetjes, nam een echte vechthouding aan en nu begon er een ander duel. Ik wilde die schoft doden en dat wist hij: hoog op zijn wangen verschenen rode vlekken, hij kreeg een angstige blik in zijn ogen, zijn mond zakte half open. Hij ademde snel en hijgend, terwijl we uitvielen en pareerden, hakten en stootten. Arme drommel! Hij was maar een straatschreeuwer en God weet dat ik hem alleen wilde verwonden. Ik mikte op zijn zwaardarm, stootte toe, hij bewoog met me mee en mijn zwaard drong in zijn lichaam, diep in de zachte weefsels onder zijn ribbenkast. Ik liet het gevest los en stapte verschrikt achteruit.

De kerel staarde me aan en omklemde de kling van mijn zwaard. Het bloed gutste uit de wond. Hij liet zijn eigen wapen vallen en deed een stap op me toe, terwijl zijn levensbloed uit zijn mond gutste. Zijn ogen stonden nog steeds vol verbazing, werden glazig, en toen zeeg hij op de grond neer.

Benjamin draaide hem op zijn rug.

'Hij is morsdood,' mompelde hij. 'Grote God, Roger, maar je had geen keus.' Hij glimlachte flauwtjes naar me. 'Ik had nooit een duelleerder achter je gezocht.'

'Ik evenmin, meester!'

Ik viel haast flauw en liet me op het gras zinken. Ik had juist mijn zwaard uit het lichaam getrokken toen de poorten van de binnenplaats plots werden opengeworpen en een groep hellebaardiers van de kardinaal kwam aangesneld. Met gevelde pieken stelden ze zich rond ons op. De kapitein, een man met een dik gezicht en een rossige baard, nam mij mijn zwaard af.

'Wat is uw naam, heer?'

Hij knipte met zijn vingers en twee soldaten trokken me overeind.

'Mijn bediende heet Roger Shallot,' verklaarde Benjamin. 'Deze kerel hier daagde hem uit tot een duel en wilde hem niet met rust laten.'

De kapitein trok een gezicht. 'Dat kan wel zijn.'

Hij keek wat beter. 'U bent meester Daunbey, de neef van de kardinaal, nietwaar?'

'Dat klopt.'

'Dan, heer, dient u te weten dat duelleren uitdrukkelijk verboden is door Zijne Majesteit en dat het als hoogverraad beschouwd wordt om uit woede uw zwaard te trekken in het paleis van de koning. Meester Shallot, u staat onder arrest!'

Sprakeloos staarde ik naar Benjamins wit weggetrokken gezicht. Hulpeloos haalde hij zijn schouders op.

'Ga maar met hen mee, Roger,' fluisterde hij hees. 'Dan ga ik wel met oom praten.'

Omringd door de hellebaardiers werd ik half en half de binnenplaats af geduwd. We sloegen af en liepen een gang in. Mandeville en Southgate hadden het hele schouwspel gadegeslagen door een venster op een gaanderij. De twee schoften schenen zich best te vermaken, maar toen stak Southgate zijn hand op en bleef de bewaker staan. Mandeville greep me bij mijn pols.

'U had geen keus, meester Shallot,' zei hij zacht. 'Daarom vertrokken we zo plotseling. We zagen die ruziezoeker aankomen en we wisten dat hij problemen zou veroorzaken.'

Nou, dank je wel, hoor, dacht ik bij mezelf. Maar zo gaat dat in het leven. Als er ergens een berg stront ligt, dan is het altijd ouwe Shallot die erin valt!'

Mandeville en Santerre stapten terzijde en ik werd naar een smalle, nauwe kelder afgevoerd, die tevens dienst deed als de kerker van het paleis. Ik werd naar binnen geduwd en kreeg een kaars, een beker aangelengde wijn en een homp van het hardste brood dat in de keuken was te vinden. Het was bedekt met een laagje groene schimmel en terwijl ik erop kauwde en mijn fortuin overpeinsde, besefte ik dat die beroerling van een eenogige kok kennelijk de kapoen miste die ik had gestolen. Zo zat ik daar urenlang.

Eerst stroomde het bloed me warm door de aderen en schreeuwde ik uit dat ik onschuldig was tegen de koude grijze muren en de twee grote ratten die als uit het niets waren opgedoken. De twee beesten hoorden mijn verklaring aan en toen ik in slaap gevallen was knaagden ze mijn homp brood aan en dronken ze de wijn op die nog in de gedeukte beker zat. Toen ik wakker werd, was het koud en donker en werd ik bang. Die vechtersbaas, God hebbe zijn ziel, wie hij verder ook was, had me met opzet tot dat gevecht gedwongen. Dus door wie was hij gestuurd? Wie had dit maskerspel in scène gezet?

Toen dacht ik aan de koning, met zijn sluwe varkensoogjes; en aan de kardinaal, zijn spelmeester – en veranderde mijn angst in een verschrikking die mijn hart deed stilstaan.

HOOFDSTUK 4

Nu weten jullie dat ouwe Shallot niet bij de pakken neer blijft zitten. Ik ben wel vaker in een lastig parket verzeild geraakt, neem dat maar van me aan: ik heb de galg in Montfaucon gezien; ik ben achtervolgd door wilde dieren in de sloppenwijken van Parijs en in de doolhof van François de Eerste; ik heb gezwommen voor mijn leven in de Bosporus en ik ben in de ruïnes van Rome in het nauw gedreven door hordes bloeddorstige lutheranen. Mijn verblijf in de kerkers van Richmond verontrustte me dus wel enigszins, maar dreef me niet tot wanhoop. Ik gaf maar twee maal over en mijn broek was algauw weer droog. (En dat is meer dan ik kan zeggen van mijn kapelaan, als hij niet ophoudt met gniffelen en zijn pen op het papier zet. Weten jullie wel dat ik nooit zijn gezicht kan zien zonder dat het me doet denken aan het hellevuur?)

Uiteindelijk viel ik in slaap en werd verkleumd en hongerig wakker. Ik tuurde door het tralieraampje hoog in de muur, zag dat het duister was gevallen en geloofde dat iedereen me was vergeten. Maar natuurlijk was dat niet zo. Een uur later zwaaide de celdeur open en kwam Benjamin binnen met een beker warme kandeel in de hand. (God hebbe zijn ziel, hij was een man die overal aan dacht.) Achter hem stonden leden van de lijfwacht van de kardinaal, met getrokken zwaarden in de hand en sombere gezichten onder hun stalen, kegelvormige helmen.

'Kom, Roger,' mompelde Benjamin, 'Zijne Excellentie de Kardinaal, en Zijne Majesteit de Koning niet te vergeten, wensen een onderhoud met ons.'

Hij keek toe terwijl ik de kop kandeel leegdronk en snoof.

'Wat een vreemde lucht hangt hier,' merkte hij op. 'Dit is beslist geen plek voor een man als jij, Roger.'

(God zegene hem, hij was zo naïef!)

Wolsey's in livrei gestoken schurken brachten ons naar boven, over donkere, gelambriseerde galerijen naar een vertrek hoog in een van de torens. De kamer was halfdonker en het enige licht was afkomstig van een rij waskaarsen op de gladde ovalen tafel, alsof Zijne Duivelse Eminentie niet wilde dat iemand zou weten dat deze bijeenkomst werd gehouden.

Aan het hoofd van de tafel hing de koning in een paars, geblokt wambuis, zijn hemd van zuiver witte zijde was afgezet met Brugse kant aan de manchetten en de kraag. Ik zeg 'hing', want de koning zag eruit alsof hij dronken was. Zijn gezicht was rood aangelopen en de harde varkensoogjes zagen er vervaarlijker uit dan ooit. (Ik herinner me nog de donkerogige Anna Boleyn... wat ter wereld heeft zij toch in hem gezien? Twee dagen voor haar terechtstelling heeft ze me verteld dat ze, als ze haar leven over zou kunnen doen, liever een doodskop met een bot in de mond zou trouwen dan binnen een mijl afstand van onze koning komen. Ik kon haar geen ongelijk geven.)

Henry zag er dus vervaarlijk uit, ook al zat hij daar alleen maar en trommelde hij met zijn stompe vingertoppen op het tafelblad, waarop zijn ringen een geluid maakten als dat van een doodstrom. Naast hem zat Wolsey, zoals gewoonlijk gehuld in paarse zijde, zijn gitzwarte haar kort geknipt en een ondoorgrondelijke uitdrukking op zijn gladde, vlezige gezicht.

'Kom binnen! Kom binnen!' zei Zijne Excellentie zacht, terwijl hij gebaarde naar de twee stoelen aan het andere eind van de tafel. 'Mijn beste neef, eindelijk zien we elkaar dan. Ik neem aan dat je iedereen kent?' Hij maakte een zwaaiend handgebaar.

Links van de koning zaten de *Agentes,* Mandeville, Southgate en zijn twee afstotelijke bedienden. Tegenover hen, naast

Wolsey, zaten de Santerres en de bekoorlijke Rachel aan de tafel. Ze zagen er alle drie doodsbang uit voor deze middernachtelijke bijeenkomst.

'Jullie kennen elkaar al?'

'Beste oom,' antwoordde Benjamin, 'we hebben iedereen reeds ontmoet, behalve u.'

Wolsey ving zijn verwijtende toon op en hij glimlachte. 'Staatszaken, staatszaken, waarde neef.' Hij duwde zijn stoel achteruit, liep de kamer door, boog zich voorover, pakte Benjamin bij de schouders en kuste hem liefdevol op beide wangen. 'Wees voorzichtig! Wees voorzichtig, waarde neef!' hoorde ik hem fluisteren. 'Doe wat de koning je opdraagt, wat het ook is.'

Hij deed een stap achteruit, glimlachte gemaakt en liep terug naar zijn zetel naast de koning. (God, wat een verraderlijke rotzak was hij toch! Bij iedere man had Wolsey wel een ambitieuze vinger in de pap. Hij was zo olieachtig, weten jullie, dat hij aan het eind van de wereld, wanneer alles in vlammen op zal gaan, een week langer zal branden dan alle andere mensen.)

'Meester Daunbey,' riep Henry uit, 'wilt u wat wijn?'

Hij knipte met zijn vingers en Agrippa stapte tevoorschijn uit het duister. (God mag weten waar hij zich de laatste dagen verscholen had.)

De waarde doctor zette twee bekers voor ons neer, schonk ze vol en vatte toen weer post bij de deur. Ik ving zijn waarschuwende blik op, maar hij hoefde ouwe Shallot niets te vertellen. Ook al beschik ik over de moed van een wilde eend, ik heb meer slimme ideeën dan een hond vlooien. Ook Dikke Henry had me aandachtig opgenomen.

'Een zeldzame eer voor u, meester Shallot. We sluiten hier echter geen verraders aan onze borst – mannen die moorden plegen in ons bijzijn.'

'Maar majesteit, ik werd uitgelokt!' flapte ik eruit.

Wolsey boog zich naar Henry over en fluisterde hem iets in het oor. De koning grijnsde en knipte minachtend met zijn vingers in mijn richting. Wolsey glimlachte zalvend, als een opgeblazen priester die zijn onaanzienlijkste parochiaan aanspreekt.

'Meester Shallot,' zei de kardinaal poeslief, 'welk een genoegen is het mij u weer eens te zien.'

Ik werd nog nerveuzer en keek vlug de kamer rond: voor alle ramen waren de luiken neergelaten en er brandde geen enkele pektoorts. Een donkere gestalte loerde vanuit het duister, en ik wist dat Agrippa nog steeds op zijn plek stond en alles hoorde. Wolsey knikte naar de koning, kneep in zijn handen en boog zich voorover. O God, dacht ik, dit wordt gevaarlijk.

'Waarde neef, heb je Buckingham zien sterven?'

De koning haalde zijn neus op en toen hij hem wilde afvegen, stak hij met een van de kanten manchetten in zijn oog.

'Hij was een boezemvriend,' viel hij Wolsey in de rede, 'een man die me na aan het hart lag. Hoe heeft hij zijn vriend en koning kunnen verraden?'

Ik gaapte de vette hypocriet alleen maar aan terwijl Wolsey hem zacht op de pols klopte. Hij was een van de beste acteurs die ik ooit heb meegemaakt, ouwe Henry. Hij kon zijn tranen even gemakkelijk laten stromen alsof de kraan van een biervat werd opengedraaid. Hij gaf ook altijd een goed, haast geloofwaardig optreden – tenzij je wist hoe duister het in zijn hart was.

'Buckingham was een verrader,' verklaarde Wolsey op effen toon, 'en hij verdiende de dood. Waarde neef, Hopkins is ondervraagd in de Tower, en je kent intussen dat fameuze raadseltje. Hoe ging het ook weer? O, ja:

> 'Onder het water van de Jordaan ligt de beker
> van Christus.
> En het beste zwaard bevindt zich boven in de
> Ark van Mozes.'

'Ja,' mompelde hij. 'Heel slim.'

'Dat heeft Agrippa ontdekt,' antwoordde Benjamin op scherpe toon.

'Ja, ja, hij heeft het ontdekt,' antwoordde Wolsey poeslief. 'Maar laat ons de zaak nog eens samenvatten. Buckingham had invloed in het zuidwesten, in de gewesten die grenzen aan Wales en in de graafschappen Somerset, Devon en Dorset. Er stroomde York-bloed door zijn aderen en hij werd al verdacht van hoogverraad, want zijn vader is ook op het beulsblok geëindigd. Zijn hoogverraad is begonnen toen hij naar Templecombe toog...' Wolsey wierp een zijdelingse blik op Sir John Santerre. 'Zoudt u dit verhaal af willen maken, waarde heer?'

Santerre schraapte zijn keel. 'De heer van Buckingham,' zei hij, maar begon toen te kuchen. 'Ik bedoel, de verrader Buckingham kwam de vorige herfst laat op een vrijdagavond bij mij thuis aan. Dat bevreemdde me, want hoewel we met elkaar correspondeerden over zaken die landgoederen betroffen, kwam het slechts uiterst zelden voor dat hij zo ver zuidwaarts reisde, ook al wist ik dat hij zeer gesteld was op vader Hopkins.

'Deze Hopkins,' vervolgde Santerre, 'was een in Londen geboren priester, een benedictijner monnik uit Glastonbury die van zijn kloostergeloften was ontheven. Hij diende als kapelaan op Templecombe en als priester op de afgelegen boerderijen en landgoederen van de Abdij van Glastonbury.' Van de overzijde van de tafel keek Santerre ons aan. 'Hopkins was een zonderling, een oudheidkundige en geschiedvorser. Hij kende alle legenden van Somerset en Devon uit het hoofd en de Arthur-verhalen kon hij van voor naar achter opzeggen.'

'Heeft hij ooit iets gezegd over de graal of Excalibur?' viel Benjamin hem in de rede. Hij negeerde de geërgerde, fronsende blik van zijn oom.

'Soms aan tafel sprak hij daar wel eens over, ja, maar hij zat meestal op zijn kamer, of hij ging op reis, zoals hij het noemde. Dan deed hij de ronde langs de boerderijen of trachtte hij nieuwe geheimen te achterhalen.'

'Geheimen over wat?' vroeg ik.

'Over Arthur en de plaats waar de graal te vinden zou zijn. Zijn kamer lag altijd vol manuscripten.'

'Waar zijn die nu?' vroeg Benjamin.

'Vernietigd,' merkte Southgate op. 'De krankzinnige priester heeft alles verbrand voordat hij naar Londen vertrok.'

'Vertelt u verder, Sir John,' snauwde Wolsey.

'Waarde oom, staat u mij nog één vraag toe?'

Wolsey knikte nors.

'Sir John, stond Hopkins op vriendschappelijke voet met u

en uw familie?'

'Nee,' antwoordde Santerre verhit. 'Dat heb ik al uitgelegd. Hij was erg op zichzelf. O, hij kweet zich wel van zijn priesterlijke taken, de mis en de biecht, maar je kon merken dat hij er met zijn hart niet bij was. Het waren meer verplichtingen voor hem dan priesterlijke vieringen.' Sir John keek vlug naar zijn vrouw en dochter. 'Hij scheen het ook niet zo op vrouwen te hebben. Ik zag hem maar zelden, en mijn vrouw en dochter kunnen zich ook niet herinneren dat ze hem ooit langer dan een minuut of tien gesproken hebben.'

'Dat is waar,' voegde Rachel er op zachte toon aan toe. Ze glimlachte met haar donkere, blauwig-zwarte ogen. Ik vergat op slag dat ik met een groot moordenaar aan tafel zat.

'Vertel verder!' Henry tikte op de tafel.

'Ik weet nu,' vervolgde Santerre haastig, 'dat Hopkins vaak de heer van Buckingham bezocht en toen de hertog op Templecombe was, vroeg hij een onderhoud met mij aan in mijn privékamer. De hertog was erg opgewonden en beweerde dat Hopkins hem verteld had dat de graal en het zwaard van Arthur nog steeds bestonden, dat hij ze dolgraag in zijn bezit wilde hebben en dat Hopkins meende dat hij deze kostbare relikwieën in handen kon krijgen als hij erin zou slagen om een geheime code op te lossen.'

'Die geheime code,' onderbrak Benjamin hem, 'is dat het raadsel dat Hopkins op zijn lippen had toen hij stierf in de Tower en dat de heer kardinaal zojuist heeft aangehaald?'

'Ja, ja,' antwoordde Santerre.

'Waar had Hopkins het gevonden?'

'In de bibliotheek van Glastonbury, schijnt het, in het voorblad van een boek, een oude kroniek.'

'We weten niet of dat werkelijk zo is,' mengde Mandeville zich in het gesprek, 'maar we kunnen het nagaan.'

'Hoe het ook zij,' vervolgde Santerre, zich ervan bewust dat de koning met zijn vingers op het tafelblad trommelde, 'ik heb de heer van Buckingham gevraagd waarom hij die relikwieën nodig had. Hij antwoordde: "Wie weet? Wie weet tot welke hoogten een man kan stijgen als hij Arthurs zwaard heeft vastgehouden en heeft gedronken uit de beker waar Christus zelf uit heeft gedronken?"'

‘Waarde oom,’ zei Benjamin op zoetgevooisde toon, ‘is dat wel hoogverraad? De heer van Buckingham verschilde niet van andere grote mannen. Zijne Excellentie de Koning en u zelf zijn eveneens fervente verzamelaars van relikwieën.’

‘Maar geen verraders,’ viel Mandeville hem in de rede. ‘Ziet u, meester Daunbey, wat Buckingham niet wist, was dat twee van mijn mannen, ervaren speurders naar hoogverraad, deel van zijn gevolg uitmaakten.’

Benjamin glimlachte. ‘U bedoelt Calcraft en Warnham, die inmiddels gewurgd zijn?’

Mandeville verloor iets van zijn kalmte. De brede glimlach week van zijn gezicht en hij beet boos op de nagel van zijn duim.

‘Ja, meester Daunbey, Calcraft en Warnham zijn inmiddels omgebracht, maar dat onderwerp laten we nog even rusten. Voorlopig zeg ik alleen dat ze Sir John Santerre op Templecombe benaderd hebben en hem toen vroegen wat Buckingham had gezegd. De heer van Templecombe was verstandig en loyaal genoeg om de waarheid te vertellen.’

‘En toen?’ vroeg Benjamin.

‘We hadden vastgesteld,’ vervolgde Mandeville, ‘dat Hopkins vaak boodschappen overbracht naar een zekere meester Taplow in Londen. Taplow, een lutherse kleermaker, maakte gebruik van zijn contacten met bepaalde edellieden om op zijn beurt aan de heer van Buckingham verslag uit te brengen over het reilen en zeilen van het hof en wat er in de stad voorviel. Op het ogenblik zit meester Taplow gevangen in Fleet Prison. Hij heeft bekend dat door hem aan Buckingham geschreven brieven, die werden overgebracht door Hopkins, aantonen dat de verraderlijke hertog van plan was op zoek te gaan naar de gewijde relikwieën en er gebruik van te maken om een bloedige opstand tegen de koning te ontketenen. We hebben zulke brieven onderschept. Buckingham is tot het beulsblok veroordeeld, Taplow zal op de brandstapel eindigen en Hopkins heeft reeds verantwoording afgelegd voor zijn misdaden.’

‘Prachtig, prachtig,’ mompelde Benjamin. ‘Maar hoe zit het nu met die tempeliers?’

Wolsey had zijn neef geobserveerd. Nu verzocht hij om stilte door met zijn hand te zwaaien en fluisterde hij iets in het oor van de koning. Henry had ingespannen naar Rachel Santerre zitten staren, maar nu keek hij op van onder zijn zware oogleden en knikte grijnzend.

'Beste neef,' vervolgde Wolsey, 'de tempeliers waren een orde van krijgshaftige monniken die zich wijdden aan de verdediging van het Heilige Land. Daar en in andere landen vergaarden ze grote rijkdommen. Op 13 oktober 1307 werden alle tempeliers in Frankrijk gevangengenomen, en koning Philip de Vierde legde met de zegen van paus Clement de Vijfde beslag op hun landgoederen en bezittingen. Soortgelijke arrestaties werden in dit land en elders verricht, maar sommige tempeliers wisten zich te handhaven. Hun vloot verdween uit La Rochelle en zij die aan arrestatie wisten te ontkomen, doken onder, vooral in Schotland, waar ze bescherming genoten van Robert the Bruce. De tempeliers zwoeren wraak aan ieder vorstenhuis dat hen had verraden en daartoe behoorde ook het vorstelijk gezag van Engeland. Vandaag de dag vormen de geestelijke nazaten van deze tempeliers een geheime broederschap.' Wolsey zweeg een ogenblik en grijnsde. 'Het woord "broederschap" moet niet al te letterlijk worden opgevat. De tempeliers zelf namen het celibaat in acht, maar we weten dat dit genootschap uit geestelijken en leken bestaat, jongeren en ouderen, gehuwden en celibatairen, mannen en vrouwen, Engelsen en Fransen, hoog- en laaggeborenen. Sommigen zeggen dat de vorsten van het huis York, de vijanden van Zijne Excellentie de Koning, wellicht ook lid van deze broederschap geweest zijn.'

Op dat moment zweeg Wolsey even en schoof Henry heen en weer op zijn stoel. De kardinaal had een open wond van Henry geraakt, want Henry, de landjonker uit Wales, had een hekel aan iedere toespeling op de vorsten van het huis York en (zoals ik vele malen heb beschreven in mijn dagboeken), tegen de tijd dat de ouwe rotzak stierf, had hij dat geslacht dan ook met wortel en tak uitgeroeid.

'Goed,' Wolsey schoof zijn beker van zich af, 'Hopkins heeft bekend dat hij een van die geheime tempeliers was. Hij heeft ook gezegd dat kameraden van zijn broederschap in de nabijheid van de koning verkeerden.'

Van de overzijde van de tafel wierp Henry ons met zijn glinsterende varkensoogjes een blik toe en ik voelde een rilling van angst over mijn rug lopen.

'Zijne Eminentie de Kardinaal heeft gelijk,' fluisterde hij, maar op verstaanbare toon. 'Het is mogelijk dat leden van die geheime broederschap, van dat verradersnest, zich hier aan het hof ophouden. En als we meester Hopkins mogen geloven, zijn ook zij op zoek naar de graal en het heilige zwaard Excalibur. Buckingham,' hij spoog het woord uit, 'kwam ongetwijfeld met hen bijeen en onze beide trouwe agenten, Warnham en Calcraft, hebben met hun leven voor hun loyaliteit betaald.'

Henry sloeg met zijn vuist op de tafel. 'Maar nu is de maat vol!' Met een priemende vinger wees hij naar Benjamin en mij. 'U, meester Daunbey, en dat schepsel daar dat u uw bediende noemt, zullen afreizen naar Glastonbury met mijn trouwe dienaren Mandeville en Southgate. U zult onderdak krijgen op Templecombe. Uw opdracht is het werk van deze verraders ongedaan te maken en voor mij, uw koning, zowel de graal als het zwaard van Arthur op te sporen. Hebt u dat begrepen?'

'Excellentie, ik heb een aantal vragen.'

'Stelt u ze!'

'Beste oom, waarom denkt u dat de tempeliers zo actief zijn in het zuidwesten?' vroeg Benjamin.

'Ze zijn overal actief,' antwoordde Wolsey. 'In Madrid, in Rome, in Parijs, in Londen, maar bovenal in het zuidwesten van Engeland. Oude herinneringen hebben een taai leven in streken waar de tempeliers vroeger het merendeel van de grond bezaten, zoals de landgoederen der Santerres.'

Ik keek Sir John en zijn vrouw aan. Ze zaten er stijf en stram als wassen beelden bij en Rachel zat stilletjes als een non aan hun zijde.

'Was Templecombe een bastion van de tempeliers?' vroeg ik. Ik sprak uit wat mijn meester dacht.

Lady Santerre keek ons met droevige blikken aan. 'Ja, en we vrezen de orde evenzeer als Zijne Majesteit de Koning. Mijn meisjesnaam is Belamonte. Mijn voorvader vertegenwoordigde de koning in Somerset en Dorset en was verantwoordelijk voor de arrestatie van de tempeliers en de inbeslagname van hun landgoederen.' Ze mompelde nog iets anders.

'Spreek op, vrouwe!' drong Henry aan. 'Zegt u ons wat u weet.'

'Men zegt,' begon Lady Santerre, 'dat de Belamontes vervloekt zijn en dat de beslaglegging op de landgoederen van de tempeliers ons niets goeds zal brengen. Mijn eerste echtgenoot is overleden na een val van zijn paard.' Ze pakte haar tweede echtgenoot bij de hand. 'En ik heb de naam Santerre aangenomen. Wellicht zal dat de vloek uitwissen.'

'Er is geen sprake van een vloek, vrouwe,' zei Mandeville. 'Er is niets onder de zon wat niet kan worden opgespoord, gevangengenomen en gedood. Het gaat hier om een cel van hoogverraders.'

Plots gaf mijn meester een andere wending aan het gesprek. 'U zei dat Hopkins in Londen was geboren?'

'Ja,' antwoordde Mandeville.

'Heeft hij daar ook familie?'

'Ja, ja, een oudere zuster. Een vrouw van verwelkte schoonheid en beperkte middelen. En nee, meester Daunbey, voordat u het vraagt, aan de verraderlijke daden van haar broer had ze part noch deel.'

Mijn meester trok een gezicht.

'Waarom vraag je dat?' wilde Wolsey weten. Agressief stak hij zijn kin vooruit.

Benjamin staarde met strakke blik terug, terwijl ik de mannen in het vertrek, met hun van trots en arrogantie vervulde hart, onderzoekend opnam: de koning en Wolsey waren duivels in zijde, Mandeville en Southgate zagen eruit alsof ze giftanden hadden en de Santerres zaten stokstijf naast elkaar.

Wat zijn jullie van plan, dacht ik bij mezelf. Waarom ben ik uitgelokt tot dat duel? En wat zal er van ons worden? Ziet onze vette koning ons aan voor louter kraaienvoer?'

'Waarde neef, ik had je iets gevraagd?'

'Ik vroeg me iets af,' antwoordde Benjamin, 'u zei toch dat Buckingham geschreven had aan Taplow?'

'Ja.'

'En Taplow moet boodschappen aan iemand anders hebben overgebracht?'

'Zoals ik reeds zei, waarde neef,' Wolsey stroopte de zijden mouwen van zijn gewaad op, 'zou het kunnen dat er leden van deze geheime broederschap van tempeliers aan het hof geïnfiltreerd zijn.'

'En die zouden de dood van Calcraft en Warnham op hun geweten hebben?'

'Mogelijk.'

'Het spreekt vanzelf dat zij dat moeten zijn,' vervolgde Benjamin genadeloos. 'Iemand hier in Londen heeft die twee agenten van u vermoord, uit wraak of omdat ze zich met zijn zaken bleven bemoeien.'

Wolsey glimlachte. 'Goed gezien,' mompelde hij. 'Ja, ja, Warnham en Calcraft geloofden echt dat de tempeliers een spion hadden, op een hoge post in de raad van Zijne Majesteit, maar we weten niet wie het is. Meester Taplow is meedogenloos ondervraagd, maar hij kon het ons niet zeggen.'

'Maar waarom moeten we dan naar Templecombe?' vroeg Benjamin op scherpe toon. 'Waarde oom, u hebt uw eigen agenten toch?' Hij knikte naar Mandeville en Southgate. 'En welke garantie biedt u ons dat we niet hetzelfde lot als Warnham en Calcraft zullen ondergaan?'

Nu kreeg de koning een gezicht als een donderwolk. Hij was woedend.

'Omdat ik dat wil!' Wolsey kwam haastig tussenbeide en sloeg de val dicht. 'Natuurlijk zullen jullie hier een beloning voor krijgen – en zal de aanklacht tegen meester Shallot, die in aanwezigheid van de koning geduelleerd heeft, nietig worden verklaard.' Wolsey spreidde zijn handen. 'Er is zelfs al een kwijtschelding opgesteld.'

Als de dikke rotzak me niet zo boos had aangestaard, was ik in een spottend gelach uitgebarsten. Benjamin, God zegene hem, zuchtte alleen toen hij begreep hoe sluw Wolsey ons in de val gelokt had.

Hij glimlachte flauwtjes. 'In dat geval, waarde oom, zijn we, zoals gewoonlijk, uw nederige dienaren.'

De sfeer in het vertrek verbeterde. Mandeville, dat galgenaas, boog zich voorover.

'Uw aanwezigheid zal ons een eer zijn, meester Daunbey. Ik weet zeker dat uw hulp ons van onschatbare waarde zal zijn.'

Wolsey gooide een schriftrol met een rood koord eromheen op tafel voor zijn neef. 'Hier zijn nog wat nadere inlichtingen.

Die kun je op je gemak bestuderen.'

Een andere, dunnere rol volgde.

'En dat, meester Shallot, is uw kwijtschelding van strafvervolging wegens het doden van Robert Brognar.' Wolsey haalde zijn schouders op. 'Hij stond hier in de stad bekend als vechtersbaas en niemand zal hem missen.' Hij glimlachte naar me.

O, nee, dacht ik bij mezelf, niemand zal de arme Brognar missen, jij klootzak van een kardinaal: maar op het moment dat ik mijn zwaard had getrokken, had ik me schuldig gemaakt aan hoogverraad. Het was een schrale troost dat de sluwe Wolsey waarschijnlijk had gedacht dat Brognar me voor schut zou zetten en me tevens medeplichtig zou maken aan hoogverraad. In plaats daarvan had ik hem gedood, en zouden ze mij niet vlug bespotten, ofschoon het mijn 'misdaad' des te zwaarder maakte.

Wolsey glimlachte en klapte in zijn handen. 'Dan is deze bijeenkomst geëindigd, waarde neef. Je kunt gaan.'

Wel, wat kon ik nog meer zeggen? Benjamin en ik dropen als een paar goed afgerichte schoothondjes af naar onze torenkamer. Henry en Wolsey zullen nadat de Santerres waren vertrokken geschuddebuikt hebben van het lachen om ons, dat wist ik wel zeker. Zodra we veilig in onze kamer waren, gaf ik lucht aan mijn boosheid.

'Kan het die vervloekte oom van u dan helemaal niets schelen?' schreeuwde ik. 'Behandelt hij zijn vlees en bloed altijd zo? En Shallot is natuurlijk helemáál niet van belang voor hem!' voegde ik er verbitterd aan toe. 'Ik ben niet meer dan een loensend stuk tuig dat hij kan afdanken als hij daar zin in heeft!'

Benjamin glimlachte. 'Een van de vele dingen die me van je bevallen, Roger, is dat je zelden klaagt. Mijn oom moet je gekwetst hebben door je zo te behandelen. Ik bied je mijn verontschuldigingen aan.'

(O, God, wat was hij toch naïef.)

Ik liet me niet vermurwen.

'Weet u,' schreeuwde ik, 'ik heb wel eens een zeeman gesproken die tot helemaal voorbij New Foundland was gevaren. Hij beweerde dat hij daar grote eilanden van drijvend ijs in zee gezien had, maar ook al waren ze nog zo groot, er zat meer ijs onder het water dan erboven te zien was. Met die rotoom van u is dat net zo,' fluisterde ik hees. 'Eén groot, dik, drijvend, levensgevaarlijk brok ijs!'

'Je hebt gelijk, Roger, en dat geldt ook voor het verhaal dat hij ons vanavond heeft opgedist. Of, zoals de pastoor zei over de boezem van de dame: "Daar zit meer achter".' Benjamin keek me aan. 'Iemand heeft me dat eens verteld bij wijze van grap. Ik heb het nooit goed begrepen.'

'Geeft niet, meester,' mompelde ik. 'Met gelijkenissen en metaforen komen we hier echt niet uit.'

Benjamin knoopte de rode koorden los en spreidde de twee boekrollen uit die zijn oom hem had toegeworpen. Hij las de eerste door en schoof hem toen naar mij door – het was mijn kwijtschelding van strafvervolging omdat ik Brognar had gedood. Het tweede was een memorandum van de hand van een anonieme klerk dat de oude legenden van Glastonbury beschreef: hoe Jozef van Arimatea en andere voortvluchtige christenen van het eerste uur enkele jaren na de dood van Christus naar Engeland waren gevlucht om aan de vervolgingen in Rome te ontkomen. Jozef had zijn staf op Weary Hill bij Glastonbury in de grond geplant en toen waren er witte rozen aan gegroeid. Ieder jaar metj Kerstmis werden een paar van die rozen afgeknipt en naar de toenmalige koning opgestuurd.

Benjamin kwam naast me staan en tikte met een vinger op het perkament.

'Dat zou onze edele koning niet bevallen,' mompelde hij. 'Iedere toespeling op witte rozen, het embleem van het Huis van York, maakt hem woest.'

'Net goed!' mompelde ik en ik las verder.

De legenden, zo beweerde de klerk, stelden ook dat Jozef de graal bij zich had gehad, de beker die was gebruikt bij het Laatste Avondmaal, en dat die ergens op de landerijen van de Abdij van Glastonbury begraven zou liggen.

Het tweede deel van het document was een uittreksel van de twaalfde-eeuwse kroniekschrijver Gerald van Wales. Het beschreef hoe de monniken in 1184 op het land van de abdij de lichamen van Arthur en Guinevere hadden gevonden, in een doodskist gemaakt van een uitgeholde eik. Op een van lood gegoten kruis op de doodskist stond: HIER LIGGEN BEGRAVEN DE

BEROEMDE KONING ARTHUR EN ZIJN TWEEDE VROUW GUINEVERE OP HET EILAND VAN AVALON. Aan de schedel van Guinevere hadden nog enkele plukjes blond haar gezeten en toen een monnik had geprobeerd die vast te pakken, waren ze tot stof vervallen. De klerk voegde eraan toe dat deze overblijfselen in 1278 waren herbegraven onder een marmerplaat voor het hoogaltaar van de Abdij van Glastonbury.

'Gelooft u dat allemaal?' vroeg ik. 'Ridders van de Ronde Tafel, magische zwaarden en mystieke drinkbekers?'

Benjamin ging op zijn bed liggen en trok zijn mantel over zich heen.

'Er is meer tussen hemel en aarde, mijn beste Roger, dan waar wij weet van hebben.'

Een mooie uitdrukking, nietwaar? Ik heb hem doorgegeven aan Will Shakespeare, en die heeft hem verwerkt in zijn toneelstuk *Hamlet*.

HOOFDSTUK 5

Die nacht sliepen we beiden slecht: ik werd twee maal wakker toen Benjamin schreeuwde in zijn slaap. Hij had even weinig zin als ik om op reis te gaan naar Glastonbury, en de volgende ochtend liepen we traag en met zware ogen de trap af naar de refter van het paleis. Een knorrige bediende schoof ons slecht gebakken brood en waterig bier toe en beiden bleven we in gedachten verzonken zitten tot de deur open vloog en Mandeville en Southgate binnenkwamen. Ze zagen er fris als meimaagden uit. (Slechte mensen slapen goed – nemen jullie dat maar van ouwe Shallot aan!) Ze lieten zich op de bank tegenover ons glijden, maakten een praatje over het koude weer en zeiden toen dat we weldra op weg zouden gaan naar Somerset.

'Geloven jullie dat allemaal?' Onverwacht stelde ik hun dezelfde vraag die ik Benjamin gesteld had.

'Of we wat allemaal geloven?' antwoordde Southgate op boze toon.

'Van het zwaard van Arthur en die wonderbeker?'

'Als de koning het gelooft,' antwoordde Mandeville, 'geloof ik het ook. En verder geloven we, meester Shallot, in orde, in een sterk gezag en in vrede, en willen we geen achterlijke opstanden om niets.'

Zijn beide zonderlinge secretarissen kwamen het vertrek binnensluipen en zonder ons ook maar een blik waardig te keuren namen ze plaats aan een andere tafel.

Met een mondvol brood knikte Mandeville hen toe. 'Beschouwt u ons als meedogenloos, Shallot? Denkt u dan maar eens na over wat Cosmas en Damien is overkomen. Of, erger nog, hun oudere broer, die een ontsnappingspoging deed. Weet u wat de Turken met hem hebben gedaan? Ze trokken hem al zijn kleren uit, ketenden hem aan in de grond geslagen palen en maakten een holle buis vast aan zijn zij. Toen vingen ze een uitgehongerde rat-' – Mandeville nam een slok bier – 'en geen rat zoals die hier in Engeland. De Aziatische ratten meten van kop tot staart twee voet. Zo'n rat stopten ze in die buis en toen staken ze het open uiteinde in brand. Het beest kon maar één kant op en vrat zich een uitweg door het levende vlees.'

Ik kokhalsde en wierp een blik op de kaalhoofdige tweeling: ze leken me nu niet afschrikwekkend meer, maar eerder meelijwekkend. Toen staarde ik Mandeville en Southgate aan. Wat ze verder ook zeiden, dit waren de echte waanzinnigen. Ze koesterden een hartstocht voor wet en orde die grensde aan krankzinnigheid en ze waren levende voorbeelden van *De vorst* van Macchiavelli, want voor deze mannen was Henry's wil de wet.

'Waarom moeten we naar Glastonbury?' flapte ik eruit voordat mijn meester me kon weerhouden.

Mandeville trok een honend gezicht en met zijn sterke tanden beet hij een stuk van het grove roggebrood.

'Meester Shallot, u en uw meester genieten een groeiende naam en faam vanwege jullie scherpe blik en schranderheid. Gaat u wel eens op jacht?'

'Alleen als het niet anders kan!'

'Dan moet u toch eens meegaan, Shallot. Vooral met honden, want dat gaan we in Somerset doen. Verraders opjagen en erachter zien te komen wat de koning wil. Wij zijn de jagers en jullie zijn onze honden.'

Ik slikte een bits antwoord in. Mijn meester trok me aan mijn mouw en tactvol bliezen we de aftocht. Buiten op de gang pakte ik hem bij zijn elleboog.

'Ik ben niemands hond, meester!'

Benjamin schudde zijn hoofd. 'Laat maar, Roger, laat maar!

We hebben nog andere dingen te doen.'

'Zoals?'

'We moeten naar de zuster van Hopkins, en naar kleermaker Taplow, niet te vergeten.'

'Meester Shallot!'

We draaiden ons allebei om. Rachel Santerre stond achter ons. Ze zag er even mooi uit als het ochtendgloren op een zomerdag, ofschoon haar gezicht bleek zag en ze zwarte randen om haar ogen had.

'Meester Daunbey, meester Shallot.' Ze keek angstig over haar schouder.

'Wat is er aan de hand, juffrouw?' vroeg ik. Ik zag dat haar bekoorlijke boezem opgewonden rees en daalde.

'Ik weet het niet,' stamelde ze. 'Maar ik ben bang. Sir John heeft het bloed van Buckingham aan zijn handen en voor Mandeville en Southgate ben ik ook bang. Ze gaan hun neus in zaken steken die hun niet aangaan.'

We keken haar aan.

'Jullie begrijpen het niet,' fluisterde ze hees. 'Ik woon op Templecombe. God vergeve me, maar ik voel dat er daar geesten rondwaren, van ridders van de tempelorde.'

'Rachel! Rachel!'

De jonge vrouw wierp ons nog een laatste wanhopige blik toe en verdween toen om de hoek om te zien wat haar moeder van haar wilde.

Benjamin gaf een trap tegen de vloerbiezen. 'Bid,' mompelde hij. 'Bid, Roger, dat we veilig en wel van Templecombe terug zullen keren!'

(Alsof ik die aansporing nodig had!)

We liepen terug naar onze kamer om onze mantels en zadeltassen op te halen, maar Benjamin leek te aarzelen.

'We moeten gaan, meester.'

'Nog even, Roger, ik verwacht iemand.'

Hij verzonk in een van zijn sombere stemmingen, en dus liet ik hem met rust en staarde ik door het raam naar een melkmeid die met emmers melk aan een juk van de schuren naar de keuken liep. Ten slotte werd er op de deur geklopt en kwam er een jongeman in een versleten leren buis en een gescheurde kniebroek binnen. Hij boog zijn vettige hoofd in Benjamins richting alsof hij een gewichtige lord begroette.

'Heb je het adres?' vroeg mijn meester.

'Jazeker, heer.'

In iedere andere situatie zou het brouwende accent van de jongeman op mijn lachspieren hebben gewerkt.

'Nu dan?'

'De zuster van Hopkins is weduwe, al jarenlang,' antwoordde de kerel. 'Ze woont in een steegje achter Watling Street, niet ver van de Ekster en de Kroon.

'Dank je.' Benjamin liet een muntstuk in de hand van de kerel glijden en deed de deur achter hem dicht.

'Vrouw Hopkins,' vroeg ik, 'achter Watling Street? Wat heeft zij met deze zaak van doen, meester?'

'Misschien weet ze iets, een roddel, of iets dergelijks, wat ons behulpzaam kan zijn.'

'Dus we gaan naar Watling Street?'

Benjamin glimlachte. 'En naar de gevangenis van Newgate.'

Natuurlijk moesten we Doctor Agrippa om toestemming vragen als we het paleis uit wilden, maar een uur later zaten we op een roeiboot die ons de rivier op voer. Het was een koude maar mooie dag. De zon stond stralend aan een heldere hemel, het water was rimpelloos als glas en aan alle kanten voelde ik Londen om me heen: de groene velden, de boomgaarden, de uitroepen van de bootslieden en van kinderen die met hoepels op de oevers speelden. Opeens kreeg ik heimwee, nog voordat ik vertrokken was, en zonder er iets van te laten blijken maakte ik me woest om de slinkse plannen van de koninklijke rotzak.

We gingen aan land bij East Watergate en liepen Knight Rider Street in. Onze korte wandeling door Londen monterde me al snel op, vooral de taveernes – De Ravenwacht, De Bijbel en de Zwaan, Het Been en de Zeven Sterren – en de drinkers die buiten zaten, met hun kannen 'engelenkost' of 'drakenmelk'. Ook genoten we van de zoete geur van het zachte saffraangebak met rozijnen dat in de eetstalletjes bereid werd.

Het was halverwege de ochtend en veel van de leerjongens en kraamhouders namen een korte rustpauze. Sommigen van hen waren nu al stomdronken: een groep leerjongens buiten Het Doodshoofd op de hoek van Old Fish Street was verwikkeld in een verwoede boerwedstrijd. Ik bleef op mijn hoede en keek om me heen of ik mijn oude vrienden zag, vooral goudsmid Waller, ook al werd ik afgeleid door het tafereel van de leerjongens die hun kappen in de lucht gooiden en om bediening riepen, door de opgeblazen hoogwaardigheidsbekleders van de stad in hun met bont gevoerde gewaden en, natuurlijk, door die schoonheden van de nacht, de courtisanes in hun satijnen jurken en gebloemde hoofdsluiers. Ze slenterden arrogant over straat en trokken de blikken en opgetrokken wenkbrauwen van de jonge bokken en vrijers, die schitterend waren uitgedost in hun strakke pofbroeken, wambuizen met schoudervulling en ongelooflijk grote, opstaande broekkleppen.

Vervolgens namen we een kortere weg door een paar steegjes. De tippelaarsters hier waren minder verfijnd: een hoer stond met opgetrokken rokken voor haar kamer, boven een schaal gloeiende kolen die ze met zwavel en parfum had besprenkeld om zichzelf te parfumeren. Verderop trachtte een apotheker de klanten van deze vrouwen een kuur tegen geslachtsziekten te slijten. Het middel was samengesteld uit reuzel, zwavel, boomschors en kwikzilver en ingedikt met zware suikerstroop.

Uiteraard liep mijn meester als een kind verder en moest ik hem het straattuig van het lijf houden, de oud-soldaten op zoek naar gemakkelijk te verschalken prooien, de dollemannen die naakt dansten en deden alsof ze krankzinnig waren, de straatrovers die om een aalmoes bedelden en dan strikken om de uitgestrekte handen schoven van degenen die zo dom waren hun iets te geven. Als ze iemand te pakken kregen, lieten ze hun slachtoffer pas gaan wanneer die zijn beurs aan hen had gegeven.

Het lawaai begon nog luider te klinken toen we de Trinity op liepen. We zagen een bende misdadigers die op een kar door Londen werd gereden, met bordjes om hun nek waar hun euveldaden op stonden. Er waren hakers bij – schurken die zich bedienden van een grote stok met een haak eraan, die ze door ramen staken om er alles wat maar enige waarde had mee weg te halen – de beste dekens, nachthemden of kookpotten. (Het was aan die mannen te danken dat het fabeltje de ronde deed dat dwergen en elfen die dingen stalen.) In ieder geval was een bende van hen gevangengenomen en de mensen koelden hun woede door hen met rotte eieren te bekogelen, terwijl huisvrouwen de inhoud van kamerpotten uit de ramen op de bovenverdiepingen over hen uitgoten. Een jongeman die zich voor priester had uitgegeven, was achter de wagen vastgeketend. Zijn rug zat onder de striemen, zijn oorschelpen bloedden waar de lellen waren afgesneden en ze hadden hem een zotskap opgezet waar zijn leugens en bedriegerijen op geschreven stonden.

Ten slotte bereikten we de steeg niet ver voorbij De Ekster en Kroon. Een bedeljongen leidde ons naar het huis in het bedompte, smalle steegje waar vrouw Hopkins woonde. Het was een smalle, hoog oprijzende huurkazerne van vier verdiepingen. Voor alle ramen waren de luiken neergelaten en de verf die er nog op zat, bladderde in grote plakken af. Verrassend genoeg stond de slecht sluitende deur open en was hij niet op de haak gedaan. Ik bonsde erop en schreeuwde. Op dat moment reeds, had ik een voorgevoel van gevaar, van dreiging, en bespeurde ik tekenen die ouwe Shallot bekend voorkwamen: een prikkeling in de nek, een gerommel in de darmen, een laagje zweet op het voorhoofd en dat onweerstaanbare verlangen om weg te vluchten.

'Vrouw Hopkins!' schreeuwde ik. 'Vrouw Hopkins!'

In het smalle, halfduistere gangetje stonk het en mijn woorden hadden er een holle weerklank. 'Vrouw Hopkins!' herhaalde ik.

Boven ons kraakte en steunde het oude huis. Benjamin duwde me naar binnen en trok de deur met een klap achter ons dicht. We tastten rond in het duister en vonden een vette talgkaars die ik aanstak met behulp van mijn tondeldoos. Met trillende handen liep ik dieper het huis in, en Benjamin volgde me. We liepen langs een kleine, slecht onderhouden kamer, langs een stoffige, bouwvallige trap en gingen toen een bijkeuken of keuken in. Hier was het iets schoner. Een gedeukte tinnen kroes stond op een tafel en aan het andere eind, in een stoel tegenover een haardrooster vol as, zat een dame, met haar hoofd voorover gezakt, opgetrokken schouders en haar sluier voor haar gezicht gevallen. Er hing een lijklucht.

Ik stapte naar de gestalte toe, duwde het hoofd achterover en onderdrukte een kreet. Vrouw Hopkins, die tijdens haar leven al geen schoonheid geweest kon zijn, met haar spitse gezicht en dunne haar, was bruut vermoord: haar ogen puilden uit de kassen, haar gezwollen tong zat in de gaten tussen haar gele tandstompjes geklemd en haar gezichtshuid was blauwzwart aangelopen, omdat haar adem was afgesneden met een scharlakenrood wurgkoord, dat nog om haar hals zat. Benjamin tilde de hand van de oude vrouw op.

'Nog niet erg koud,' mompelde hij. 'Waarschijnlijk is ze nog maar een uur geleden overleden.

'Waarom' vroeg ik. 'Waarom een oude vrouw?'

Benjamin bedekte het gezicht van de vrouw met een doek en ging aan de tafel zitten. 'Iemand,' verklaarde hij, 'wist dat we zouden komen. Maar dat was geen geheim. Ik heb een bediende op Richmond opdracht gegeven om uit te vinden waar vrouw Hopkins woonde.' Hij wreef over zijn kin. 'Het zal niet veel zin hebben om het hem te vragen. Misschien heeft hij zonder het zelf te beseffen anderen laten weten waar we heen zouden gaan. Nee,' zuchtte hij, 'iemand wist dat we hierheen gingen. Iemand die weet wat er in een priester omgaat. Een monnik, en een kluizenaar zoals Hopkins al helemaal, heeft weinig vrienden en hij had waarschijnlijk niet veel vertrouwen in zijn broeders in Glastonbury. Dus wellicht heeft hij de zaak besproken met zijn zuster?'

Benjamin tikte met zijn vingers op de tafel. 'De voor de hand liggende conclusie is dat de moordenaar besloot dat risico uit de weg te ruimen, voor het geval dat.' Hij gebaarde naar de stille, stinkende kamer. 'En ik vermoed dat het een machtig persoon geweest is, misschien zelfs de geheime tempelier die door mijn oom wordt opgejaagd. Vrouw Hopkins zou de deur tenslotte niet voor veel mensen opendoen. Ik zie geen sporen van een worsteling en dus luidt mijn conclusie dat onze moordenaar als een welkome bezoeker is gekomen.' Benjamin wees naar de tinnen beker. 'Waarschijnlijk heeft Vrouw Hopkins hem een dronk wijn aangeboden.' Hij keek onder de tafel en pakte een andere beker op. 'En zelf heeft ze ook gedronken. De moordenaar heeft haar waarschijnlijk verzekerd dat alles in orde was, is achter haar stoel geglipt en heeft toen het wurgkoord om haar hals geslagen.'

'En misschien heeft hij ook naar papieren van Hopkins gezocht?' voegde ik eraan toe. 'Naar iets wat de krankzinnige monnik wellicht aan zijn zuster toevertrouwd had?'

We onderzochten de kamers op de benedenverdieping. Ze waren al even armzalig gemeubileerd, maar ook hier had de moordenaar sporen achtergelaten; twee gedeukte koffers waren opengebroken en er waren een paar goedkope sieraden uit gegooid, alsook enkele snippers perkament en een beduimeld getijdenboek, maar voor ons had geen van deze voorwerpen enige waarde. We liepen terug naar boven en doorzochten de schamele bezittingen van de vrouw in de stoffige, halfdonkere kamer.

'Niets,' mompelde Benjamin.

'Misschien was er om te beginnen al niets,' antwoordde ik. 'Wie weet is vrouw Hopkins eenvoudigweg vermoord om wat ze zou *kunnen* weten.'

We verlieten het huis en liepen Cheapside op vanuit Budge Row. We zochten ons een weg over de drukke markt, die van het ene tot het andere eind vol stond met kraampjes en waar het een komen en gaan was van karren, paarden en mensen van alle rangen en standen; de armen gekleed in lompen, de rijken in hun kostbare zijden stoffen. Een groep machtige edellieden baande zich een weg door de menigte, voorafgegaan door drie gewapende mannen op een rij naast elkaar. Ze reden op grote strijdrossen en droegen vergulde speren. Achter hen volgden vaandeldragers, met banieren van helder rood en geel waarop onbekende wapens stonden afgebeeld: zwarte griffijnen, scharlakenrode draken en zilverkleurige hertenbokken.

We liepen verder langs de vieze, stinkende Shambles, waar het vee dat stond te wachten tot het geslacht zou worden ons nerveus maakte en het geloei pijn deed aan onze oren. Ten slotte bereikten we Newgate, die weerzinwekkende helleput, de stadsgevangenis gebouwd rond het poortgebouw in de oude stadsmuur. We liepen onder de poortgewelven van Dick Whittington door en bonsden op de deur met ijzerbeslag om te worden toegelaten.

Een dikzak met vuil haar en een rode, ongeschoren kop stelde zich aan ons voor als de bewaarder en viel haast flauw toen

Benjamin hem zei wie hij was.

De bewaarder veegde zijn vuile vingers af aan zijn leren buis vol vlekken en liet een enorme sleutelbos rinkelen.

'Kom, komt u mee, heren,' mompelde hij, terwijl hij een buiging voor ons maakte en met zijn voeten schuifelde. Hij glimlachte ondankbaar. Tenslotte heeft meester Taplow niet veel tijd over, want hij zal op slag van twee vanmiddag sterven.'

Hij liep voor ons uit de wachtkamer door en liet ons een van teer doordrenkt, met zwavel gevoerd wambuis zien dat aan een haak in de muur hing. De bewaarder bleef staan en wierp er bewonderende blikken op.

'Het laken waarin meester Taplow gewikkeld zal worden,' mompelde de kwaadaardige lamstraal, alsof hij een schilderij van da Vinci of Rafaël bewonderde.

'Moet hij dat dragen!' riep ik uit.

'Natuurlijk,' antwoordde de bewaarder. 'Dat wordt om hem heen geslagen, want dan zal hij des te sneller branden.'

'Waarom hangen ze hem niet gewoon op, de arme drommel?' zei ik halfluid.

'O, nee.' De bewaarder deed een stap terug en zette grote ogen op. 'O, nee, dat kan niet! Aan de wet valt niet te tornen. Taplow is een ordinaire verrader en de wet eist dat verraders moeten branden.'

(Weten jullie, ik ben een ondeugende oude man en ik houd van zachte borsten en op zijn tijd een beker rode wijn. Ik zal zo'n vijfennegentig jaar zijn, maar als ik uiteindelijk oog in oog met God kom te staan, wil ik hem een vraag stellen die me mijn hele leven al bezig heeft gehouden. Waarom houden wij mensen er toch zo van om elkaar te doden? En waarom doen we dat op de wreedste manieren die we maar kunnen bedenken? Neem me niet kwalijk, maar nu moet ik mijn kapelaan een ferme tik op zijn knokkels geven met mijn rotting. 'U gaat niet naar de hemel en naar God,' mompelt hij, de snotterende hypocriet. 'O jawel, als het zover is, vertel ik de heilige Petrus een mop en als hij dan in lachen uitbarst, gap ik zijn sleutels.' Maar nu dwaal ik af!)

De kleine dikzak van een bewaarder liep met waggelende pas voor ons uit door gangen en galerijen zo zwart als de nacht, trappen af die bedekt waren met een laagje slijm en menselijk vuil, waar evenveel ratten krioelden als vlooien op een schurftige hond. Er hing een misselijk makende geur en op de vloerklinkers lagen enkeldiepe plassen. Ten slotte bereikten we de Gang der Verdoemden, waar de cellen lagen van degenen die hun terechtstelling afwachtten.

'Hallo daar, schoonheden!' Een glimlachend, krankzinnig gezicht drukte zich tegen de tralies. 'Met mij hoef je geen medelijden te hebben,' schreeuwde de gek. 'Er is niets van Tyburn over dan een scheve nek en een natte broek!'

De bewaarder spoog een straal geel speeksel uit en het krankzinnige gezicht verdween. Ten slotte bleven we staan voor een deur. De bewaarder opende hem, pakte een pektoorts uit de gang en stak die in een smalle spleet in de muur van de cel. De deur werd achter ons dichtgeslagen en het flakkerende licht wekte de kerker tot leven. Het stonk er als op een mestvaalt en het stro onder onze voeten lag er al zo lang dat het veranderd was in een zwarte, drassige smeerboel. Opeens kwam er leven en beweging in een hoop vodden in een hoek en krabbelde de zwaar geketende Taplow overeind. Hij had donker haar en zijn dikke lichaam was overdekt met vuil. In het duister grijnsde hij naar ons.

'Welkom in mijn paleis, heren. En wie zijn jullie? Zien jullie graag iemand die gaat sterven? Wilden jullie me vragen hoe ik me voel? Wat ik denk?' Hij staarde ons oplettender aan. 'Nee, dat soort zijn jullie niet.'

'Wij komen namens Zijne Eminentie de Kardinaal,' kondigde Benjamin aan. 'Nee, nee,' voegde hij er haastig aan toe. 'We kunnen u niets kwijtschelden. Maar wie weet,' voegde hij er wanhopig aan toe, 'kunnen we u genade schenken, een zak buskruit om uw nek laten binden of zoiets. Meester Taplow,' vervolgde hij op zachte toon, 'later deze dag zult u worden verbrand op Smithfield, op beschuldiging van hoogverraad.'

Taplow zakte weer in elkaar. 'Ja,' mompelde hij, 'een slecht einde voor een goede kleermaker.'

Benjamin hurkte bij hem neer. Ik bleef tegen de muur geleund staan en probeerde mijn paniekgevoel te beteugelen, want ik haat gevangenissen en Newgate in het bijzonder. (O ja, voordat jullie het vragen, ik ben daar vaak geweest. Als je de hel op aarde wilt zien, ga dan naar de kuil der verdoemden, de avond voor de dag waarop de terechtstellingen voltrokken worden. Het zingen, het gehuil, het gebrul – ik dacht dat ik al dood was en onderweg naar de hel! Ach, ach, wat is dit een wrede wereld!)

'Meester Taplow,' vervolgde Benjamin, 'kende u de monnik Hopkins en trad u op als zijn koerier?'

De kleermaker likte zijn lippen. 'Ja, dat deed ik. Wilt u de bewaarder vragen of hij me wat wijn geeft?'

'Natuurlijk.'

'Goed dan.' Taplow krabde zich op het hoofd. 'Ja, ik was koerier van Hopkins. Ik bracht boodschappen van hem over naar de heer van Buckingham, onder het voorwendsel dat ik kostuums bij hem afleverde of op zoek was naar handel bij hem aan huis in Londen.'

'Beantwoordde Buckingham die brieven ooit?'

'Nee, nooit.'

'Wat hebt u nog meer gedaan?'

Taplow schoof dichter op ons toe. God vergeve me, maar hij zag eruit als een modderkleurige kikker die daar rondkroop in dat schemerachtige licht. Ik moest mijn neus dichtknijpen om de vreselijke stank tegen te gaan en wenste dat mijn meester de zaak zo vlug mogelijk zou afhandelen.

'Wat hebt u nog meer gedaan?' vroeg Benjamin hem nogmaals.

'Verschillende opdrachten voor Hopkins. Hier en daar boodschappen achtergelaten, maar verder niets bijzonders.'

'Waarom hebt u dat gedaan?' Benjamin staarde de man aan. 'Waarom heeft een kleermaker banden met een krankzinnige monnik die hoogverraad pleegt? Een man als u, meester Taplow, die de hervormde leerstellingen van Luther onderschrijft?'

Taplow wendde zijn blik af.

'Vroeger was ik katholiek,' stotterde hij, 'tot mijn vrouw stierf. Hopkins was de enige priester die medeleven met me toonde.'

Ik verroerde me en lette niet langer op het ongerief in de cel, want ik begreep waarom mijn meester wantrouwig was. Er klopte iets niet. Taplow was overdekt met vuil, maar hij zag er goed doorvoed uit en voor een man die zulk een verschrikkelijke dood te wachten stond, was hij te kalm en sereen.

'Hebt u nog boodschappen naar iemand anders overgebracht?'

Hij schudde zijn hoofd. Benjamin reikte naar hem uit en nam een hand van de man in de zijne.

'Meester Taplow,' fluisterde hij, 'ik kan maar bitter weinig voor u doen, behalve zorgen dat de bewaarder u wat wijn geeft, bidden dat u snel zult sterven en hopen dat Christus medelijden zal hebben met uw ziel in het vagevuur.'

'Ja,' fluisterde Taplow. 'Laat mijn tijd in het vagevuur niet te lang hoeven duren.' Toen ging hij weer in de hoek van de cel liggen.

We bonsden op de deur om de bewaarder en keerden toen terug naar de hoofdingang van de gevangenis, waar Benjamin een muntstuk achterliet en de wreedaardige schoft daar opdracht gaf te doen wat hij kon voor de arme Taplow. Toen vertrokken we door de oude stadspoort en haastten we ons langs de oude stadsmuur door steegjes en straatgoten naar de rivierkade van East Watergate. Benjamin was niet erg spraakzaam, maar bleef in zichzelf mompelen. Pas toen ik een roeier opdracht gaf om ons naar Syon te brengen ontwaakte mijn meester uit zijn overpeinzingen.

'Vreemd, Roger,' merkte hij op. 'Hier zijn we dan. We hebben zojuist een oude, gewurgde vrouw gezien en een verdwaasde kleermaker die gevangen zit in een smerige cel en over een paar uur een vreselijke verbrandingsdood zal sterven. De dood lijkt alomtegenwoordig,' vervolgde hij, 'en wij worden in ons leven telkens weer geconfronteerd met pas gepleegde moorden.'

Ik ging zitten en liet hem peinzen. Nu ik terugkijk op de jaren die achter me liggen, verbaas ook ik me, niet omdat mensen elkaar vermoorden, maar dat ze dat, gezien onze voorliefde voor bloedvergieten, niet váker doen. Maar goed, ik tikte maar wat met mijn laars op de bodem van de boot en keek uit over de rivier, waar mannen in schuiten vol mest druk doende waren om die stinkende lading overboord te zetten. Benjamin was nog steeds diep in gedachten, maar ik merkte dat hij onrustig was. De ouwe Wolsey hield ervan om mensen bij de neus te nemen en het deed hem genoegen om spelletjes met ons te spelen, zoals ons ongewapend donkere kamers vol moordenaars in sturen. (Wacht maar tot het eind van dit verhaal, dan jullie zullen zien wat ik bedoel!)

Ten slotte bereikten we het grote klooster van Syon en zagen we de blinkend witte gecrenelleerde muren boven een rij bomen oprijzen. We gingen van boord, liepen het poortgebouw door en een grindpad op en begaven ons naar het gastenverblijf. De in witte habijten gehulde nonnen zwermden opgewonden om ons heen, blij dat ze bezoekers in hun huis konden verwelkomen. Met zijn koele galerijen en gangen, kamers met hoge plafonds en aangename tuinen was Syon een waar lustoord. En het was ook geen gewoon klooster. De nonnen behoorden tot de beste artsen van Europa en hebben menigeen van de dood gered, maar ouwe Henry heeft daar een eind aan gemaakt door het klooster met de grond gelijk te maken en te plunderen. De grote schoft!

Syon was dus een prachtig huis waarvan de bewoners de zieken verzorgden en velen van hen genazen. Voor Johanna, de grote liefde van Benjamin, konden ze echter niets doen. Ik heb al eerder over haar verteld: ze was de dochter van een invloedrijke koopman en ze was verleid en toen verlaten door een edelman die Benjamin later had gedood in een duel. Johanna had echter haar verstand verloren en haar prachtige haar viel langs een gezicht dat bleek geworden was, haar mond hing slap neer en haar ogen stonden uitdrukkingsloos.

Als Benjamin in Londen was ging hij altijd bij haar op bezoek. Hij zat dan bij haar, hield haar vast en bewoog haar zacht heen en weer, alsof ze een kind was. Johanna sloeg wartaal uit en strooide zout in zijn wonden omdat ze meende dat hij de edelman was en dat hij teruggekomen was om haar op te eisen. Deze ontmoetingen waren altijd hartverscheurend. Ik kon er nooit bij blijven en hen beiden aanzien, dus maakte ik me uit de voeten om te knipogen en te flirten met de jonge, pas ingetreden nonnen. Ten slotte maakte Benjamin zich los en werd Johanna, die schreeuwde om haar verloren geliefde, met zachte dwang door de zusters weggeleid. Ook dit keer ging het er niet veel anders aan toe en mijn meester verliet Syon terwijl de tranen hem over zijn gezicht stroomden. Zoals gewoonlijk pakte hij me bij de hand.

'Roger,' zei hij dringend, 'als mij iets overkomt, zweer dan dat jij Johanna zult beschermen!'

En zoals gewoonlijk bezwoer ik hem dat. O, maak jullie geen zorgen, ik heb woord gehouden! Jaren later, toen de Grote Schoft de kloosters af begon te breken en de nonnenkloosters liet ontruimen, heb ik Johanna bij me thuis opgenomen. Ik heb haar zelfs onsterfelijk gemaakt: mijn oude vriend Will Shakespeare heeft een stuk geschreven over een Deense prins, Hamlet, die over het toneel dwaalt en zich afvraagt of hij zijn moordzuchtige moeder moet ombrengen. Ik houd niet van dat stuk en ik heb Will wel eens gezegd dat hij het tot één acte zou moeten beperken, waarin Hamlet dat onnozele mens meteen wurgt! Maar jullie kennen de ouwe Will Shakespeare. Hij zei niets, verborg zijn gezicht bedeesd in zijn handen en lachte maar eens.

Niettemin heb ik hem geholpen bij de scène waarin deze Deense prins zijn verloofde Ophelia tot waanzin drijft. (Na het stuk te hebben gezien, verbaast me dat niet in het minst.) In ieder geval is de arme Ophelia daarin een tragische vrouw die zichzelf met bloemen in haar hand en haar haar als een sluier om haar hoofd gespreid in een rivier werpt. Maar in werkelijkheid was Ophelia dus Johanna en is die rivier de Theems. Ik heb dat altijd een aardig detail gevonden.

We liepen terug langs de kade, Benjamin nog steeds ontroostbaar.

'Is er dan niets aan te doen?' vroeg ik. Ik keek rond, zoekend naar een zweem van troost. 'Meester,' voegde ik er nogal haastig aan toe, 'sommige mensen gaan pas na hun dood naar het vagevuur, maar mensen zoals Taplow of die arme Johanna leven er op aarde al in.'

(Zo was ik, altijd bereid om een tactisch woord van troost te spreken.) Benjamin greep me bij mijn pols en knikte, maar juist toen we de boot in wilden stappen, sloeg hij zijn handen op elkaar.

'Het vagevuur,' mompelde hij.

'Ja, meester?'

Met een vreemde blik in zijn ogen keek hij me aan. 'Wanneer zou Taplow ook weer sterven?'

Ik keek omhoog naar de zon. 'Twee uur na de noen.

Waarom?'

Benjamin trok me de boot in. 'Kom vlug mee, dan. We moeten hem zien. We moeten hem zien sterven.'

We kwamen te laat. Smithfield Common krioelde van de mensen. De paardenmarkt was beëindigd, de koopwaar was uit de kramen gehaald en in de winkels zagen we niemand meer. Heel Londen was uitgelopen naar het onbebouwde, braakliggende terrein en de mensen zagen reikhalzend uit naar de brandstapel die boven op een heuveltje, vlak naast een driearmige galg, was aangelegd. De mensen in de menigte stonden dicht als de haren van een hond op elkaar en voor ons was er geen doorkomen aan. Zoals ik al zei, was heel Londen uitgelopen en stonden de mensen met hun naar zweet riekende lijven onder lompen, of kleren van gekeperde wol of zijde te kijken naar de man die de verbrandingsdood zou sterven. We tuurden over de koppen heen.

Taplow stond op een hoge kruk. Hij was al aan de brandpaal gebonden, met zijn armen en benen strak in de boeien geslagen en zijn hoofd en gezicht gedeeltelijk bedekt met een witte narrenkap. Er waren al kleine bundels groen aanmaakhout rond de kruk gelegd, met droge bossen onkruid erbovenop tot aan het kruis van het slachtoffer. De gemaskerde beulen deden alsof ze een rol speelden in een of ander maskerspel en legden de takkenbossen op zodanige wijze neer dat ze zoveel mogelijk effect zouden sorteren. De menigte werd op afstand gehouden door een aaneengesloten rij soldaten, en de mensen begonnen reeds onrustig te worden en slaakten uitroepen als: 'Schiet op!' en 'Laat die stakker sterven!', gevolgd door de gebruikelijke scheldkanonnades.

'We moeten dichterbij zien te komen,' zei Benjamin zacht.

'Waarom dan, meester?' vroeg ik.

'Er gaat een man sterven.'

Ik ging op mijn tenen staan. 'We zijn te laat. Het aanmaakhout brandt al.'

Ik zag de beul de bundels aanmaakhout aansteken, maar kennelijk was het nog te groen, want het wilde geen vlam vatten. Benjamin keek wanhopig naar het poortgebouw van de priorij van St. Bartholomew: het balkon stond vol gewichtige, welgeklede mensen die hun kinderen een dagje mee uit hadden genomen; ze hadden ook gezoete appels, schalen marsepein en kannen wijn bij zich om hun genot compleet te maken.

Benjamin trok een van Wolsey's volmachten uit zijn gordeltas, een van die oude, door de kardinaal geschreven brieven die Benjamin overal toegang verschaften. Mijn meester pakte me bij mijn arm en trok me naar zich toe. De kapitein van de wacht buiten St. Bartholomew's liet ons door en we liepen de donkere, overwelfde galerij door, een trap op en een kamer in met een balkon ervoor. Opnieuw maakte Benjamin gebruik van zijn volmacht en hij baande zich een weg door de tegensputterende menigte toeschouwers tot we een goed uitzicht op de terechtstelling en Smithfield Common hadden. Het gejoel van de menigte begon luider te klinken nu de beulen hun taak zo slecht verrichtten.

(Nemen jullie maar van mij aan dat het een vreselijke manier is om te sterven! Op een keer, toen ik in Venetië was, werd ik gevangen genomen door de inquisitie en berecht en veroordeeld tot de brandstapel op het grote plein voor de St. Marcus. Ik stond al vastgebonden op de brandstapel en het aanmaakhout was al aangestoken, maar toen schoot vrouwe Fortuna me weer eens te hulp. Dat is echter een ander verhaal!)

In ieder geval kan ik me, nu ik terugkijk op de jaren die achter me liggen, goed voorstellen wat die arme drommel daar op Smithfield moet hebben gevoeld. Op de rechtsgang viel niets aan te merken, maar de beulen waren knoeiers. Er werden opnieuw toortsen bij het vuur gehouden, maar die kietelden alleen de voeten en enkels van het slachtoffer. De arme kerel schreeuwde het uit.

'O, Christus, zoon van David!'

Toen hij dat riep, zweeg de menigte stil. Benjamin staarde gefascineerd toe en ik keek eerder naar hem dan naar de veroordeelde, want Benjamin had een afkeer van openbare terechtstellingen, zoals ik reeds eerder heb vermeld.

'Waarom zijn we hier, meester?' fluisterde ik.

'Stil, Roger!' siste hij.

De vlammen laaiden nu hoog genoeg op om de twee rond de nek van de man gebonden zakken buskruit te kunnen bereiken. Er klonk een harde knal en de vlammen laaiden feller op.

Het hoofd van het slachtoffer sloeg achterover en de narrenkap viel eraf. Het vuur vormde nu een fel vlammenscherm. Taplows lippen bleven bewegen, ofschoon zijn keel dusdanig verschroeid moest zijn dat hij geen geluid meer uit kon brengen. Het vuur bereikte zijn gezicht, blakerde zijn mond zwart, deed zijn tong opzwellen en duwde zijn lippen terug tot aan het tandvlees. Zijn ledematen begonnen te veranderen in een borrelende massa vet, water en bloed.

'Christus heb medelijden met hem!' mompelde Benjamin. 'Ik wou alleen dat ik zijn gezicht nog één keer goed had kunnen zien.'

De brandstapel werd nu aan het oog onttrokken door een muur van vlammen. Ik staarde uit over de menigte. De mensenmassa zag eruit als een groot beest met een gapende mond en hongerige ogen, en toen zag ik een ogenblik lang iets bewegen onder de grote olmen aan de overkant van het terrein. (De takken van die bomen werden vaak gebruikt bij wijze van geïmproviseerde galg.) Ik zag een roodharige man van een van de takken springen, alsof hij eveneens genoeg had van het schouwspel en op het punt stond te vertrekken. Ik ving een glimp op van zwarte gewaden en vroeg me af waarom Southgate belang zou stellen in deze naargeestige terechtstelling. Die vraag stelde ik ook aan Benjamin terwijl we St. Bartholomew's aan de achterzijde verlieten door een uitvalsdeurtje en terugliepen naar de rivier, maar mijn meester luisterde maar half.

'Ik kan je niet zeggen waarom,' zei hij op halfluide toon. 'Nog niet, Roger. Niet zolang we in dit kluwen van leugens verstrikt zitten!'

HOOFDSTUK 6

We voeren op een roeiboot terug naar Richmond en troffen het paleis in rep en roer aan, want de koning en zijn kardinaal troffen voorbereidingen voor hun vertrek. Op de binnenplaatsen was het een komen en gaan van pakpaarden, ambtsdragers en kamerheren. Dragers die zakken en pakken torsten verdrongen zich op de trappen en galerijen. Reusachtige, door zes paarden getrokken vierwielige karren stonden in de rij voor de hoofdpoort om het meubilair van Dikke Henry te verplaatsen naar een plek waar de koning nieuwe feesten wilde vieren. De koninklijke banier van Engeland wapperde niet meer aan de vlaggenstok, een teken dat Henry en Wolsey al waren vertrokken met een klein reisgezelschap dat de voorhoede vormde. Doctor Agrippa was er echter nog wel en zat in onze kamer op ons te wachten.

'Heeft jullie bezoek aan de stad nog iets opgeleverd?'

'Het was interessant,' antwoordde mijn meester.

Als een gedrongen spin kwam Agrippa in zijn zwarte gewaden naast Benjamin staan. Hij overhandigde hem een bundeltje documenten en twee dikke beurzen.

'Uw oom wenst u een goede reis toe. Dit zilvergeld zal jullie tocht gemakkelijker maken en de gebruikelijke geloofsbrieven zitten er ook bij.'

Ik pakte onze zadeltassen van de haken in de muur en gooide ze op het bed.

'En u, waarde doctor?' vroeg ik. 'Blijft u in het veilige Londen?'

Agrippa schoof op me toe en duwde zijn gezicht tot vlak voor het mijne. Ik rook zijn vreemde, geparfumeerde geur en staarde in die heldere, glasachtige ogen.

'Ik wou dat ik mee kon, Roger,' mompelde hij. 'Ik wou dat ik kon sterven, maar mijn tijd is nog niet gekomen.'

Benjamin keek ons bevreemd aan.

'Wat heeft dit dan allemaal te betekenen?' vroeg ik. Ik weigerde me te laten koeioneren. 'Waarom hebt u het over sterven? Voelt u dan geen greintje vriendschap voor ons, Agrippa? Wat denkt meneer de kardinaal dat er op Templecombe zal gebeuren? En wat wil die dwaas van een koning met zijn verwrongen geest nou eigenlijk echt van ons?'

Agrippa's gezicht nam een zachtere uitdrukking aan. Hij knipperde met zijn ogen en toen ik er opnieuw naar keek, waren ze lichtblauw en kinderlijk onschuldig.

'Roger, Roger,' fluisterde hij. 'Ik zal de kardinaal minstens de eerstvolgende tien jaar nog dienen, in tijden van oorlog en van vrede. Maar wanneer de profetie vervuld is, de koe de stier berijdt en de schedel van de priester ingeslagen is, zal ik vrij zijn.'

(Indertijd had ik geen idee wat hij bedoelde, maar achteraf gezien verwees hij natuurlijk naar Boleyns overwicht op Henry en op Wolsey, die als een ster uit de hemel van de koninklijke gratie zou vallen.)

'Laat me jullie, voordat jullie vertrekken,' vervolgde Agrippa, 'deze raad geven: *age circumspecte*. Handel wijs!' Toen draaide hij zich om op zijn hiel en liep het vertrek uit.

En ach ja, toen er een paar dagen voorbij waren gegaan, dachten we niet meer aan de vreemde raad van Agrippa. Benjamin bleef in de sombere luim waarin hij verkeerde sinds hij getuige was geweest van Buckinghams terechtstelling. Wanneer hij kon, pakte hij een stuk perkament en trok hij er lijnen op, terwijl hij in zichzelf mompelde en zijn hoofd krabde.

Ik werd aan mijn lot overgelaten. Ik zwierf terug naar de stad en dacht er zelfs aan de duistere holen waar ik gewoonlijk kwam weer eens op te zoeken, maar in de buurt van

Whitefriars werd ik herkend door een vervalser. In plaats van de gebruikelijke vriendschapsbetuigingen uit te wisselen, schoot hij een steeg in om zijn inlichting dat ik terug was te verkopen aan mannen als Waller en anderen bij wie ik in het krijt stond. Een kleine lichtekooi met een olijk gezicht trok echter mijn aandacht en enkele uren lang was ik de oude Shallot weer, verdeed ik de tijd met het vertellen van onwaarschijnlijke verhalen en maakte ik zowel in de gelagkamer als op de met veren gevulde matras in de kamer boven plezier met haar.

Een prachtige, lieve meid was het! Ze had ogen zo helder als kleerknopen, een scherp verstand en de prachtigste schouders die ik ooit heb gezien. Maar ach, nu is ze niet meer, want gouden meiden en gouden jongens zullen tot stof vergaan wanneer hun tijd gekomen is. Een aardige uitspraak, niet waar? Ik heb hem zelf bedacht, maar mijn goede vriend Will Shakespeare heeft hem van me overgenomen. Pennelikkers hebben daar een handje van en ze maken altijd gebruik van de uitspraken van anderen.

Verfrist en gekalmeerd na mijn amoureuze uitspatting, keerde ik terug naar Richmond, waar Benjamin me vroeg om Southgate te vergezellen en voorraden op te gaan halen in de Tower. Ik stemde met tegenzin toe en over de stille, in mist gehulde Theems voeren we naar die benauwde, onheilspellende vesting. We moesten een poos wachten; de hier gelegerde troepen werden gedrild om de manschappen voor te bereiden op hun verscheping naar een of ander godvergeten gat in de Lage Landen, om een van Henry's zinloze, vergeten oorlogen te voeren.

Nu zul je die ouwe zakken van veteranen altijd horen zeggen dat hun hart opspringt en het bloed hun weer bruisend door de aderen begint te stromen als ze terugdenken aan de oorlog: aan banieren die venijnig wapperen in de bries; aan voor de slag opgetuigde strijdrossen die met hun hoeven in de grond klauwen; aan dappere jongemannen in blinkende harnassen, een blos op hun gezicht bij het vooruitzicht van de strijd; aan scherpe zwaarden en gepluimde helmen. Kletspraat allemaal! Zo begint het, maar het eindigt met verminkte lichamen, afgehakte ledematen, stromen bloed die spuiten als fonteinen.

Groen gras dat roestbruin kleurt, rivieren verstopt met lijken.

Houd dus altijd de militaire filosofie van ouwe Shallot in gedachten. Ten eerste, vlucht als het maar enigszins mogelijk is! Ten tweede, geef je over als dat niet kan. Ten derde, vrijwilligers blijven nooit in leven tot de soldij wordt uitbetaald. En ik kan het weten! Ik heb in te veel veldslagen meegevochten en ik heb mijn zoon verloren in een oorlog, mijn enig kind bij mijn derde vrouw. Ik had hem Benjamin genoemd, omdat hij anders was dan ik, omdat hij niet verdorven en geschift was, maar een grote, edelmoedige kerel. Een dapper hart had hij ook, o Jezus, en toen trok hij naar Ierland met het leger van Essex en stierf in de veenmoerassen van Antrim. O God, wat mis ik hem, nog steeds! Het is waar wat de Grieken zeggen: 'Zij die door de goden worden liefgehad, sterven altijd jong.' En dus zal ik voor altijd blijven leven!

Maar de jongemannen toen op die dag lang geleden in de Tower bereidden zich voor om ten strijde te trekken. De wapensmeden waren druk in de weer om de klinknagels van wapenrustingen vast te slaan en om saladehelmen, lansen, zwaarden en alle benodigde moordwerktuigen te vervaardigen. De jongemannen deden vechtoefeningen op de stoffige binnenplaatsen, sloegen hun zwaarden tegen elkaar en doken weg voor dodelijke staken, of voor de namaakknuppels met opgevulde uiteinden waarmee ze, als ze niet vlug uitweken, venijnige klappen op hun hoofd kregen. Ouwe Shallot zorgde wel dat hij bij dit alles uit de buurt bleef, zoals gewoonlijk, maar Southgate leek erdoor gefascineerd. Nadat we de spullen hadden verzameld waarvoor we gekomen waren, liep hij terug om nog één maal te kijken en verbrak hij zijn minachtende stilzwijgen.

'Ik wou dat ik zelf ten strijde kon trekken.' Hij keek me aan met zijn blauwe ogen die me koude rillingen bezorgden. 'Jij toch ook, zeker, Shallot?'

'O ja,' loog ik. 'Daar droom ik elke dag van.'

Southgate grijnsde. 'Als we op Templecombe zijn aangekomen, zul je wensen dat je het gedaan had.' Hij maakte een handbeweging in de richting van de zwetende soldaten. 'Zij zullen ten minste weten wie de vijand is.'

Twee dagen later verlieten we Richmond, vroeg in de ochtend, na de eerste mis. Ons kleine reisgezelschap verdrong zich op de binnenplaats voor de grote, met dubbele sluitbalken afgesloten hoofdpoort van het paleis.

Mandeville en Southgate zaten onderuitgezakt op hun paard, beiden gekleed in gewatteerde leren wambuizen, hun voeten gestoken in hoge rijlaarzen. Ze waren bewapend met ponjaard, zwaard en dolk en droegen lange reismantels. Achter hen stonden hun beide secretarissen, Cosmas en Damien, alsof ze uit steen gehouwen waren. Ze hielden de teugels van hun paard strak aangetrokken en keken ingespannen naar Mandeville. Op enige afstand van hen stonden de Santerres: Sir John brulde bevelen en naast hem stond zijn vrouw, die in een dameszadel reed. Uit de opgetogen opmerkingen die ze tegen haar echtgenoot maakte bleek dat ze popelde om te vertrekken. Rachel zag er beeldig uit en haar lieflijke gestalte was gehuld in een grijze, met witte hermelijn gevoerde rijmantel. Voor het overige bestond het gezelschap uit bedienden en paardenknechten en onze bagage was op een stevige wagen geladen.

'Juffrouw Santerre ziet er schitterend uit,' fluisterde ik tegen Benjamin. 'Ze stelt ons allemaal in de schaduw. Neemt u van mij aan, meester, als we een knappe deerne zouden tegenkomen, zou ze verliefd worden op een van de paarden voordat ze aan een van ons zou denken!'

Benjamin lachte. 'Ik hoop alleen dat we veilig zullen zijn, Roger,' mompelde hij.

'O, Heer, bewaar ons, natuurlijk, meester! Als ossen op dun ijs.'

(Achteraf gezien, had ik gewild dat ik dat niet gezegd had. Haastig gedane uitspraken blijken vaak profetisch te zijn; binnen een maand zouden Benjamin en ik in Somerset op ijskoud water vechten voor ons leven.)

Spoedig daarop waren we klaar om te vertrekken. Mandeville, die zich als de vertegenwoordiger van de koning zelf beschouwde, en dus ook als zelfbenoemde leider, brulde bevelen; de grote poortdeuren zwaaiden open en hij reed voor ons uit naar buiten. Toen we ons op weg naar Londen begaven, ontvouwde een van Mandeville's secretarissen aan een stok die hij met zich meedroeg het vaandel met daarop het koninklijke wapen van Engeland, zodat iedereen kon zien dat we over volmachten van de koning zelf beschikten. Als we langsreden, gingen de mensen voor ons uit de weg. Leerjongens met grote monden en wasvrouwen op leren klompen onderbraken hun luidruchtige getater en wachtten tot we voorbij waren. Over de modderige straatklinkers van de stad reden we via Bowyers Row omhoog naar Cripplegate. Op de hoek met Carter Lane, waar we de steenmassa van de St. Paul boven ons uit zagen torenen, moesten we halt houden, omdat werklieden met haken op stokken de nog nasmeulende, zwart geblakerde balken van een uitgebrande huurkazerne uit elkaar aan het trekken waren om te voorkomen dat er vonken naar de naburige huizen zouden overslaan.

Ten slotte vond een stadsambtenaar, gekleed in de blauw en mosterdkleurige livrei van de stad, dat het uitgebrande pand afdoende vernield was en mochten we doorrijden.

We werden aangevoerd door Mandeville, zoals ik al verteld heb, en achter hem kwamen de Santerres met hun bescheiden gevolg, terwijl wij voor de bagagewagen uit reden en de achterhoede vormden. Ik keek hongerig rond en nam de Londense taferelen gretig in me op: de mutsen van beverbont gevoerd met groen fluweel, de rijke kooplieden, de verfomfaaide kappen van de ambachtslieden en bovenal de met wolken van gazen sluiers opgesmukte hoofdtooien van de hofdames die eropuit togen om een ochtend te gaan winkelen. We bereikten de St. Paul, en de grote koperen adelaar op de weervaan schitterde duizelingwekkend in het fletse zonlicht. (Ik herinner het me nog goed, want korte tijd later verdween de zon en zagen we hem wekenlang niet meer.) We moesten weer halt houden, want er werden karrenvrachten beenderen die op het kerkhof waren opgegraven over Paternoster Row naar het knekelhuis vervoerd.

Terwijl we daar stonden maakte zich een in lompen geklede kwajongen los uit de menigte en overhandigde een stuk perkament aan Sir John Santerre. Ik stond op het punt mijn meester daarop attent te maken, toen we van achter de muur van de St. Paul muziek hoorden klinken. Benjamin wenkte me nader en we keken door het openstaande kerkportaal. Een groep muzikanten met trommels en fluiten stond in een hoek van een van de dwarsbeuken van de kathedraal te spelen, terwijl de deken en het kapittel, met rozenkransen om hun hoofd, in een plechtige rij achter elkaar om het afgesneden en op een paal gestoken hoofd van een hertenbok dansten, die met nu glazige bruine ogen uitstaarde over de mensen die zich over zijn dood verheugden. Onder aan de paal lag de vlezige romp van het hert uitgestrekt en uit de doorgesneden slagaderen in de hals sijpelde nog bloed. Stomverwonderd staarde ik Benjamin aan.

'Het is een gebruik,' zei mijn meester zacht uit een hoek van zijn mond. 'Iedere maand moeten de marktkooplieden van de stad een vette hertenbok leveren voor Henry's keukens; om hen te bedanken voeren de deken en het kapittel deze dans uit. Hij schraapte zijn keel. 'God mag weten waarom ze zich dienaren van de kerk noemen.'

Ik keek naar de welgedane, goed doorvoede geestelijken die de dwaze danspassen maakten.

'Het is moeilijk te zien wie vetter zijn, meester, zij of die bok.'

'Let daar maar niet op,' mompelde hij. 'Heb je gezien dat onze plompe Sir John zojuist een briefje in handen geduwd kreeg?'

Ik knikte.

'Ik vraag me af wat daar op stond, Roger?'

'God mag het weten, meester. Uw oom spint wel erg ingewikkelde netten!'

We hoorden dat Mandeville ons riep. Toen vervolgden we onze tocht naar Cripplegate en baanden we ons een weg door de dichte drommen juristen en zaalwachters die zich voor de ingang van de Priorij van St. Elsing-Spital hadden verzameld voor hun laatste mis van het herfsttrimester.

We kwamen aan bij de oude stadsmuur en reden onder de poort door. Van boven staarden de onthoofde, met laurier of klimop getooide koppen van de verraders op ons neer, de ogen en monden zwart omdat ze door de raven waren aangepikt. Opnieuw werden we enige tijd opgehouden, omdat gerechtsdienaren van de stad het lichaam van een zelfmoordenaar bij de voeten aansleepten en in de stadsgracht gooiden. Na het lichaam kwam een kar met stinkend slachtafval voorbij die op weg was naar een van de beken bij de Barbican. Er rende een bedelaar met de kar mee en hij kwam jammerend en met zijn handen uitgestrekt op ons toe lopen. Mandeville joeg hem weg en dus liep hij onze groep in en greep Benjamins been vast.

'Meester, meester, een duit, een duit!'

Benjamins hand ging naar zijn geldbuidel, maar toen viel zijn mond open en staarde hij de bedelaar aan. Ondanks het voddige hoofddeksel en het met modderspetters bedekte gezicht herkende ik onze waarde Doctor Agrippa.

'Age circumspecte!' siste hij. Toen verdween hij in de menigte.

'Wat bedoelt hij daar nou weer mee?' vroeg ik. 'Dat heeft hij ons toch al gezegd?'

'Het was een woordspeling, Roger. Het oude Latijnse gezegde "Handel wijs". Misschien was het een waarschuwing voor de *Agentes.'*

'Prachtig!' mompelde ik. Alsof ik daar nog niet aan had gedacht.

We kwamen aan bij Red Cross, waar de gebouwen van de stad weken voor akkers en hakhoutbosjes en een uur later reden we door het open veld.

Ik zal jullie niet lastig vallen met de details van onze reis door Zuid-Engeland. De wegen waren nog hard, en dus konden we snel en gemakkelijk reizen, ook al omdat Mandeville gebruik maakte van de koninklijke koeriersdienst om goed eten en warme bedden voor ons te reserveren bij priorijen, kloosters, taveernes of koninklijke landgoederen. We reisden in drie aparte groepen: de *Agentes,* de Santerres en wijzelf.

Niemand voelde zich echt op zijn gemak. Lady Beatrice negeerde mijn dwalende blikken, de jonge Rachel durfde alleen bedeesd naar ons te glimlachen, en de *Agentes* vormden een verhaal apart. Southgate en Mandeville voerden met hun twee stom gemaakte bedienden achter zich de optocht aan en onderhielden zich fluisterend met elkaar. Mijn meester was geboeid door het raadselachtige rijmpje van Hopkins en voerde gesprekken met mij over wat het zou kunnen betekenen, alleen om tot de conclusie te komen dat we er geen wijs uit zouden kunnen tot we waren aangekomen in Glastonbury of op Templecombe.

Voor het overige namen we iedere gelegenheid te baat om Sir

John vragen te stellen over de Arthur-legenden, de graal en de wonderen van de Abdij van Glastonbury, maar niet één maal repte hij van de tempeliers, alsof die een verboden onderwerp vormden en het een van trouweloosheid getuigende euveldaad zou zijn om zelfs maar een toespeling op hen te maken.

Twintig jaar geleden heb ik dezelfde reis nog eens gemaakt om de ruïnes van Glastonbury te bezichtigen, dat toen al was verwoest door Dikke Henry en zijn boze geest Thomas Cromwell. Het omliggende platteland, dat in de tussentijd nauwelijks was veranderd, maakte me treurig en nostalgisch. Als ik in sommige streken mijn ogen sloot, zag ik mezelf er weer terug met meester Benjamin en al die andere mensen, die nu allang in het dodenrijk vertoeven, toen we naar dat oord reisden waar ons dagelijks leven uit samenzweringen, verraad en plotselinge dood zou bestaan.

Het enige verschil met toen was het weer, want het werd koud en guur en de wolken pakten zich boven ons samen alsof de hemel van plan was naar beneden te vallen en alle leven op aarde te verpletteren. Een koude, bijtende wind verkleumde onze vingers en deed onze spieren verstijven en vlak nadat we Somerset binnen waren gereden, begon de lang verwachte sneeuw te vallen. Eerst in zacht neerdwarrelende vlokken, maar toen we de gevel- en torenspitsen van Glastonbury in zicht kregen, woedde er een heuse sneeuwstorm.

Nu ben ik oud en cynisch. Ik heb mannen en vrouwen elkaar zien verraden zonder met hun ogen te knipperen. (Zo vaak zelfs dat het me, ofschoon ik in God geloof, de grootste moeite kost om aan te nemen dat hij in ons gelooft!) Glastonbury zou echter zelfs voor het hardste hart een uitdaging vormen. Het bleek een oord van geheimenissen en mysteriën te zijn dat me bij de keel greep en tot bizarre dromen prikkelde.

De landstreek zelf is betrekkelijk vrij van bomen, laaggelegen en vlak en ligt beneden zeeniveau. De abdij was groot en druk, een waar paleis achter de hoge muren. Vanaf de kam van een lage heuvel wees Sir John Santerre ons de kapel, de abdijkerk, de kruisgangen, de grote zaal, de keuken van de abt, de gastenverblijven en de tuinen aan, die alle duidelijk waarneembaar waren, ondanks de neerdwarrelende sneeuw.

Wat mijn verbeelding echter het sterkst prikkelde, was de

grote Tor, of heuvel, die uitzicht bood over de abdij. Het kerkje op de top wees als een reuzenvinger naar de hemel en leek een toepasselijk trefpunt voor God en de mens. Als de abdij een door mensenhand gemaakt wonder was, dan was de Tor daarop Gods antwoord, want in die vlakke landstreek zag hij eruit als een van die hooggelegen plaatsen waarvan de Bijbel melding maakt en waar de aartsvaderen heen gingen om zich te onderhouden met Jahweh. Zelfs Mandeville en Southgate uitten op zachte toon hun bewondering. Benjamin en ik staarden slechts sprakeloos neer op de abdij en keken toen op naar de grote Tor.

'O, ja,' verklaarde Santerre trots. 'Dit, heren, is Avalon. Het eiland van glas, het eiland van appels, Arthurs laatste rustplaats. Er was een tijd,' vervolgde hij, 'dat de ganse streek beneden de grote Tor overdekt was met moerassen, meertjes en plassen, maar de monniken hebben het land drooggemalen en het tot een van de grote wonderen Gods gemaakt.'

Ik lette niet meer op de vallende sneeuw die viel en de bijtende wind.

'Wat is dat daar?' Ik wees naar de grote Tor.

'Wat u ziet, meester Shallot. Een hooggelegen plek,' antwoordde Santerre. 'Een heilige plaats, zelfs voor de geboorte van Christus al. De oude stammen plachten er op boten heen te varen, onder leiding van hun aanvoerder, de Visserkoning, en vierden hun erediensten op de Tor. Sommigen beweren,' zei hij en liet zijn stem dalen, 'dat er geheime gangen onder de heuvel lopen en dat er zalen en kamers waren die door de ouden werden gebruikt. De mensen die zich in die geheime paden en kamers hebben gewaagd, zijn óf nooit teruggekeerd, óf als ze zo fortuinlijk waren dat ze nog boven konden komen, waren ze de kluts volledig kwijt en hadden ze hun verstand verloren.'

'En waarom zou Arthur hierheen gekomen zijn?' vroeg Benjamin.

'Om te genezen,' antwoordde Santerre. 'Er is hier altijd een klooster geweest, maar in het verleden, toen de weiden nog overstroomden, moest je gebruik maken van geheime wegen en paden om er te komen. Het grote fort van Arthur ligt verder noordwaarts, bij Cadbury, een reusachtige heuvel waar de overblijfselen van een grote vesting te vinden zijn. De legende wil dat het zwaard van Arthur in een van de plassen hier geworpen is en dat de graal, die in het klooster werd bewaard, hem te laat werd gebracht. Als hij daaruit gedronken had, zouden de wonden die hij had opgelopen in zijn laatste, vreselijke gevecht tegen zijn neef Mordred genezen zijn. En dus ligt Arthur nu onder de Abdij begraven.' Santerre veegde de sneeuwvlokken van zijn gezicht. Toen draaide hij zich om en keek ons aan.

'Legenden die je koude rillingen bezorgen,' zei Mandeville, zijn donkere gezicht vochtig van de sneeuw. 'Maar vergeet niet dat we hier zijn voor de zaken van de koning zelf en dat de legenden van deze plaats Buckingham het leven hebben gekost.'

Toen hij dat had gezegd, gaf hij zijn paard de sporen en reden we het pad af naar de met rijk beeldhouwwerk versierde poort van de Abdij van Glastonbury. Een poortwachter liet ons binnen en we werden naar een grote binnenplaats gebracht. Lekenbroeders repten zich af en aan, laadden de wagens af en begeleidden ons naar het ruime, van witte natuursteen opgetrokken gastenverblijf: een grote zonnekamer op de benedenverdieping met erboven aparte kamers voor alle gasten. Bedienden pakten onze natte kleren van ons aan en serveerden ons bekers bisschopswijn, gevolgd door aardewerken kommen vleessoep waaraan we onze handen konden warmen en die de kou uit onze maag verdreef.

We zaten op stoelen voor een groot vuur van houtblokken. Pas toen we waren uitgerust en onze plunjezakken hadden uitgepakt, kwam de abt, Richard Bere, vergezeld van een jongere onderprior en een paar andere monniken van de abdij het gastenverblijf binnen om ons te begroeten. Bere was een teergebouwde man met wit haar. Met een van zijn dooraderde handen omklemde hij een essenhouten wandelstok, de andere rustte op de arm van de onderprior. (Een groot man, Bere. Hij heeft leiding gegeven aan veel bouwwerkzaamheden in Glastonbury. Zijn opvolger was de arme ouwe Richard Whitting, die abt was toen Cromwell zijn agenten stuurde. Whitting is een gruwelijke dood gestorven. De abdij werd geplunderd en verwoest, de kostbaarheden geroofd, de daken gesloopt en van wat eens een eerbetoon aan God geweest was, bleef niet meer over dan een nestplaats voor vossen, raven en haviken. Maar ach, genoeg daarover.)

Op die koude, besneeuwde winterdag heetten Bere en zijn broeders ons van harte welkom, maar het zorgelijke, doorgroefde gezicht van de abt en zijn bijziende ogen verrieden dat hij bang was om de machtige *Agentes* binnen de gewijde muren van zijn abdij te hebben. Hij wilde het mensen op een aandoenlijke manier naar de zin maken en ik haatte Mandeville om de arrogante toon waarop hij zijn orders blafte. We zouden de nacht in de abdij doorbrengen, onze bagage op pakpaarden overladen en dan op weg gaan naar Templecombe, beval hij.

'Maar,' baste Mandeville, die boven de abt uittorende, 'we zullen hier terugkomen, eerwaarde vader, om u te ondervragen over de verrader Hopkins. U dient ons alle memoranda of boeken die hij bezat te tonen, en bovenal de manuscripten die hij zo graag bestudeerde, met de onbegrijpelijke verzen die hem en anderen hebben aangezet tot hun duistere daden van hoogverraad.'

'Wij zijn trouwe dienaren van de koning,' zei Bere zacht maar weerspannig. 'Broeder Hopkins, God hebbe zijn ziel, was een man die zich verloor in het verleden, maar we zullen de manuscripten die hij bestudeerde aan u overhandigen.'

Hij glimlachte naar ons allen, knikte hoffelijk naar Lady Beatrice, en liep toen bedrukt het gastenverblijf uit, omringd door zijn zwijgende monniken.

De volgende ochtend werden we gewekt door de klokken van de abdij en stonden we vroeg op. Ik opende de luiken voor het vensterraam en keek uit over het besneeuwde landschap. De sneeuwstorm was geluwd maar de lucht beloofde nog meer sneeuw. Verfrist braken we het ijs op de waskom, wasten ons, trokken schone kleren aan en voegden ons bij de anderen in de kleine refter beneden.

Een lekenbroeder kwam ons halen en ging ons voor naar de abdijkerk om de ochtendmis bij te wonen. Jullie moeten me maar geloven, want vandaag bestaat die pracht niet meer, als ik zeg dat de abdijkerk van Glastonbury de hemel op aarde benaderde. De hoog oprijzende pilaren, koepelgewelven en kroonlijsten waren verguld met bladgoud; de reusachtige muren waren geheel overdekt met schitterende, veelkleurige afbeeldingen van bijbelse taferelen. De Kapel van de Heilige Maagd was in blauw, rood en goudkleurig marmer uitgevoerd; het van met snijwerk versierd eikenhout gebouwde koor en het koorhek blonken in het licht van honderden kaarsen. In de lucht hing een zoete wierookgeur, die rond het marmeren hoogaltaar dreef als de geest der gezegenden.

Zoveel ruimte, zoveel schoonheid. Het hout van alle koorbanken was met zorg uitgesneden en geboend tot het glom als gepolijst goud. Van het vakkundig getimmerde dak hingen banieren in verschillende kleuren neer, scharlaken, rood, groen en blauw, en overal in de kerk stonden kleine beeldjes van een adembenemende schoonheid, die de Maagd Maria, de heiligen Jozef en Petrus en de ganse hemelschare voorstelden. Ik knielde neer en keek verbijsterd om me heen.

Maar nu is dat alles verdwenen en rest er niets meer van. Daar hebben Henry's agenten wel voor gezorgd. Ik weet dat velen van jullie geen aanhanger van het hervormde geloof zijn en vanuit jullie standpunt beschouwd zal dat wel terecht zijn, maar als jullie daar toen hadden gezien wat ik zag, zouden jullie dat nu nog steeds betreuren en tranen vergieten om de vernietiging van al die zuivere pracht.

Na de mis bood een lekenbroeder aan ons rond te leiden in de kerk en langs de andere bezienswaardigheden van de abdij. De Santerres sloegen het aanbod af. Rachel beweerde dat ze zich onwel voelde, maar Mandeville en Southgate sloten zich begerig bij ons aan. We werden langs de grote marmerplaat geleid die de doodskist van Arthur afsloot en de put van de drinkbeker waaruit de broeders water haalden. Mijn meester tuurde naar de bodem alsof hij verwachtte daar een visioen te zullen zien.

'Is het waar,' vroeg hij, 'dat de graal in het water van deze put zou kunnen liggen?'

De oude lekenbroeder plooide zijn gerimpelde, gelige gezicht tot een brede glimlach.

'Volgens de legende wel,' zei hij. Hij haalde piepend adem. 'Velen hebben ernaar gezocht, maar niemand heeft ooit iets gevonden.'

We brachten ook een bezoek aan de heilige doorn, een wilde rozenstruik, die, zo ging het verhaal, aan de staf van Jozef van Arimatea was ontsproten. Ik zal jullie dit zeggen – die legende berust op waarheid. Zelfs in dit barre weer begon de plant bloemen te vormen en als hij met Kerstmis in bloei stond, stuurde de abt naar oud gebruik een bos rozen naar de koning. Vervolgens nam de oude broeder ons op aandringen van Mandeville mee naar de bibliotheek, een lang, smal vertrek, met boordevolle boekenplanken tegen de muren. Benjamins handen jeukten hevig om de in leer gebonden, met juwelen bezette boekdelen vast te pakken (de mijne jeukten om andere redenen), maar Mandeville schudde zijn hoofd.

'Voor vandaag hebben we genoeg gezien,' zei hij zacht. 'Hier moeten we op ons gemak onderzoek doen. Maar eerst gaan we naar Templecombe. Tegen de noen moeten we daar zijn.'

We liepen terug naar het gastenverblijf en troffen onze metgezellen klaar om te vertrekken. Op de binnenplaats laadden lekenbroeders onze bagage van de karren over op pakpaarden die met hun hoefijzers op de klinkers krabden en hun hete adem in wolken uitbliezen, terwijl ze hinnikend protesteerden omdat ze hun warme stal uit waren gehaald. Ik keek naar Rachel. Ze zag nog steeds bleek en dus verzamelde ik moed om haar aan te spreken.

'Juffrouw, scheelt er iets aan?'

Ze glimlachte flauwtjes. 'Nee, niets, Roger.'

(Mijn hart maakte een sprongetje toen ik hoorde dat ze me met mijn voornaam aansprak!)

'De reis was erg vermoeiend en ik zal blij zijn als we weer thuis zijn.'

Ik had nog langer met haar willen flirten, maar op dat moment kwam de eerwaarde Bere naar beneden om afscheid van ons te nemen. Mandeville was kortaf, zoals gewoonlijk. Hij boog zich voorover en toomde zijn paard in.

'Vader abt,' verklaarde hij op voor iedereen verstaanbare toon, 'we danken u voor uw gastvrijheid en zullen later nog terugkomen. We moeten u bepaalde vragen stellen, waarop u een waarachtig antwoord dient te geven.'

Toen gaf hij bevel om te vertrekken en reed hij voor ons uit onder de abdijpoort door.

Onze reis verliep koud en ongerieflijk en deed ons op wrede wijze terugdenken aan de gemakken die we achter ons gelaten hadden. De lage, grijze luchten dreigden met nog meer sneeuw en het pak dat reeds gevallen was lag als een dikke deken over de houtwallen en velden, verstopte de sloten en maakte de paden glad en gevaarlijk. We hielden niet één maal halt, ook niet in het dorpje Templecombe, maar reden het ingeslapen gehucht door. De huizen aan weerszijden van het pad waren geheel dichtgetimmerd, de enige tekenen van leven de rookkolommen en de enkele dorpeling die aan de rand van het dorp op zoek naar brandhout was. Ze leken tamelijk gelukkig – sterke, blozende boeren die hun muts afnamen en hun landheer met luide stemmen groetten, oprecht verheugd om hem welkom te heten na zijn afwezigheid.

We reden over een pad naar de hoofdpoort van het landgoed toen er plots een oude kol uit het bos aan de ene kant van het pad opdook en zich vierkant voor Mandeville opstelde. Het was een heuse nachtvogel, gehuld in een smoezelige mantel en een kap die haar grijzende haarslierten half aan het oog onttrok. Haar gezicht was gegroefd en gerimpeld, de tandeloze mond hing slap neer en liet ontstoken tandvlees zien, maar ze had een levendige blik in haar ogen. Ze veegde haar druipende haakneus af, sloeg haar handen ineen en lachte kakelend. Geloof me, als ik haar had gezien in om het even welke andere plaats, had ik haar voor een heks uit een toneelstuk gehouden. Een van die ouwe wijven die zichzelf graag uitroepen tot bewaarster van raadselen waarvan niemand de oplossing weet. Maar dit oude creatuur was enger, een echte kraai, iemand die alleen maar slecht nieuws bracht. Mandeville gebaarde dat ze uit de weg moest gaan. Ze lachte slechts en stapte achteruit, haar ogen helder en boosaardig.

'Welkom op Templecombe!' Haar stem klonk verrassend krachtig en indrukwekkend. Ze maakte een spottende buiging. 'Sir John Santerre, uw lieve vrouwe en de schone Rachel.' De oude heks likte de speekselbellen van haar lippen.

'Uit de weg, mens!' beval Mandeville.

'Ja, dadelijk. Zo dadelijk,' snauwde de oude kol terug. 'Als ik jullie mijn nieuws verteld heb.'

Mandeville boog zich voorover. ‘En welk nieuws mag dat wel zijn?’

‘Er zullen doden vallen!’ kondigde de oude vrouw aan, en ze wees met een knokige vinger naar de grijze wolken. ‘Dood door vuur! Dood door ijzer! Dood door touw! Dood door water! En u, Sir Edmund Mandeville, afgezant van een koning die geen koning is, de hand des doods rust op u! De Middernachtelijke Vernietiger zit aan uw rechterelleboog en de heer Satan hurkt aan uw linker neer. U allemaal,’ schreeuwde ze, met vuur schietende ogen, ‘hebt zojuist de Vallei des Doods betreden!’

‘Wat bedoelt u?’ riep Southgate uit. Niet met die trage, slissende stem nu, viel me op.

De oude vrouw dook ineen en haar kin zakte op haar borst. Ze keek naar hem op van onder haar grijze, borstelige wenkbrauwen.

‘Jullie hebben je nieuws gehad, en nu ga ik!’

En voordat een van ons iets had kunnen doen, was ze als een geestverschijning in het bos opgegaan.

Mandeville wierp woeste blikken op Sir John Santerre.

‘Wie was dat, voor de duivel?’

‘Een van uw pachters, heer?’ zei Southgate op beschuldigende toon.

Santerre haalde zijn schouders op. ‘Het is een oude vrouw die niet goed snik is en beweert dat ze visioenen heeft. Ze woont al ik weet niet hoe lang in een hutje op een open plek in dit bos, hier niet ver vandaan.’ Hij sloeg zijn blik neer. ‘Sommige mensen zeggen dat ze gek is. Anderen beweren dat ze Hecate, de Koningin van de Nacht, is.’

‘Het is gewoon een oude vrouw,’ zei Rachel. Haar stem klonk gedempt achter haar mantel. ‘Let u niet op haar heren. Ze is een echte Cassandra, die zelfs in een vlucht mussen dood en verderf ziet.’

Mandeville kuchte en spoog een fluim uit. ‘Als dat secreet nog één keer mijn pad kruist,’ bromde hij, ‘laat ik haar verbranden!’

En na die harde woorden reden we verder over het pad. Een poortwachter opende de dubbele deuren van het toegangshek, heette de Santerres welkom en liep voor ons uit over het oude, verhoogde pad dat zich door berken, eiken en taxusbomen naar de voorzijde van het landhuis slingerde.

HOOFDSTUK 7

Laat me jullie eerst vertellen over Templecombe. Oorspronkelijk hadden de tempeliers het gebouwd als versterkt landhuis, maar latere generaties hadden het gerieflijker gemaakt. Het massieve, drie verdiepingen hoge natuurstenen gebouw met zijn dak van grijze leisteen was opgetrokken rond de vier zijden van een ruim binnenplein. Ofschoon de oude, op schietsleuven lijkende ramen nog zichtbaar waren, hadden latere eigenaren met een verfijnder smaak erkers met ronde ramen aangebracht en sierlijke, meervoudige schoorstenen bijgebouwd. De stenen blonken alsof ze onlangs nog schoongeschrobd waren en ondanks het fletse licht zag ik dat alle vensters voorzien waren van ruiten, sommige van zuiver glas, andere versierd met schitterende heraldische emblemen in diverse kleuren.

Toen we aankwamen, werd de grote deur opengeworpen. Bedienden liepen te hoop en een poos was alles in rep en roer en haastten hofmeesters, rentmeesters, koks, jachtmeesters en livreiknechten zich de traptreden af om de Santerres te begroeten. Ondanks de kortaangebonden manieren van Sir John zag ik dat iedereen achting voor hem had, dat hij zelfs geliefd was als heer van het landgoed. Bedienden ontfermden zich over onze bagage, paardenknechten leidden onze paarden weg en de Santerres lieten ons trots hun huis betreden.

Ondanks de grauwe buitenzijde bleek Templecombe een

juweel. De hal op de benedenverdieping was gelambriseerd met hout dat met sculpturen en snijwerk was versierd. De vloerplanken, de grote trap, de balustrade en de trapspijlen waren vervaardigd van de duurste materialen. We werden naar de grote zaal gebracht, een lang, hoog vertrek dat werd gedomineerd door een dak met steekbalken en aan het ene uiteinde een erkerraam met een afbeelding van het Lam Gods dat een vaandel droeg. Andere grote ramen, met zitplaatsen van kussens eronder, waren aangebracht aan weerszijden van de vakkundig geplaatste haardplaats, waarboven een schilderij hing van Adam en Eva die werden verleid door de slang. Een groot vuur van houtblokken knapperde in de haard en de ruimte werd verlicht door vierkante waskaarsen die op metalen insteekpriemen aan de muren waren geprikt. Aan het verste uiteinde, onder het erkerraam, stond de tafel voor eregasten op het podium. Op de vloer lagen plavuizen van zwart en wit marmer in een schaakbordpatroon, waar dikke tapijten uit Perzië, India en Turkije op lagen. Er stonden kasten van cipressen- en cederhout en tafeltjes met dienbladen, zilveren bekers, tinnen kroezen en flessen. Aan de muur hingen lappen gouddoek en verfijnde wandkleden, waarvan de onderranden tot de houten vloerplanken reikten. Alles leek de macht en rijkdom van de Santerres uit te stralen.

'Hij bezit vruchtbare akkers,' fluisterde Benjamin, 'en de wol van zijn kuddes staat bekend tot in Vlaanderen. Sir John heeft overal een vinger in de pap en alle havenmeesters van de zuidkust kennen hem.'

De rijke landheer stond nu midden in de zaal en koesterde zich in het praalzieke vertoon van zijn rijkdom terwijl zijn bedienden stoelen met hoge rugleuningen voor het vuur zetten. Op aandringen van Santerre namen we plaats en verkwikten we ons met kandeel van warme wijn en plakken suikergebak. Zelfs Mandeville, die vermoeid was na de rit, ontspande zich en sprak op zachte toon zijn waardering voor het huis uit.

De grootste verandering had zich echter in Rachel voltrokken. Ze had haar mantel en zelfs haar sluier afgedaan en haar gitzwarte haar hing aan weerszijden langs haar gezicht, dat nu straalde van blijdschap. Ik had alleen maar oog voor haar, maar Benjamin was een en al belangstelling voor het vertrek en hij bleef maar rondkijken, ondertussen mompelend uiting aan zijn bewondering gevend.

'Komen jullie mee?' Rachel stond op en glimlachte naar ons beiden. 'Terwijl mijn ouders en jullie meerderen uitrusten, zal ik jullie rondleiden door ons huis.'

Daarop gaf ze ons een rondleiding, terwijl ze er opgewonden als een kind op los kletste. Het huis had drie verdiepingen, zoals ik al heb verteld, die ieder een volmaakt vierkant vormden en waren verbonden door vier geboende galerijen, waar telkens drie kamers aan lagen. Zelfs op de bovenste galerij, waar Rachel ons onze kamers liet zien, was de lucht verwarmd door geurige komforen en de glimmende lambriseringen, gekleurde kleden, wollen karpetten en met houtsnijwerk versierde kasten en stoelen verleenden het geheel een opbeurende sfeer. Zelfs de draagstenen en kroonlijsten van het plafond waren pas geschilderd.

Rachel verklaarde dat haar stiefvader niet op het opnieuw meubileren van zijn nieuwe huis had beknibbeld. Maar zo nu en dan vingen we nog wel een glimp op van het tempeliersverleden: van zwarte kruisvaarderskruisen op de muur die nog niet waren aangetast door de tand des tijds; van oude schietsleuven waardoor je de besneeuwde velden buiten kon zien; van waterspuwertjes, waarvan sommige gevleugelde draken met twee poten voorstelden en andere de gezichten van ridders van vroeger tijden.

Stilaan begon het echter tot ons door te dringen dat er in Templecombe, ondanks alle rijkdom, warmte en comfort, een griezelige, angstaanjagende sfeer hing. Terwijl Rachel ons door de gangen en over de galerijen leidde, voelde ik dat er nog andere dingen waren, alsof geesten die zich verscholen in het halfduister ons langs zagen komen en dan achter ons aan kwamen, op zoek naar een zwakke plek waar ze gebruik van konden maken. Benjamin maakte krampachtige bewegingen met zijn schouders en één keer zag ik hem huiveren.

'Een vreemd oord,' mompelde hij, terwijl Rachel voor ons uitliep. 'De doden hebben hier geen rust.'

Ten slotte had Rachel ons helemaal rondgeleid en zei ze, nog steeds vol geestdrift, dat er buiten nog meer te zien was. Benjamin en ik lieten niets van onze wrevel blijken, pakten onze mantel en volgden haar het besneeuwde terrein op. We bezichtigden de buitengebouwen, stallen, smederijen, brouwkamers en schuren – uitglijdend en struikelend, hoewel Rachel vast als een kat op haar benen stond. We liepen een bosje van taxusbomen door en een open plek op waar een kerkje stond, een eenvoudig, primitief bouwsel met een steil, met pannen gedekt dak en een klein torentje boven de ingang. Rachel duwde de deur open en wenkte ons binnen.

In tegenstelling tot het weelderig ingerichte landhuis, was het in de oude kerk bepaald een sobere bedoening. Bij de ingang stond een doopvont en de beide donkere dwarsbeuken werden begrensd door een rij vierkante witte pilaren, die doorliep tot achter het koorhek en het eenvoudige, natuurstenen priesterkoor. Aan weerszijden van het gangpad stonden rijen koorbanken met opgeklapte zittingen, alle met afbeeldingen van bijbelse taferelen. Benjamin bekeek ze en hij slaakte een uitroep van verrukking.

'Kijk, Roger!' Hij wees naar een van de opgeklapte zittingen, waarin een timmerman eeuwen geleden een beer die in een boom klom uitgesneden had. Het tafereel was zo levendig en levensecht weergegeven dat je haast zou verwachten dat de beer zich zou bewegen of dat de boom door zou buigen. Rachel ging zitten op het trapje naar het priesterkoor en keek ons aan.

'Ik houd van deze kerk,' zei ze zacht. Ze keek omhoog naar de dakbalken. 'Het is hier zo eenvoudig, zo zuiver. Mijn stiefvader wilde deze kerk afbreken, maar mijn moeder en ik hebben dat voorkomen.' Ze glimlachte naar ons, maar trok toen een ernstig gezicht en keek ons met grote ogen aan. 'Hier kwamen de tempeliers bijeen,' vertelde ze verder. 'Dit was hun kapel.' Ze huiverde en trok haar mantel dichter om zich heen. 'Het waren boosaardige mannen,' fluisterde ze, 'en door hun duistere praktijken waren hun geesten hier nog steeds rond. Moeder zegt altijd dat we die boze geesten uit het huis moeten laten verdrijven.'

'Denk je dan dat ze zware misdaden pleegden?' vroeg Benjamin.

Rachel stond op. 'Misschien, maar die pleegden ze niet hier. Kom, dan laat ik jullie nog iets zien.'

Ze leidde ons de kerk uit en we liepen eromheen een bos in.

Op een gegeven moment weken de bomen plots en daalde de bodem steil af. We zagen beneden ons een uitgestrekt meer, waarvan het water aan het bevriezen was. In het midden lag een in mist gehuld eiland. Tussen de paar bomen die op het eiland groeiden, stond een laag, donker gebouw, dat in het vervagende licht een desolate, griezelige indruk op me maakte.

'Het huis van de tempeliers,' legde Rachel uit. 'Het is niet meer dan een lange, smalle stenen ruimte, maar volgens de legende hielden de tempeliers daar hun erediensten. Ik ben er nog nooit geweest.' Ze gebaarde naar een roeiboot die tussen bevroren waterplanten afgemeerd lag. 'Anderen steken wel eens over, maar ik wil er geen voet zetten, ook niet midden in de zomer! Ik ben bang voor dat eiland.' Toen klaarde haar gezicht op. 'Kom,' voegde ze eraan toe, 'jullie moeten doodmoe zijn en ik klets maar door. Het zal niet lang duren voordat het avondmaal wordt opgediend.'

Ze liep met ons terug naar het huis en we werden door een bediende naar onze kamers gebracht. We hadden allebei een kleine kamer. De mijne lag tussen die van Cosmas en Benjamin in. Aan de overzijde van de galerij lagen de kamers van Mandeville, Southgate en Damien. Waarschijnlijk hadden deze kamers vroeger dienstgedaan als cellen van de tempeliers, maar nu waren ze luxueus gemeubileerd. Ze waren alle voorzien van een groot hemelbed met vier stijlen, een eiken kleerkast, een tafel, een kruk en een stoel. De schietsleuven waren verbreed tot ramen waar gebrandschilderd glas in was aangebracht. In de haard knapperde een houtvuur en twee overkapte komforen waren zojuist neergezet bij de deur. Mijn kamer was warm en het rook er even lekker als op een zomerdag. Een poos bleef ik op de rand van mijn bed zitten, tot Benjamin bij me kwam. Hij leek moe en verbijsterd en zonder dat ik hem iets had gevraagd, begon hij samen te vatten wat er tot nu toe was gebeurd. Hij telde de punten af op zijn vingers.

'Ten eerste was Hopkins een monnik van de benedictijner orde uit Glastonbury, maar hij trad ook op als kapelaan voor de Santerres, hier op Templecombe en op de boerderijen in de omgeving. Ten tweede koesterde hij een hartstochtelijke belangstelling voor de Arthur-legenden en -overleveringen en zocht hij naar de graal en Excalibur. Hij ontdekte een oud manuscript in de bibliotheek van Glastonbury met een vreemd rijmpje dat niemand begrijpt. Ten derde heeft Hopkins tegen Buckingham gezegd dat hij de hand kon leggen op deze kostbare relikwieën. De heer van Buckingham kwam naar Templecombe. Hij veronderstelde dat die relikwieën hier ergens verborgen lagen, of misschien wilde hij alleen nagaan dat hetgeen Hopkins hem had verteld op waarheid berustte. Hij benaderde Sir John Santerre, maar die raakte in paniek. Hij geloofde dat Buckinghams zoektocht naar relikwieën als dekmantel diende voor een of andere gewiekste daad van hoogverraad en dus werden de *Agentes* verwittigd. Vervolgens schreef Buckingham een brief aan Taplow in Londen, maar die correspondentie werd onderschept door onze waarde vrienden Mandeville en Southgate. Buckingham werd gearresteerd; hij werd tot het beulsblok veroordeeld en de arme Taplow werd verbrand op Smithfield. De Santerres werden ondervraagd maar van iedere verdenking gezuiverd.' Benjamin zweeg een ogenblik. 'Wat weten we nog meer?'

'De vermoorde agenten?'

'O, ja. Ten vierde zijn twee van Mandeville's agenten, die in de huishouding van Buckingham waren geplaatst en hun meesters als eersten attent hadden gemaakt op Buckinghams zogenaamde hoogverraad om het leven gebracht met een wurgkoord, evenals Hopkins' zuster, maar we hebben geen aanwijzingen die ons meer kunnen zeggen over de identiteit van de moordenaar. Ten vijfde is er een geheime cel van samenzweerders die banden hebben met de aloude orde van de tempeliers, die eveneens op zoek zijn naar de graal en het zwaard van Arthur. God mag weten wie dat kunnen zijn. De abt en zijn broeders in Glastonbury? John Santerre? Of, erger nog, Mandeville of Southgate. En ten slotte is er de verdenking dat de orde een medeplichtige dicht bij de koning heeft. Ten zesde zijn wij hierheen gestuurd om de graal en Excalibur op te sporen – ofschoon de kans dat we die zullen vinden klein is – en ook om onze twee duistere schaduwen te helpen met het beëindigen van de activiteiten van de tempeliers. En danhebben we de waarschuwingen van die oude vrouw ook nog. Waarom heeft zij ons die boodschap gegeven? Wie heeft haar dat opgedragen? De monniken van Glastonbury soms?'

'Ze is een heks, meester.'

Benjamin schudde zijn hoofd. 'Onzin, Roger. Ik geloof niet dat mensen zulke machten hebben.' Hij stond op en begon de kamer op en neer te lopen.

Zo was mijn meester: als hij een probleem of raadsel onderzocht, raakte hij lichamelijk opgewonden en bleef hij eraan werken tot hij de oplossing had gevonden. Benjamin Daunbey was een echte man van de renaissance. Hij geloofde niet in heksen, waarzeggers en tovenaars. Ik wel. Als je de soortgenoten van Mabel Brigge kent, herken je ook algauw iemand die een pact met Satan heeft gesloten en occulte machten heeft verworven! Een mooie demon, die Mabel! Om mensen om te brengen, deed ze niets anders dan drie dagen vasten en haar gedachten concentreren op de dood van haar vijand. Ik heb het haar zien doen en haar de ondergang van een van Engelands belangrijkste edellieden zien veroorzaken, maar dat is een ander verhaal.

Benjamin staakte zijn geijsbeer.

'Ben je het eens met wat ik heb gezegd, Roger?'

'Maar natuurlijk, meester. Zo is het allemaal gebeurd, toch?'

'Natuurlijk niet.'

'Als u het zegt, meester.'

Benjamin trad op me toe en ging naast me zitten. 'Een beetje minder sarcastisch, Roger. We weten alleen wat ze ons verteld hebben of wat ze hebben gewild dat we zouden zien. Hoe weten we dat Buckingham hoogverraad gepleegd heeft? Hoe weten we dat hij die brieven aan Taplow heeft geschreven?'

'Omdat hij het heeft bekend, die mafkees!' viel ik hem in de rede. 'We hebben Taplow in de gevangenis gezien en daarna hebben we hem zien sterven, de arme drommel!'

Benjamin trok een gezicht. 'Nee, de man die we hebben gezien in de gevangenis was niet Taplow, maar iemand anders.' Hij glimlachte toen ik minachtend begon te snuiven. 'Weet je het dan niet meer, Roger? Denk eens even terug aan die gevangene met zijn dikke armen en benen. O, hij zat onder het vuil en hij sprak zijn tekst uit als een acteur, maar hij maakte één fout. Taplow zou lutheraan zijn, maar die gevangene zei dat hij geloofde in het vagevuur. Een lutheraan zou dat nooit gezegd hebben.

'Nu heb ik op Smithfield een glimp van de stervende Taplow opgevangen. O ja, hij had dezelfde haarkleur als de man die we in de gevangenis hebben gezien, maar hij was veel magerder.'

Ik sloot mijn ogen en liet mijn gedachten teruggaan. Taplow in zijn gevangeniscel: het vet op zijn armen en benen, het pafferige, goed doorvoede gezicht onder het vuil, de opmerking dat zijn ziel naar het vagevuur zou gaan, de brandstapel op Smithfield, het magere, gebroken lichaam waarvan ik een glimp had opgevangen. Mijn meester had het goed gezien.

'Waarom?' vroeg ik.

'We laten Buckingham even buiten beschouwing in ons onderzoek,' antwoordde Benjamin. 'Hij was een belangrijk edelman. Er vloeide York-bloed door zijn aderen en Henry was op zijn hoofd uit. De waarde hertog was dwaas genoeg om navraag te doen naar bepaalde kostbare relikiwieën en hij trok de aandacht van de geheim agenten van de koning. Ik vermoed dat zijn brieven aan Taplow, die tijdens het proces tegen hem zijn gebruikt, vervalsingen waren, terwijl Taplow zelf, met zijn oppervlakkige banden met Buckingham, als zondebok gebruikt werd. Je weet hoe welwillend onze koning is. Taplow, de arme drommel, zoals jij zou zeggen, werd gemarteld en mishandeld, om te bekennen wat hij aan het hof gedaan had, maar toen moest Mandeville voorkomen dat hij ons achteraf de waarheid zou vertellen. Hij werd overgebracht naar een cel diep in de gevangenis en er werd een gerechtsdienaar bij gehaald die voor hem moest spelen. Mandeville dacht dat wij daar in zouden trappen. Het kwam geen moment bij hem op dat we de terechtstelling bij zouden wonen, of dat we, als we dat wel zouden doen, dicht genoeg bij de brandstapel zouden gaan staan om te zien dat de man die verbrand werd niet dezelfde persoon was die we in Newgate hadden ondervraagd. Ik had ook niets vermoed als de man die voor Taplow speelde niet die opmerking over het vagevuur had gemaakt. En dus...'

'En dus,' maakte ik zijn zin af, 'kunnen we alles wat die bedrieger ons in Newgate heeft verteld vergeten!'

'Ja, dat was een pak leugens.' Benjamin hield zijn adem in. 'Maar als één part van de koek gelogen is,' besloot hij, 'hoe weten we dan dat de rest waarheid is? Wat als er geen graal of Excalibur of geheime cel van tempeliers zijn? En waarom zijn die agenten dan vermoord?'

'Misschien heeft Mandeville ze vermoord,' opperde ik. 'Misschien maakten ze bezwaar tegen het te gronde richten van Buckingham en het netwerk van bedrog waar ze deel van uitmaakten?'

'Misschien, ja,' zei Benjamin zacht. 'Misschien.' Hij stond op en gaf me verstrooid een schouderklopje. 'Maar kom, Roger, we moeten ons gaan wassen en omkleden. Onze gastheer en –vrouw verwachten ons.'

Mijn meester liep mijn kamer uit en ik begon mijn bezittingen uit te pakken, waste me, kleedde me om en liep toen de trap af naar het overvloedige banket dat de koks van Santerre voor ons hadden bereid.

De tafel op de verhoging was gedekt met lakens van zuivere zijde en baadde in het licht van talloze waskaarsen, die zilveren dekschalen, flessen, glazen karaffen en messen met kostbare tinnen handvaten deden flonkeren en schitteren. Het eten was verrukkelijk: rundvlees, hertenpasteien en verschillende wijnsoorten, bloedrode bordeaux en lichte, zoete rijnwijn.

De gesprekken verliepen moeizaam, want iedereen was doodop, maar Mandeville verklaarde dat hij morgen zou beginnen met het spannen van zijn net. Sir John zou bepaalde vragen moeten beantwoorden en dan zouden we teruggaan naar de Abdij van Glastonbury. Ik negeerde de boosaardige schoft, dronk snel en veel en had alleen oog voor Rachel. Ze was gekleed in een zeeblauwe jurk met een bijpassende hoofdtooi, beide bezet met kleine stukjes parelmoer. Ze zag er beeldschoon uit.

(Ik zie dat mijn kapelaantje gniffelt, omdat hij weet dat ik het al eerder over haar heb gehad. Goed, goed, hij herinnert me aan de waarheid, dat stuk verdriet, en dus zal ik die vertellen.)

Ik was jaloers, ja, en daarom dronk ik te veel. Het moest me wel opvallen hoe vertederd Rachel naar Benjamin keek en het snel oplaaiende vuur van de afgunst is erg moeilijk te doven. Na enige tijd was ik dusdanig beschonken geraakt dat ik humeurig werd. Ik zei dat ik me onwel voelde en ging naar bed, waar ik mijn gekwetste ziel in lijdzaamheid kon bezitten en mijn slechte manieren kon verbergen. Ik lag al op mijn hemelbed en wilde mezelf bejammeren om wat er was gebeurd, maar het volgende moment rolde ik op mijn zij en viel ik in een diepe slaap. God mag weten wanneer het feestmaal geëindigd was. Ik herinner me nog dat ik half bij mijn positieven kwam omdat mijn meester over me heen gebogen stond.

'Gaat het, Roger? Kwam het door iets wat je gegeten hebt?'

'Ja, ja,' mompelde ik, verbitterd en half slapend. 'Iets wat ik gegeten heb.'

De tweede maal werd ik ruwer gewekt. Ik was halverwege mijn favoriete droom en stond in een kerker een beker rode wijn te drinken terwijl gemaskerde folteraars Dikke Henry hadden uitgespreid op de allerwreedste pijnbank die er bestond. Ik rook de geur van rook en ik hoorde ijzingwekkende kreten. Plotseling schoot ik wakker en besefte dat het geen droom was; er dreef rook onder mijn deur door en ondanks de dikke muren hoorde ik een afgrijselijk gekreun en gekraak.

'In hemelsnaam, brand!' riep ik.

Ik opende de deur en liep mijn kamer uit. De galerij stond vol rook en uit de kamer waar secretaris Cosmas verbleef klonken ijselijke kreten en krakende geluiden. Zoals gewoonlijk was ik snel van begrip en ik schreeuwde: 'Brand!' Toen dook ik terug mijn kamer in, met maar één gedachte in mijn hoofd. De hoeksteen van Shallots filosofie: als er gevaar dreigt, pak dan je bezittingen bij elkaar en maak dat je als de wiedeweerga wegkomt. Ik rende de gang op om mijn meester te zoeken en trof hem nog steeds geheel gekleed aan.

'In godsnaam, Roger,' zei hij, 'wat is er aan de hand?'

'In godsnaam, meester!' snauwde ik terug. 'Dat is u toch wel duidelijk? Die idioot naast ons heeft de boel in de fik gestoken en ik heb geen zin om hier te blijven liggen!'

Benjamin staarde naar mijn mantel vol met de snuisterijen en waardevolle bezittingen die ik vlug bij elkaar gegraaid had.

'Roger, Roger, dat is veel te licht, daar kun je die deur niet mee intrappen!'

Hij griste de mantel uit mijn hand en gooide hem op het bed. Buiten op de galerij hoorde ik deuren opengaan en rennende voetstappen. Op aandringen van Benjamin hielp ik een houten kast oppakken. We strompelden ermee naar de vergrendelde deur en gebruikten het meubelstuk als stormram.

Mandeville en Southgate verschenen, gevolgd door de andere secretaris, Damien, die met zijn bleke gezicht nog afstotelijker leek, terwijl hij in doodsangst naar de vlammen staarde die overal in de kamer van zijn broer oplaaiden. Hij zwaaide met zijn handen door de lucht en slaakte hartverscheurende kreten. God is mijn getuige, maar Mandeville behandelde hem even teder als een moeder een baby. Hij greep het arme schepsel bij zijn nek en sloot hem aan zijn borst, en toen keek hij woest naar ons.

'Kom op, stelletje slappelingen! Ram die rotdeur in!'

Geholpen door Southgate en twee slaperig kijkende, half geklede bedienden beukten we opnieuw op de deur in, die zich krakend en kreunend schrap zette en terugveerde, tot het slot eruit vloog. Er kwam een dikke rookwolk uit, die ons dwong de kast te laten vallen. Benjamin haastte zich naar zijn kamer en kwam terug met in water gedrenkte handdoeken. Die wierp hij ons toe en zei dat we er onze mond en ogen mee moesten bedekken. Er verschenen nog meer bedienden, onder leiding van Santerre. Ze openden een andere kamerdeur en ik begreep dat Santerre, evenals zoveel andere wijze huisheren, een kamer gebruikte om reusachtige vaten water op te slaan voor het geval er een brand uitbrak, zoals de brand die we nu bestreden.

Benjamin en ik hadden de kamer echter als eersten betreden. Mijn meester wankelde het vertrek door en opende het dichtstbijzijnde raam en toen de rook wegdreef zagen we dat het grote hemelbed in lichterlaaie stond.

Het was een van de merkwaardigste taferelen die ik ooit had gezien. Jullie zullen je nog wel herinneren dat Templecombe een stenen gebouw was en dat de kamers van de bovenste galerij geen houten lambrisering hadden, zodat het vuur zich niet had verspreid. O, de twee kleden op de stenen vloer smeulden wel, maar intussen waren we de brand meester. Het leek alsof het hele bed eenvoudigweg in één grote vuurbal was veranderd.

Ook toen al, terwijl bedienden met emmers water zich langs ons drongen en de brand begonnen te blussen, wist ik dat er iets niet klopte. De twee komforen naast de deur waren onaangeroerd. Het vuur in de haard was in een hoop witte as veranderd. Dus waar was de brand dan ontstaan? Ik kwam tot de conclusie dat ik genoeg gedaan had en maakte aanstalten om me uit de voeten te maken, toen ik een grote emmer water in handen geduwd kreeg van een bediende en ik besefte dat er onder leiding van Santerre een menselijke keten was gevormd. Eerst sorteerde het water geen effect, maar uiteindelijk doofden de vlammen. Van het bed was niet meer over dan een hoop zwarte, smeulende as.

Mandeville was de eerste die erop toe stapte en tussen de restanten van het bed vonden we het verkoolde lichaam van Cosmas. Zijn lijk bestond uit één grote homp verbrand vlees, zijn gelaatstrekken waren onherkenbaar. Ik ving een glimp op van witte tanden en een opengesperde kaak, maar het gezicht, de vloeibaar geworden oogballen en het zwartgeblakerde lichaam van de man werden me te veel. Ik vluchtte terug naar de beslotenheid van mijn kamer om er te kokhalzen en over te geven. Verderop in de gang schreeuwde Santerre dat de ramen geopend moesten worden en dat er zeildoek moest worden gebracht. Hij verzocht Rachel en haar moeder kortaf naar hun kamer terug te gaan.

De vloeken van Mandeville werden afgewisseld door de ijselijke rouwklachten die de broer van de dode uitte. Ten slotte hield ik op met kokhalzen en wiste mijn handen en gezicht af met een doek. Toen ik me omdraaide stond Benjamin achter me.

'Wat is de doodsoorzaak?' bracht ik uit.

'Dood door vuur!' herhaalde mijn meester. 'En het was geen ongeval, Roger. Cosmas is vermoord. Levend verbrand!'

Meer wilde Benjamin niet zeggen. Nadat ik mijn mond en handen schoongemaakt had, liep ik terug naar de kamer van de dode. Intussen waren de vlammen gedoofd, waren de ramen op de bovenverdieping geopend en begon de rook op te trekken. Twee bedienden met oude lappen voor hun mond en neus droegen de stoffelijke resten van Cosmas weg in een stuk zeildoek. Het verbrande bed werd uit elkaar gehaald en de brokstukken werden op de binnenplaats beneden gegooid. Benjamin scheen veel belangstelling te hebben voor de houtskoolkomforen en schoof met zijn laars heen en weer tussen de witte as van het vuur, maar mompelde in zichzelf dat hij niets ongewoons kon ontdekken.

Toen we terug naar bed gingen begon het al licht te worden. Een paar uur later schudde Benjamin me wakker.

'Kom op, Roger, we moeten gaan ontbijten. Mandeville wacht beneden in de gang op ons en hij zegt dat het uur van Gods wraak is aangebroken.'

Ik wreef mijn ogen uit. 'Dus u zegt nog steeds dat dit een moord was?' vroeg ik. 'Waarom?'

'De deur was van de binnenkant afgesloten,' antwoordde Benjamin. 'Cosmas was in het beddengoed gewikkeld en is levend verbrand. Hij had maar één kaars, die niet krachtig genoeg was om zo snel een brand van die omvang te veroorzaken en het vuur in de haard was al tot witte as verteerd.'

'Zou er buskruit gebruikt zijn?'

'Wat bedoel je?'

'Nou, een spoor buskruit onder de deur door naar het bed, en dan steekt iemand het aan met een tondel?'

Benjamin schudde twijfelend zijn hoofd. 'We hebben er geen sporen van op de vloer gezien.'

(Nu zie ik mijn klerkje zijn bol schudden en in zichzelf giechelen. O ja, deze meester der geheime kunsten denkt dat het een dom idee van me was. Nou, dan zal ik jullie eens iets vertellen. Vele jaren later werd ik er als boodschapper op uit gestuurd naar Mary, de koningin der Schotten, en trof ik haar aan terwijl ze voor het beest met de twee ruggen speelde met Bothwell. Nu kan ik dat Mary niet kwalijk nemen: haar echtgenoot Darnley was zo pokdalig dat hij een witte sluier voor zijn gezicht moest dragen. Maar dit terzijde. Ik had Mary verteld over de dood van Cosmas en er toen helemaal niet meer aan gedacht. Dat wil zeggen, niet tot een paar maanden later, toen Darnley en zijn page, tijdens hun verblijf in het paleis van Kirk o' Fields om het leven kwamen door een ontploffing. Later heb ik me vaak afgevraagd of ik Mary op het idee had gebracht. Maar ach, dat is een ander verhaal.)

Benjamin stond echt versteld door de dood van Cosmas: hij gaf toe dat mensen in zeldzame gevallen spontaan kunnen ontbranden. (Indertijd dacht ik dat dat een belachelijk idee was, tot ik vele jaren later een kerk in Holborn bezocht waar de predikant, terwijl hij een donderpreek afstak, plotseling in brand vloog. Ik heb een kerk nog nooit zo vlug leeg zien lopen.)

Maar goed, op die besneeuwde ochtend toen Benjamin en ik steeds dieper in die Vallei des Doods verzonken, was de dood van Cosmas ons een raadsel. Er was maar één ding zeker: Benjamin zei dat er een schroeiplek op de buitenkant van Cosmas' deur zat, maar hij zei ook dat die al oud kon zijn. Andere bewijzen dat er iets niet klopte, konden we niet vinden. Hij zwaaide wanhopig met zijn hand.

'Wie weet?' verzuchtte hij. 'Misschien had God er de hand in.'

Ik stond op, waste me, kleedde me aan en daalde toen samen met Benjamin de grote, brede, krakende houten trap af. We hoorden harde stemmen klinken uit de grote zaal, maar Benjamin stond erop dat we eerst naar het portiek zouden lopen om wat ochtendlucht in te ademen. We stonden op de bovenste trede van de trap, een ijskoude wind verdreef het laatste restje slaap uit onze ogen en gezichten en we staarden uit over het besneeuwde terrein. Raven krasten in de donkere bomen die het huis omringden en ik stelde me voor dat er demonen in de takken nestelden en ons bespotten. Southgate kwam binnen door de deur achter ons.

'Jullie worden verwacht bij Sir Edward Mandeville.'

'O jee,' zei ik spottend. 'God kan wachten, maar Sir Edmund...!'

En met spottende haast snelde ik terug het huis in. Benjamin kwam minder gehaast achter me aan. Southgate haalde me in toen ik de grote zaal binnenliep, waar ik Santerre en de anderen om de tafel op de verhoging zag zitten.

'Op een dag,' siste Southgate in mijn oor, 'zal uw gewiekstheid u nog eens aan de galg brengen, meester Shallot. Of aan de punt van iemands zwaard!'

'Op een dag! Op een dag!' riep ik hem spottend na. 'Vreemd genoeg, meester Southgate, bent u niet de eerste die dat zegt. En nog vreemder is dat iedereen die dat zegt zelf omkomt door geweld.' Ik draaide me om en keek hem strak aan. 'Bedreigt u me niet,' fluisterde ik hem met geveinsde bravoure toe. 'Ik ga het gevecht niet uit de weg!'

(O God, wat was ik toch een leugenaar!)

'Hoewel u er zelf al even scheef uitziet als uw ogen,' zei Southgate laatdunkend.

(O ja, ik was een knappe schurk, lang van lijf, met ravenzwart haar en een olijfkleurige huidskleur, maar ik loenste licht met één oog. Ik had echter altijd gedacht dat die blik me een mij-maak-je-niets-uiterlijk gaf.)

Ik zag dat Southgate's hand naar het gevest van zijn rapier was gezakt. Ik slikte en gluurde over mijn schouder om te controleren dat Benjamin achter me stond.

'Wanneer dit alles achter de rug is,' spotte ik, 'trekt u dan uw degen maar. Maar onze Heer God, Sir Edward Mandeville, wacht op ons, zoals u steeds maar zegt!'

HOOFDSTUK 8

De groep aan de tafel op de verhoging – Sir John, Lady Beatrice, Mandeville en de wit weggetrokken Damien – had reeds ontbeten. Sir John knipte met zijn vingers en bedienden zetten een dienblad voor me neer met reepjes gedroogd spek, kleine witte broodjes en een pot dikke, romige boter. Ook serveerden ze kroezen bier.

Ik keek om me heen en merkte op hoe bleek en bedrukt iedereen eruitzag. Ik glimlachte opgewekt, wenste iedereen goedemorgen en begon het eten in mijn mond te proppen. Benjamin was uiteraard beleefder. (Hij was een echte hoveling, mijn meester. Met zijn tafelmanieren had hij een engel nog beschaamd doen staan.) Hij nipte van zijn bierkroes en keek Mandeville aan.

'Gecondoleerd met het overlijden van uw secretaris, heer.'

Mandeville knikte. 'Overlijden, meester Daunbey? Overlijden?'

Benjamin kuchte. 'Nee, heer, u hebt gelijk. Het juiste woord is moord.'

'Maar hoe?' stotterde Sir John. 'Hoe in godsnaam, in mijn huis? De kamer van de man was afgesloten. Er zijn ook geen geheime ingangen of gangen.' Hij wendde zijn blik af. 'Niet in die kamer, althans.'

Benjamin glimlachte. 'Dus die zijn er wel?'

'Maar natuurlijk,' stamelde Santerre. Nerveus verschoof hij

zijn voeten. 'Hier, onder ons, liggen keldergewelven en gangen. De tempeliers maakten er vaak gebruik van.' Hij glimlachte flauwtjes. 'Tegenwoordig sla ik er mijn wijn, brandhout en kolen op, maar verder niets bijzonders.'

'Waarom denkt u dat hij vermoord is?' vroeg Mandeville op scherpe toon.

'Omdat bedden niet plotseling in brand vliegen, heer,' antwoordde Benjamin. 'Als mijn observaties kloppen, moeten de matras en de dekens binnen enkele tellen in een loeiend inferno zijn veranderd. De komforen waren niet van hun plaats geweest, het vuur was uit, de kaars gedoofd. En toch moet er een felle brand zijn ontstaan, zo snel dat de arme Cosmas zelfs geen tijd had om uit het bed te komen.' Benjamin nipte van zijn bierkroes. 'Maar de vraag wie, waarom of hoe,' vervolgde hij, 'is voor mij evenzeer een raadsel als voor u, Sir Edmund.'

'Zoals u zegt, was de deur gesloten, was er niemand anders in de kamer en was het de bedoeling dat de brand snel, vakkundig en met zo min mogelijk schade voor anderen dodelijk zou zijn. Gaat u maar kijken op de kamer. Het plafond is van gips en het duurt uren voordat dat vlam vat. De muren en de vloer zijn van steen. In veel andere huizen zouden de vlammen zich over de hele bovenverdieping hebben verspreid, maar hier niet. Onze moordenaar wist dat!'

'Maar het bed en de dekens,' viel ik hem in de rede (Ouwe Shallot wilde ook een duit in het zakje doen!), 'zullen kurkdroog geweest zijn.'

'En waarom is Cosmas het bed niet uitgesprongen?' vroeg Santerre.

'Omdat,' antwoordde Benjamin, 'hij ernstig verminkt was. Maar hoe?' Hij schudde zijn hoofd.

'U denkt dus dat hij is vermoord?' vroeg Santerre.

'Ja, dat heb ik gezegd, maar...'

Mandeville tikte op het tafelblad met zijn lege bierkroes en wierp Santerre beschuldigende blikken toe. 'De eigenlijke vraag is dus wie er achter deze aanslag zit?'

Met een rood aangelopen gezicht van woede schoof Sir John zijn stoel achteruit. 'Beschuldigt u mij, Sir Edmund, of mijn verwanten of bedienden? Zegt u het, als dat zo is!' Hij haalde diep adem door zijn neusgaten. 'Vergeet u niet waar we zijn,

Sir Edmund. Dit is niet Londen, maar Zuidwest-Engeland. De dingen worden hier niet licht vergeten. Edward Stafford, wijlen de Heer van Buckingham, was een alom geacht en geliefd man, vergeet u dat niet. Voor de trouw van mijn dienaren kan ik evenmin instaan als Zijne Majesteit de Koning of Zijne Eminentie de Kardinaal verzekerd kunnen zijn van de loyaliteit van alle Engelsen.

'Ten tweede...' Santerre zweeg een ogenblik om na te denken over wat hij zou zeggen.

'Gaat u verder, alstublieft,' zei Southgate op zijdezachte toon. Hij amuseerde zich kostelijk, de rotzak.

'Ten tweede,' vervolgde Santerre haastig, de waarschuwende blik van zijn vrouw negerend, 'wordt de herinnering aan de tempeliers hier nog steeds levend gehouden. In hun tijd werden ze beschouwd als machtige magiërs die deze landstreek grote welvaart hebben gebracht. Ze stonden bekend als geneesheren, als goede meesters die de geheimen van hemel en aarde kenden. Denkt u,' hij keek Mandeville recht aan en ik bewonderde de kerel om zijn moed, 'denkt u werkelijk, Sir Edmund Mandeville, 'dat de mensen hier niet op de hoogte zijn van de ware reden van uw komst? Dat ze niet weten wat u hier zoekt, niet weten dat het uw bedoeling is om ieder spoor van de oude orde uit te wissen? En bovenal weten ze wat uw aandeel is geweest in de ondergang van de heer van Buckingham, zoals ik, God is mijn getuige, weet wat ik daar zelf aan bijgedragen heb!'

'Wilt u daarmee zeggen,' beschuldigde Southgate hem, 'dat u sympathiseert met de dode hertog?'

'Nee, heer, dat doe ik niet!' bulderde Santerre. 'En legt u mij geen woorden in de mond, als ik u bidden mag. De heer van Buckingham is hier geweest. Hij heeft aan deze tafel aangezeten, en toen hij was vertrokken, kwamen die twee schepsels van u me vragen wat hij had gezegd. Ik heb hun de waarheid verteld. De rest hebt u afgehandeld.'

Santerre schoof zijn stoel terug naar de tafel. 'God weet,' besloot hij zacht, 'dat ik wellicht bloed van de hertog aan mijn handen heb.' Met starende blikken keek hij de zaal rond. 'Ik ben niet uit deze streek afkomstig,' vervolgde hij, 'ik ben geboren in Hampshire.' Santerre klemde de hand van zijn vrouw stevig in de zijne. 'Maar toen ik trouwde met Lady Beatrice heeft zij mijn naam aangenomen en ben ik de eigenaar van haar huis geworden. Ik ben hier gekomen om een goed landheer te zijn en een trouw dienaar van de koning! Denkt u daaraan, Sir Edmund, voordat u aanschuift aan mijn tafel en toespelingen maakt op degene die de dood van uw secretaris op zijn geweten zou hebben! God weet dat ik dat niet ben, net zo min als een van de mijnen!'

Southgate lachte spottend. Mandeville streek alleen over zijn donkere gezicht, alsof hij behoedzaam overwoog wat hem te doen stond.

'Heren,' kwam Benjamin tactvol tussenbeide, 'voordat we een oordeel vellen, moeten we erkennen dat Sir John ware woorden heeft gesproken. De heer van Buckingham was afkomstig uit deze streek. Wij zijn hier gekomen om legenden te verstoren die deel uitmaken van het diepste wezen van deze omgeving. Sir Edmund Mandeville, denkt u na over wat er is gezegd. Uw beide agenten, Calcraft en Warnham, kunnen naar Londen gevolgd en zijn omgebracht door een aanhanger van de hertog of door een lid van de geheime cel van tempeliers. Sir John kan niet verantwoordelijk worden gehouden voor de loyaliteit van al zijn bedienden. De dood van Cosmas, God hebbe zijn ziel, is een raadsel.'

'Wat ik opmerkelijk vind,' verklaarde ik, 'is dat de heks die we gisteren zijn tegengekomen een dergelijk sterfgeval voorspelde. Herinnert u het zich nog, Sir Edmund? Dood door vuur, door touw, door staal en door water? En mag ik u eraan herinneren dat ze geen van ons allen uitsloot van die vervloeking?'

Na mijn woorden bleef het angstwekkend stil.

'Ik had haar moeten laten oppakken, die kol!' vloekte Mandeville.

'We kunnen de heks nergens van beschuldigen,' verklaarde Rachel zacht. 'Ze heeft slechts de waarheid gesproken: in dit huis spookt het echt. Op de gangen en galerijen dwalen de geesten van de tempeliers rond. De dood van Cosmas is niet de eerste tragedie die hier heeft plaatsgevonden.' Haar gezicht verstrakte. 'O ja, er zijn hier nog andere sterfgevallen geweest, nietwaar, moeder?' Ze wachtte niet op antwoord. 'Mijn eigen vader is om het leven gekomen ten gevolge van een ongeluk dat hij kreeg tijdens het paardrijden. Beneden zijn er bedienden uitgegleden. Een oude min heeft zich verhangen in een van de schuren. Een tuinman is verdronken in het meer gevonden. Zelfmoord was het, tenminste, dat zei de lijkschouwer.'

Rachels sombere woorden bezorgden ons allen koude rillingen.

'Is dat waar?' vroeg Benjamin haar ouders.

Santerre knikte. Lady Beatrice liet haar gezicht ontdaan tussen haar handen zakken. Ze had haar houding van ijzige zelfbeheersing laten varen.

'Ja,' antwoordde ze met tegenzin. 'Veel mensen zeggen dat dit een spookhuis is. De streekbewoners wijten Buckinghams ondergang niet aan mij of mijn echtgenoot, maar zeggen dat dit huis hem noodlottig is geworden. Soms wens ik wel eens dat ik dit hele gebouw tot de grond toe kon laten afbranden!'

'We kunnen altijd een begin maken,' merkte Southgate hatelijk op.

'Onzin!' antwoordde Benjamin. 'Maar het is zo dat we omringd zijn door de legioenen van de hel, dat voel ik ook. We vechten, zoals de heilige Paulus ook al zei, tegen een onzichtbare vijand. Er waren hier geesten rond, maar dat geldt ook voor moordenaars. De dood van Cosmas heeft meer van doen met de wereld van vlees en bloed dan met vervloekingen, heksen of spoken.' Hij glimlachte somber naar Rachel. 'Hoewel ook ik vind dat die oude heks over opmerkelijke voorspellende gaven beschikt. Sir Edward Mandeville heeft gelijk – misschien moeten we haar oppakken en ondervragen. Maar laten we, voordat we dat doen, eerst maar eens vaststellen of er iemand in de kamer van Cosmas is geweest.'

De stom gemaakte Damien had ingespannen naar de lippen van mijn meester zitten turen. Toen trok hij me aan mijn mouw en wees hij naar Santerres vrouw.

'Lady Beatrice, bent u in de kamer van Cosmas geweest?' vroeg Mandeville.

'Ja, ik ben daar eerder die dag geweest. Ik ben de vrouw des huizes en het is mijn taak om erop toe te zien dat alles in orde is.'

‘Ook ik ben er geweest,’ voegde Sir John eraan toe. ‘Om dezelfde reden.’

‘Ik heb er een dienstmeid binnen zien gaan,’ verklaarde Southgate. ‘Een deerne met bruin haar en een witte kap op haar hoofd. Ze bracht er dekens en linnengoed.’

‘Dat zal Mathilda geweest zijn,’ antwoordde Sir John. ‘Maar dat is een simpele boerenmeid die niet verder kan denken dan haar neus lang is. Niettemin zal ik haar ondervragen.’

‘Het lijkt me niet dat een dienstmeid,’ nam Benjamin het voor haar op, ‘deel uitmaakt van een moordcomplot. Sir John, hoe lang heeft de maaltijd gisteravond geduurd?’

‘Een uur of twee.’

Benjamin staarde naar het tafelblad. ‘Roger is als eerste van tafel gegaan, en toen ging u, meester Southgate, gevolgd door Lady Beatrice en Sir John. En ten slotte ging u, heer,’ hij wees naar Mandeville, ‘met uw beide klerken.’

‘En hoe laat bent u gegaan?’ vroeg Southgate.

Benjamin bloosde. ‘Ik ben niet naar boven gegaan. Lady Rachel en ik zijn hier gebleven. Ze had een boek uit de bibliotheek gehaald met alle Arthur-legenden, een kopie van *Arthur van Groot-Brittannië* en de *Ridders van de ronde tafel* door Malory.’

Het werd me koud om het hart en ik beet op mijn onderlip om mijn teleurstelling te verbergen. Rachel had mijn belangstelling gewekt, maar zelf scheen ze meer in mijn meester geïnteresseerd te zijn dan in mij.

‘Wat wilt u daarmee suggereren?’ vroeg Mandeville.

‘Niets. Ik was alleen benieuwd of er iemand in de kamer van de arme Cosmas was geweest.’

Zijn vraag werd onthaald op een koor van ontkenningen. Mandeville stond op en pakte zijn mantel, die hij over de rugleuning van een stoel had gegooid.

‘We zouden vandaag naar Glastonbury reizen, maar eerst moet ik deze vreselijke zaak afhandelen. Sir John, ik heb een kist nodig die als lijkkist voor de arme Cosmas kan dienen. Die kan zolang in de kapel van uw landhuis worden gezet en misschien kunnen we hem morgen, op weg naar Glastonbury, in de dorpskerk achterlaten. En nu heb ik brieven te schrijven. Zijne Majesteit de Koning zal niet blij zijn met wat ik te berichten heb. Meester Southgate?'

De beide *Agentes* liepen het vertrek uit, gevolgd door een stille, terneergeslagen Damien.

Lady Beatrice en Rachel boden op zachte toon hun verontschuldigingen aan, terwijl Sir John zich uitrekte en bromde dat het allemaal vreselijk was maar dat de zaken van het landgoed zijn aandacht opeisten.

Benjamin keek hem na terwijl hij de zaal uitliep. 'Ik vraag me af waar Sir John werkelijk heen gaat?' mompelde hij.

'Als hij ook maar een greintje verstand heeft, zou hij hier blijven om zijn dochter in het oog te houden,' antwoordde ik bits. 'U had me niet verteld, meester, dat u de avond hier met juffrouw Rachel in de zaal had doorgebracht met afneemspelletjes?'

Benjamin glimlachte. 'Ze is mooi, nietwaar, Roger? Maar ze is niet voor jou bestemd en voor mij al evenmin. Dit is geen spelletje. We zijn hier omringd door dood, moord, complotten en tegencomplotten. Er is geen tijd voor geflirt. Vertrouw niemand behalve mij tot deze zaak is opgelost.'

Met starende blikken keek hij om zich heen. 'Ondanks de gevulde kussens, de vergulde klokken, de zilveren lepels en de bokalen van Venetiaans glas, Roger, hangt er een doodsgeur in dit huis. Ik wilde haar niet openlijk bijvallen, maar juffrouw Rachel had gelijk. Er is iets met dit huis dat riekt naar oude misdaden, en hoe vlugger we onze taak volbrengen, des te beter het is.'

'Denkt u dat die geheime cel van tempeliers werkelijk bestaat?' vroeg ik.

'Mogelijk. Zulke genootschappen of cellen gedijen op hun eigen geheimhouding. Ze scheppen een geheime wereld en ondanks de groene velden en aangename dorpen heeft de koning gelijk en steekt de ontevredenheid overal in Engeland de kop op. Hooggeboren edellieden met York-bloed in de aderen bezetten hoge posten. Binnen de kerk neemt de ontevredenheid toe. In het noorden vormen de Schotten nog steeds een bedreiging, terwijl er in Europa machtige allianties worden gevormd om Engeland te isoleren. In een dergelijk klimaat tieren geheime genootschappen zoals de tempeliers welig. Het sterkste onkruid groeit altijd op een mesthoop.'

'En de graal en Excalibur?'

Benjamin haalde zijn schouders op. 'De koning wil ze hebben, of, belangrijker nog, als hij ze niet kan bemachtigen wil hij er zeker van kunnen zijn dat niemand anders ze in handen krijgt. Maar ik kan niet wijs worden uit dat rijmpje. Wat zou er bedoeld worden met de wateren van de Jordaan?' Hij keek me aan en trok een gezicht. 'Daarom heb ik gisteravond zitten praten met onze jeugdige schoonheid. Is er in deze godverlaten streek ergens een stroom, een rivier, een huis of een kerk die de Jordaan heet? En waar kan er in hemelsnaam een Ark van Mozes te vinden zijn?'

'En heeft ze u kunnen helpen?'

'Nee, en haar vader ook niet – dat heeft Mandeville me gisteravond tenminste gezegd, nadat jij van tafel was gegaan. En dus is het raadsel van meester Hopkins nog steeds niet opgelost.'

'Heeft hij geen papieren nagelaten?'

'Helemaal niets. Volgens Mandeville heeft Hopkins, voordat hij zijn noodlottige reis naar Londen ondernam, zijn hele kamer opgeruimd. Het was de kamer die jij nu in gebruik hebt.' Benjamin wees naar het vuur dat in de grote haard flakkerde. 'Hij heeft alles uit zijn kamer gehaald, en wat hij niet kon verbranden, heeft hij vernietigd.'

'Vreemd dat hij dat gedaan heeft.'

Benjamin haalde zijn schouders op. 'Misschien had hij een voorgevoel van wat hem in Londen te wachten stond. Of misschien heeft iemand hem gewaarschuwd. Of misschien wist hij dat Warnham en Calcraft van het gevolg van Buckingham in werkelijkheid agenten van de koning waren.' Benjamin zuchtte. 'Hoe het ook zij, meester Hopkins heeft zijn geheim meegenomen in zijn graf.' Hij boog zich dichter naar me toe. 'Ik wil hier blijven, maar ga jij terug naar je kamer. Trek je laarzen en je mantel aan en zet die breedgerande hoed van je op. Sir John vertrekt over een uur. Als hij gaat, moet jij hem op grote afstand volgen. Ik weet dat het lastig zal zijn met dat pak sneeuw, maar je moet nagaan waar hij heen gaat.'

Het vooruitzicht trok me niet aan, maar de gedachte te moeten rondhangen op Templecombe al evenmin. En dus glipte ik weer naar boven en lette ik beter op mijn omgeving. Wat me opviel waren de waterspuwerskopjes in de plafondlijsten en bovenal de grote zwarte kruisvaarderskruisen. Waarom waren die niet dof geworden in de loop der tijd? Werden ze soms telkens van een nieuwe verflaag voorzien, als eerbetoon aan die oude, geheime orde? Toen ik aankwam bij mijn kamer, zag ik de deur half openstaan en vervloekte ik mezelf omdat ik zo dom was geweest. Ik vertrouw mezelf al niet, en behalve Benjamin vertrouwde ik niemand van het hele gezelschap in het landhuis, en toch had ik er niet aan gedacht de sleutel bij me te houden.

Zonder gerucht te maken duwde ik de deur open. Een jonge vrouw zat met haar rug naar me toe op de verst van mij verwijderde zijde van het grote hemelbed. Op haar hoofd droeg ze een witte kap en een witte, driehoekige sjaal hing op haar rug als de slip van een kaproen. Ik hoorde munten rinkelen, glimlachte en liep op mijn tenen om het bed heen.

'Goedemorgen, juffrouw,' zei ik, en ik leunde tegen een bedstijl. Ik wierp een blik op mijn beurs in haar schoot en op de munten die naast haar op het bed verspreid lagen. 'Ben ik u soms iets verschuldigd?'

De jonge vrouw staarde naar me terug als een bang konijn. Ik ving een glimp op van haar kastanjebruine haar en de grote blauwe ogen in haar zongebruinde gezicht. Ik schatte haar op een jaar of zeventien, achttien.

'Ik vroeg u iets, juffrouw. Ben ik u geld verschuldigd? Zo niet,' vervolgde ik sarcastisch, 'kunt u me dan vertellen wat u met mijn beurs in uw handen doet?'

Ik deed een stap dichterbij en de jonge vrouw stond op en maakte aanstalten om weg te vluchten, maar ik greep haar bij haar pols. Ze verzette zich.

'Het spijt me,' zei ze smekend en met een zwaar plattelandsaccent. 'O heer, het spijt me, maar ik zag hem daar liggen en toen werd de verleiding me te machtig.'

Ik trok het meisje dichterbij me, rook vagelijk de geur van lavendel en rozen en zag waarderend het rijzen en dalen van haar weelderige boezem onder haar bruine schort.

'Jij bent Mathilda, nietwaar?'

'Ja heer, ik ben de kamermeid en ik ben ook verantwoordelijk voor de linnenkast.'

'En jij hebt de bedden voor de gasten van Sir John gedekt?'

Het meisje knikte, nog steeds met grote ogen.

'En ook het bed van de man die overleden is?'

Nu trok het meisje wit weg. 'Ja, heer, maar zoals ik heb gezegd tegen Sir John en meester Devil...'

Ik lachte om haar woordspeling op Mandeville's naam. Met zijn zwarte uitmonstering, Italiaanse gelaatstrekken en angstwekkende reputatie moest Sir Edmund op de boeren van Templecombe Manor overkomen als meester Lucifer in eigen persoon.

'Ik heb niets ongewoons gezien,' herhaalde ze. 'U doet me pijn, heer, laat u mijn pols los!'

'Waarom zou ik? Je bent een dievegge. Je kunt opgehangen worden voor wat je zojuist gedaan hebt.' Ik keek haar gemaakt streng aan. Ze zag de ondeugende glinstering in mijn ogen en drukte zich tegen me aan.

'Och kom, heer,' zei ze. 'Misschien kunt u me een van die munten en een pak slaag geven en me dan wegsturen? Ik ben ondeugend geweest.'

Ze drukte haar lichaam dichter tegen me aan. Ik voelde haar zachte borsten en het viel me op hoe slank en lang haar hals was. Ik liet haar hand los en greep haar stevig bij haar billen, die klein maar rijp aanvoelden. Het meisje raakte de leren gordel om mijn middel aan.

'Misschien kunt u die gebruiken,' zei ze met hese stem.

Wel, jullie kennen ouwe Shallot. Alsof ik een aanstormende ridder was, stond mijn lans paraat! Het lichaam van het meisje was rond en slank en mijn handen zwierven naar de veters van haar lijfje. Toen dacht ik na en schoot me een van de stelregels van ouwe Shallot te binnen: dring jezelf nooit op aan een vrouw. En, romantische dwaas die ik was, dacht ik dat Mathilda zich alleen aanbood uit wanhoop. Ik gaf haar enkele zachte tikjes, pakte een zilverstuk en drukte het in haar warme, zachte hand.

'Nooit meer doen,' beet ik haar toe. 'En nu wegwezen!'

Ik hoorde haar met trippelende stappen de vloer over lopen en toen viel de deur achter haar dicht. Ik bleef met gesloten ogen staan en prees mezelf gelukkig met mijn nieuw verworven eerbiedwaardigheid – en vloekte toen ik nadrukkelijk op de deur hoorde kloppen. Ik liep erheen en wierp hem open, geërgerd omdat mijn moment van zondeloosheid zo wreed verstoord was. Mathilda stond voor me, met het lijfje van haar jurk open. Haar borsten puilden er half uit en hingen erbij als rijp fruit.

'Ik dacht echt,' mompelde ze ondeugend, 'dat ik straf verdiend had.'

Tja, wat kon ik daar op zeggen? Ouwe Shallot heeft nog een andere stelregel: bied nooit twee maal weerstand aan dezelfde verleiding. En binnen vijf minuten waren we beiden spiernaakt en dartelden we vrolijk rond op het grote hemelbed. Ze was jong en sterk, een warme, bekoorlijke meid, en waar het Mathilda aan vaardigheid ontbrak, maakte ze dat goed met haar geestdrift. Ze lachte en gilde het uit tot ik haar mond met kussen smoorde. Zelfs nu, jaren later, kan ik me die arme Mathilda nog herinneren. Een sprankje van warm zonlicht in dat sombere, moorddadige huis.

Enige tijd later haalde ik aangenaam vermoeid mijn paard op uit de stal. Ik zadelde het en reed ermee over de verhoogde weg de hoofdpoort van het landgoed uit. De afgelopen nacht was er een verse laag sneeuw gevallen en het pak was nu een duim of twee, drie dik. De koude wind had het sneeuwdek hard gemaakt. Het land zag eruit als een tafereel uit de hel; witte, stille velden en zwarte bomen tegen een grijze lucht. Hongerige raven zochten krassend naar aas, maar behalve dat was er niets te horen dan de angstaanjagende, dodelijke stilte van het land dat in de greep van de winter verkeerde. God beware me, ik had een zak zilver over gehad voor de geluiden en geuren van het goeie ouwe Cheapside! Van de paardenknecht had ik vernomen dat Sir John nog niet vertrokken was, en toen ik aankwam bij een hakhoutbosje dreef ik mijn paard naar binnen, maakte de teugel aan een tak vast en ging op een rotsblok zitten. Ik dronk met kleine slokjes uit een wijnzak, dacht terug aan de hartverwarmende bekoorlijkheden van Mathilda en wachtte tot Sir John voorbij zou komen. Mijn billen begonnen steenkoud te worden en ik zat me juist af te vragen of ik niet beter terug kon gaan, toen ik het gestamp van paardenhoeven hoorde en ik een glimp opving van de haastig voorbijrijdende Sir John.

Ondanks de ijzige ondergrond zette hij zijn grote, voskleurige paard aan tot de grootst mogelijke spoed. Even later ging ik hem achterna, gebruik makend van laagtes en bochten in het pad om onzichtbaar voor hem te blijven. Hij kwam aan op het kruispunt, dat verlaten was op een schavot na, waaraan het tot ontbinding overgaande, nog steeds in het galgenbuis gehulde lijk van een gehangene bungelde. Ik zag dat Sir John het pad naar Glastonbury insloeg en wist dat het weinig zin had om nog verder achter hem aan te rijden. Klaarblijkelijk had de landheer ons voorgelogen. Hij moest dringende zaken met de monniken hebben, dat hij deze koude, eenzame tocht ondernam.

Ik verlangde naar de warmte van Templecombe Manor en liet mijn paard keren. Ik voelde me nogal slaperig na mijn exercities met de jonge Mathilda. Ik had de toren- en gevelspitsen van Templecombe al bijna in zicht door de bomen toen mijn paard hinnikte en ik wakker schoot. Een groep gemaskerde mannen was als spookachtige schaduwen opgedoken uit de bosjes aan weerszijden van het pad. Ze waren allen in het zwart gehuld, maar op de schouders van hun mantels ving ik her en der een glimp op van witte, slordig aangebrachte, driepuntige tempelierskruisen.

'Wat willen jullie van me?' riep ik uit. Ik deed verwoede pogingen om mijn paard te wenden, zodat ik er als de wind vandoor zou kunnen gaan.

Een van de gestaltes bewoog. Ik hoorde een kruisboog klikken en een pijl scheerde waarschuwend over mijn hoofd. De man met de kruisboog in zijn handen kwam dichterbij; zijn stem, gedempt door het masker dat hij droeg, beval me af te stijgen.

'Rot op!' schreeuwde ik. Ik trachtte wanhopig mijn zwaard te trekken, maar ik was zo bang dat mijn maag in opstand kwam en ik niet in staat was het gevest vast te pakken.

'Afstijgen!'

De groep drong op. Ik zag ontbloot staal flitsen, en zoals jullie weten, heeft dat maar één uitwerking op ouwe Shallot: een onweerstaanbare drang om op de vlucht te slaan. Een van de gemaskerde mannen probeerde mijn paard bij het hoofdstel te grijpen.

'Vervloekt, jullie allemaal!' brulde ik. Ik spoorde mijn paard aan en gaf de man een trap die hem achterover deed tuimelen.

Handen grepen naar mijn benen terwijl het paard geschrokken steigerde en met zijn met ijzer beslagen hoeven om zich heen begon te trappen. Ik had intussen het kleine beetje moed dat ik had verzameld, trok mijn zwaard en liet het rondcirkelen boven mijn hoofd alsof ik Sir Lancelot van het Meer was. Ik wilde me deze weerzinwekkende schepselen alleen maar van het lijf houden en keek wanhopig of ik ergens een opening in die ring van staal om me heen kon ontdekken. Ik voelde mijn zwaard in een lichaam bijten, iemand slaakte een kreet en toen sloeg ik opnieuw toe. Ik weet niet wat er daadwerkelijk gebeurde, want ik had mijn ogen dicht terwijl ik om me heen sloeg en mijn paard, dat meer moed dan hersens had, zichzelf verdedigde.

Toen hoorde ik hoefgetrappel, opende ik één oog en zag ik mijn aanvallers terug het bos in vluchten. Twee van hen bewogen zich minder vlug dan ze waarschijnlijk wilden. Ik geef eerlijk toe dat ik beefde van angst, en dat had de gebruikelijke uitwerking op ouwe Shallot: knikkende knieën, gerommel in mijn buik, een borst die snel op en neer ging en een algeheel paniekgevoel. Toen mijn meester me vond, was ik afgestegen en zat ik op mijn hurken in de sneeuw de inhoud van mijn maag uit te braken. Benjamin hoorde het zachte gekraak in het struikgewas, maar toen hij één enkele blik op mij geworpen had, liet hij het idee van een achtervolging onmiddellijk varen. In plaats daarvan pakte hij de wijnzak van mijn zadelknop en dwong me te drinken. Toen keek hij rond en zag hij de rode vlekken op de sneeuw.

'Een vreselijke vechtpartij, Roger?'

(God zegene hem, wat was hij naïef.)

'Ik heb mijn best gedaan, meester,' zei ik nederig. 'Het moeten er minstens een stuk of tien geweest zijn,' loog ik met valse bescheidenheid, 'en ik betwijfel of vier van hem de dag van morgen levend zullen halen.'

'Wie waren het?'

'God mag het weten!' bromde ik. 'Ze hadden hoeden, kappen en maskers op, maar ze hadden wel slordige tempelierskruisen op hun mantels. Volgens mij was het niet zomaar een bende rondtrekkende bandieten.'

Benjamin liep naar de bosrand en staarde de besneeuwde duisternis in.

'Een stuk of tien, zeg je, Roger?'

'Minstens, meester.'

'Waarom hebben ze je dan niet gelijk een kopje kleiner gemaakt?'

'Dat weet ik ook niet,' snauwde ik. 'Maar ik zal het ze vragen als ze terugkomen!'

'Nee, nee, je bent dapper geweest, Roger. Ik denk dat ze je wilden ondervragen of waarschuwen. Wat dit wel bewijst,' ging Benjamin verder, 'is dat ze het landgoed in de gaten houden. Ze moeten gezien hebben dat jij Santerre volgde.' Hij wierp me over zijn schouder een blik toe. 'Waarom ben je hem niet gevolgd?'

'Dat hoefde niet. Om de een of andere reden had hij besloten naar Glastonbury terug te rijden, die schoft met zijn grote muil. Hij zal er wel dringende zaken hebben. Misschien,' voegde ik eraan toe, 'is Santerre een tempelier en is hij zijn meesters ervan gaan verwittigen dat een van Mandeville's mannen al gedood is.'

Ik kwam overeind en dronk op wat er nog in de wijnzak zat.

'Ik zou er een zak goud voor over hebben,' mompelde Benjamin, 'om te weten waarom Santerre naar Glastonbury is gegaan. Misschien had je hem toch beter kunnen volgen.'

'En wat had ik dan moeten doen?' riep ik uit. Ik stond nog op mijn benen te trillen van angst. 'Had ik soms het klooster in moeten wandelen en zeggen: "O, dat is nou ook toevallig! Wat doet u hier, Sir John?" Maar hoe dan ook,' ik knikte in de richting van het bos, 'misschien zouden die schoften daar ook hebben toegeslagen voordat ik in Glastonbury was aangekomen. Er zijn genoeg bossen, moerassen en mistige heidevelden in dit godvergeten land om een heel leger te verbergen!' Ik gaf mijn paard een klopje, fluisterde het een dankwoordje toe en steeg op. 'Ik ga terug naar Templecombe,' kreunde ik. 'Ik ben moe en nat en ik voel me echt honds- en hondsberoerd, meester. Ik heb er schoon genoeg van!' Ik wierp hem een boosaardige blik toe. 'Maar wat deed u eigenlijk hier?'

Benjamin steeg ook op en hij keek me grijnzend aan. 'Ik ben

nog steeds benieuwd naar die heks. Ik probeerde de plaats waar we haar gisteren hebben gezien terug te vinden, maar toen hoorde ik jou schreeuwen en ving ik geluiden op alsof je in een hinderlaag was gelopen, dus ging ik kijken wat er aan de hand was.' Hij stuurde zijn paard dichter naar dat van mij toe en pakte me bij mijn arm, zijn lange, donkere gezicht, dat gewoonlijk zo ernstig stond, één grote glimlach.

'Komaan, dappere prins en krijger,' zei hij zacht. 'Een kerel als Shallot laat zich toch niet kisten door een paar struikrovers?'

(Ik wilde hem zeggen dat die schoften me jaren van mijn leven hadden gekost, maar ik nam aan dat ik een schijn van dapperheid moest ophouden.)

'Kom mee.' Benjamin spoorde zijn paard aan. 'Dan gaan we zien of we de woonplaats van die ouwe heks kunnen vinden.'

Kreunend en steunend reed ik aan zijn zijde hem mee. We waren al haast bij de poort van Templecombe toen Benjamin en ik beiden zagen dat we bij de bres in de bomenrij waren aangekomen waardoor ze was weggevlucht en ondanks mijn waarschuwingen wilde hij met alle geweld het bos in rijden.

Als de oude heks een profetes was, dan was ik het ook, want we waren amper een boogscheut het bos in gereden toen Benjamin verklaarde dat hij verdwaald was. Het was een dicht bos en het struikgewas was bedekt met sneeuw; zelfs in de zomer zou het lastig zijn geweest het pad te volgen. Het werd echter al donker, dus besloot Benjamin tot mijn opluchting terug te keren naar Templecombe.

HOOFDSTUK 9

Op Templecombe hield iedereen zich bezig met zijn normale taken. Nadat we onze paarden op stal hadden gezet, mompelde mijn meester dat hij nog dingen te doen had en liep naar zijn kamer. Ik ging op zoek naar Mathilda en trof haar aan het werk in de provisiekamer met de andere dienstmeiden. Ze wierp me een waarschuwende blik toe en maakte me met haar ogen duidelijk dat ik uit haar buurt moest blijven. Ik vroeg om een kroes bier aan een knorrige kok en ging me warmen bij het vuur in de grote zaal tot mijn meester me kwam roepen.

'Kom op, Roger, werk aan de winkel. Ik heb na zitten denken over dat rijmpje. Misschien is het antwoord te vinden in die oude kapel van de tempeliers.'

Ik had het warm en ik was slaperig, maar mijn meester drong aan: doen wat hij me vroeg leek me de gemakkelijkste oplossing, dus trok ik mijn laarzen aan, pakte mijn mantel en liep met hem naar de kapel van de tempeliers. De deur stond open. Binnen zagen we Mandeville en Southgate bij het doopvont staan.

'Zo, zo, dus de zwerver is teruggekeerd?' merkte Southgate spottend op. 'Wat brengt jullie hier?'

'Het raadsel,' antwoordde Benjamin.

'Dat dachten we al,' zei Mandeville zacht. 'Maar er is hier geen water dat de Jordaan genoemd wordt en ook geen Ark van Mozes.' Hij wees de kerk in. 'Damien is op het priesterkoor. We hebben een vurenhouten pijlenkist gevonden.' Mandeville beet op zijn onderlip. 'De stoffelijke resten van de arme Cosmas zijn in een lijkwade gewikkeld, in die kist gelegd en voor het altaar gezet. Het minste dat we nog voor hem konden doen.' Hij glimlachte geforceerd. 'Ik zou het op prijs stellen, meester Daunbey, als u erheen zou willen gaan om een gebed te zeggen en Damien te condoleren.'

Benjamin stemde toe. We gingen het donkere, groezelige schip van de kerk in en liepen het eenvoudige koorhek door en het priesterkoor op. De geïmproviseerde doodskist lag op schragen voor het altaar. Zes paarse kaarsen, drie aan iedere kant, flakkerden in zware, smeedijzeren kaarsenhouders. Iemand had een eenvoudig kruisbeeld op het deksel vastgespijkerd en er in zwarte letters de naam 'Cosmas' onder geschreven. Op een bidstoel aan de voet van de doodskist knielde de broer van de overledene neer, zijn geschoren hoofd gebogen en schokschouderend van het ingehouden snikken. Mandeville kwam achter ons aan gelopen.

'De doodskist blijft hier vannacht staan,' fluisterde hij. 'Morgen brengen we hem naar de dorpskerk.' Daarop liep hij met grote passen weg en draaide Damien zich om, zijn ogen rood van het huilen, zijn bleke gezicht pafferig. Tot dan toe had hij er altijd angstaanjagend uitgezien, maar nu wekte hij eerder een meelijwekkende indruk, met zijn door tranen bevlekte wangen, verdrietige ogen en rode, opengesperde mond, waarmee hij alleen gorgelende geluiden kon maken toen Benjamin hem een hand gaf en trachtte hem te condoleren. De arme, stom gemaakte kerel knikte en plooide zijn afstotende gezicht tot een glimlach, maar toen hij mij aankeek, kneep hij zijn ogen tot spleetjes. O nee toch, hè, dacht ik bij mezelf, daar gaan we weer. Ouwe Shallot wordt weer eens verdacht! Ik probeerde een medelevend gezicht te trekken, maar dat verergerde de zaak alleen maar en de kerel zwaaide met zijn vingers door de lucht ten teken dat we weg moesten gaan, keerde ons de rug toe en hervatte zijn gebeden. Toen we vertrokken volgde hij ons naar de kerkdeur. We hoorden hem de deur achter ons dichtslaan en de sleutel omdraaien in het slot.

'Hij wil alleen zijn, de arme kerel,' mompelde Benjamin.

'Dat begrijp ik,' antwoordde ik. 'Maar moet hij mij aankijken alsof ik de moordenaar ben?'

Benjamin gaf me een arm en samen liepen we terug naar het landhuis.

'Ik weet dat jij het niet gedaan hebt, Roger. Maar zij denken iets anders. Tenslotte was jij de eerste die van de eettafel wegliep. Je had die brand kunnen voorbereiden en dan naar je bed kunnen gaan.'

'Hoe zou ik nou ooit zoiets kunnen doen?' riep ik uit. 'En bovendien, meester,' zei ik en trok mijn arm los, 'u weet dat Cosmas een beroepsspion was, een agent. Had hij zijn kamerdeur dan niet op slot gedaan?'

'Helaas niet,' antwoordde Benjamin. Met een onschuldig gezicht keek hij me aan. 'Vergeet niet, Roger, dat de sleutel binnen in zijn kamer lag. Cosmas waande zich veilig. Hij genoot tenslotte de bescherming van het hoofd van de geheime dienst van de koning. Denk maar aan dat oude gezegde: "De jager vergeet maar al te gemakkelijk hoe het is om prooi te zijn." En jij,' hij pakte me weer bij mijn arm, 'sluit jij altijd je kamerdeur af?'

Ik vroeg me af of mijn meester iets wist van mijn flirt met Mathilda, maar hij had die afstandelijke, onschuldige uitdrukking op zijn gezicht. Benjamin de ondoorgrondelijke.

'Denkt u echt,' vroeg ik, vlug een ander onderwerp aansnijdend, 'dat we de oplossing voor het raadsel van Hopkins in de kapel kunnen vinden?'

'Nee, niet echt, maar het kan niet anders of het raadsel verwijst naar een bepaalde plek, die ergens hier op Templecombe te vinden moet zijn of, en dat lijkt me waarschijnlijker, in Glastonbury.'

'Er is nog een andere plaats, meester.'

'Welke dan?'

'Het huis op het eiland.'

Benjamins gezicht begon verrast te stralen. 'Natuurlijk,' zei hij ademloos. Hij draaide zich om, liep op zijn schreden terug de kapel langs en toen naar het meer.

We bleven staan en staarden over het ijskoude water naar het in mist gehulde eiland. God weet wat een volkomen desolate plek het was. Op het water lag een dun laagje ijs en erboven kolkte een grijze mist, die het eiland en het bizarre tempeliershuis haast onzichtbaar maakte, want we konden alleen de dakpannen zien.

'Ik vraag me af wat daar vroeger allemaal gebeurd is,' fluisterde Benjamin.

Ik rilde en stampte met mijn voeten. Je hoefde geen dichterlijke ziel te zijn om je voor te stellen wat zich daar kon hebben afgespeeld: ik zag de tempeliers al voor mijn geestesoog, met hun kegelvormige helmen zonder vizier, de rood-witte kruizen op hun zwarte mantels, terwijl ze in het holst van de nacht naar het eiland voeren, zich geruisloos voortduwdend met de vaarbomen, met reusachtige pektoortsen op de voor- en achtersteven die sisten en flakkerden in het duister. Waarom waren ze daarheen gegaan, vroeg ik me af. Om een of ander macaber ritueel uit te voeren? Om boze geesten op te roepen? Om een satansmis te houden? Of om zich aan onwettige seksuele praktijken over te geven?

'We moeten aan de overkant gaan kijken,' merkte Benjamin op.

'Niet nu, meester,' zei ik. Ik trachtte niet te laten blijken dat ik in paniek raakte. 'Het wordt al donker. De hemel mag weten hoe dik dat ijs is. En als het dan toch moet ga ik liever gewapend.'

Gelukkig was Benjamin het met me eens en we liepen terug naar het landhuis. Ik was verkleumd en verstijfd en dus trok ik me terug op mijn kamer om me te warmen. Ik ging een poos op bed liggen en vroeg me af of Mathilda misschien terug zou komen, voordat ik in een onrustige slaap viel waarin spookachtige gedaantes die maskers en kappen droegen op een verlaten eiland dansten voor een verschrikkelijke, demonische god.

Benjamin schudde me wakker.

'Santerre is terug,' fluisterde hij. 'Kom, dan gaan we naar beneden om uit te vinden waar hij geweest is.'

We troffen Sir John en zijn vrouw en dochter in de grote zaal, waar ze op de kistbanken voor het vuur zaten. Santerre maakte een tamelijk opgewekte indruk. Hij schuifelde met zijn voeten, warmde zijn handen en kondigde met luide stem aan dat eigen haard goud waard was. Hij glimlachte en wenkte ons nader.

'Het was een welbestede dag vandaag,' bulderde hij ons toe. 'Ondanks de sneeuw is alles goed gegaan.' Hij pakte een overvolle wijnbeker van het bijzettafeltje naast hem. 'En jullie, heren, voelen jullie je al een beetje thuis?'

Benjamin maakte de gebruikelijke tactvolle opmerkingen. Ik staarde slechts naar Santerres gezicht. De man loog zonder een spier te vertrekken, dacht ik bij mezelf. Die rotzak, met zijn patserige manier van doen, zijn montere oogopslag en hartelijke welkomstwoorden had me die ochtend bijna laten vermoorden. Santerre wreef over zijn buik.

'God, wat heb ik een honger!' bulderde hij en hij smakte met zijn lippen. Hij grijnsde naar zijn vrouw. 'Gaan we zo lekker eten, vrouw?'

Lady Beatrice voelde zijn goede luim aan en ze lachte naar hem terug.

'Voor de heer en meester is alleen het beste goed genoeg!'

'Geroosterd varkensvlees in citroensaus met plakken lamsvlees, met heerlijke bijgerechten.' Santerre wreef over zijn maag. 'Dit koude weer wekt de wolf in je maag, nietwaar, meester Shallot? Wat dunkt u van een bol bordeaux en daarna een partij dobbelen?'

Mandeville en Southgate kwamen met stramme passen de zaal binnenlopen. Sir Johns opgewekte luim in een tijd van rouw viel niet bij hen in goede aarde.

'Heeft iemand van jullie Damien nog gezien?' snauwde Mandeville.

'Ja,' antwoordde Benjamin. 'Een uur of drie geleden.'

'Maar dat was in de kapel.'

Benjamin haalde zijn schouders op. 'U vroeg het, wij gaven antwoord!'

Mandeville staarde in het vuur. De hemel mag weten of ik over een zesde zintuig beschik, maar de haartjes in mijn nek begonnen te prikken omdat ik een bang voorgevoel kreeg.

'Hij zal toch niet nog steeds zitten te bidden?' drong Southgate aan.

De opgewekte uitdrukking verdween van Santerres gezicht. Rachel en haar moeder schenen zich over iets druk te maken. Benjamin stond kordaat op.

‘Het heeft geen zin om hier te blijven praten. Laten we naar de kapel gaan. Als hij daar niet meer is, dan is hij misschien op het terrein gaan wandelen?’

Gezamenlijk liepen we door de keuken naar buiten, het binnenplein over en daarna over het verhoogde pad naar de kerk. De deur was nog steeds dicht en toen ik door de luiken voor de vensters gluurde, zag ik niets dan kaarslicht.

‘Damien!’ brulde Mandeville. Hij probeerde de klink op te lichten, maar de deur was vergrendeld. ‘Damien!’ riep Mandeville opnieuw. Toen verloor hij zijn geduld en begon hij met zijn vuisten op de met ijzer beslagen deur te bonzen.

‘Moeder!’ riep Rachel uit. ‘Kom mee.’

De beide vrouwen liepen langs de zijkant van de kerk terwijl ze Damiens naam door de luiken riepen. Mandeville bleef kloppen. Santerre liet bedienden halen en op zijn aanwijzingen haalden ze een reusachtig houtblok dat in de stallen lag te drogen voor de kersttijd.

Mandeville commandeerde hen alsof hij leiding gaf aan een kasteelbeleg. Er werden touwen om het houtblok geslagen en de bedienden zwaaiden het achter- en vooruit en beukten de deur tot die begon te kreunen en te kraken en achterwaarts uit de scharnieren vloog.

‘Iedereen blijft waar hij is.’ Mandeville veegde het zweet van zijn gezicht. ‘Niemand gaat deze kerk binnen totdat ik het zeg.’ Hij trad binnen. ‘De sleutel zit nog in het slot,’ riep hij. ‘En zelfs de grendels zaten erop!’ Hij liep de kerk in en riep dat Southgate hem moest volgen.

We bleven zwijgend op een kluitje in het deurgat staan, tot we na een ijzingwekkende kreet van Mandeville en een wanhopig uitgeroepen ‘O nee!’ de kerk in stormden. In het schip was alles onaangeroerd. Santerre gaf opdracht de toortsen aan te steken. Op het priesterkoor vonden we Damien. Hij lag met gespreide ledematen over een bidstoel. Een korte kruisboogpijl had zich achter in zijn schedel geboord. Hij was met kracht voorover geworpen en het bloed dat uit zijn neus en mond was gestroomd had vlekken gemaakt op de onderzijde van de doodskist van zijn broer. Mandeville trok het lijk achteruit en draaide het voorzichtig om in zijn armen, zoals een moeder met een kind zou doen. Bij het flakkerende licht van de pektoorts zag Damiens gezicht er afschrikwekkend uit: de ogen waren half opengesperd, de mond zweeg nu voor eeuwig en zijn gezicht was van het voorhoofd tot de kin bedekt met aangekoekt bloed. Voorzichtig legde Mandeville het lijk op de grond neer.

'Hier zal een of andere schoft voor boeten!' siste hij met een krankzinnige schittering in zijn ogen.

Santerre deed een stap achteruit en spreidde zijn handen. 'Uit u geen bedreigingen tegen mij, heer. U hebt zelf gezien dat de deur van de binnenkant was afgesloten.'

'Waar is de andere sleutel?'

'Aan een ring aan mijn gordelriem. Ik draag hem overal bij me.'

Southgate boog zich voorover en tikte Benjamin op de borst. 'Dus u hebt Damien als laatste gezien?'

'Wat wilt u daarmee zeggen?' antwoordde mijn meester vinnig. 'Wilt u mij of Shallot soms van deze moord beschuldigen? En zo ja, op welke manier dan?' Benjamin wees naar de dode man. 'Hij heeft ons de kerk uitgestuurd en toen de deur achter ons dichtgedaan.'

Benjamin draaide zich om op zijn hakken, trok een toorts uit de handenvan Sir John Santerre en liep ermee het schip van de kerk in. Hij gebaarde dat ik hem moest volgen. Aan het andere eind, onder het kleine oksaal, waar een alkoof toegang tot de toren bood, bleven we staan. Benjamin gebaarde met zijn hand. 'Sir Edmund,' riep hij. 'Leg het lijk terug zoals u het gevonden hebt en komt u hier!'

De twee *Agentes* wilden bezwaar maken, maar hadden genoeg inzicht om te begrijpen wat Benjamin wilde doen. Ze kwamen bij ons staan aan het andere eind van de kerk en Benjamin schreeuwde naar de Santerres dat ze uit de weg moesten gaan.

'Begrijpt u het dan niet, Sir Edmund?' riep hij uit. 'Iemand heeft zich hier verborgen toen wij eerder vandaag de kerk binnenkwamen. We praatten wat met elkaar, u vertrok, vervolgens leidde Damien ons naar buiten en liep hij terug naar de bidstoel. Laten we nu eens aannemen dat wij de moordenaar zijn. We staan hier met een kruisboog en we kijken in de richting van het priesterkoor.'

Hij hief de toorts en Mandeville volgde zijn blik.

'Ja, ja,' stamelde hij. 'Ik begrijp het, meester Daunbey. De arme Damien knielde neer bij de ingang naar het priesterkoorhek en vormde een gemakkelijk doelwit voor iemand die zich hier verschool met een kruisboog.'

Damien liet de toorts zakken tot vlak boven de plavuizen en tastte rond met zijn vingers.

'Kijk, bij het licht van de toorts is er hier een donkere vlek te zien. Ik geef toe dat hij moeilijk te onderscheiden is van onze voetsporen, maar deze vlek, deze natte plek, toont aan dat iemand hier enige tijd heeft gestaan, met een mantel en laarzen vol sneeuw. Die persoon moet hier zelfs vóór Damien geweest zijn. Nadat wij vertrokken waren en Damien de deur achter zich had dichtgedaan, heeft de moordenaar zijn misdaad gepleegd.'

Southgate klapte traag in zijn handen. 'Knap denkwerk van u, waarde Daunbey. Maar hoe is de moordenaar de kerk dan uitgekomen?'

Benjamin riep naar Santerre, die door het schip van de kerk op ons toegelopen kwam.

'Sir John, heeft deze kerk geheime ingangen?'

'Niet een,' antwoordde Rachel. 'In hemelsnaam, meester Daunbey, kijkt u zelf maar.'

Benjamin vroeg om meer toortsen en we liepen ermee langs de muren om de vloer te onderzoeken. Niets dan harde steen. De enige andere uitgang was een klein deurtje aan de linkerkant van het priesterkoor, maar dat was afgesloten met een hangslot dat verroest was van ouderdom en zo te zien was het in jaren al niet meer geopend.

'Is er hier geen sacristie?' vroeg ik.

'Nee, helemaal niet,' antwoordde Sir John. 'Toen deze kerk nog gebruikt werd door de tempeliers, trokken de priesters hun misgewaden altijd in het landhuis of op het priesterkoor aan.'

Benjamin pakte zijn toorts weer op, liep verder langs de muren en onderzocht de luiken een voor een. Ze waren alle gesloten en de sluithaken zaten stevig op hun plaats.

'Wat je noemt een raadsel,' mompelde hij. 'De moordenaar was binnengesloten, maar hoe is hij weer buiten gekomen? Sir

John, worden deze luiken van de binnenkant gesloten?'

'En van de buitenkant,' riep Santerre.

'O, lieve hemel!' zei Benjamin zacht.

Hij leidde de groep de kerk uit en in de lichtkring van zijn toorts onderzocht hij ieder raam en de sneeuw eronder. Dit maakte het raadsel echter alleen maar groter, want alle luiken waren afgesloten met een klink en behalve de verse voetsporen van Lady Beatrice en Rachel wees niets erop dat iemand een raam had gebruikt om van binnen naar buiten te komen.

'Welnu,' verklaarde Southgate, nadat we weer bijeengekomen waren voor de kerkdeur. 'Damien is dood, vermoord!'

'Dood door staal,' antwoordde ik. 'Denk aan de vervloeking van de oude heks.'

'Als dit hekserij is,' zei Mandeville knarsetandend, 'zal ik zorgen dat die ouwe teef binnen een week op de mutserd staat!' Hij wierp een blik op Rachel. 'U hebt gelijk, juffrouw, dit huis is vervloekt. Twee van de trouwste dienaren van de koning zijn hier op brute wijze vermoord. We zouden de boel hier in brand moeten steken.'

'Onzin!' viel Benjamin hem in de rede. 'Damien is vermoord met een kruisboogpijl en geesten laten geen vlekken op vloeren achter. We weten hoe de moordenaar is binnengekomen en waar hij zich verscholen heeft, maar het is me een raadsel hoe hij weer buiten is gekomen.' Benjamin rechtte zijn rug en trok zijn schouders achteruit. 'Begrijpt u dan niet wat er aan de hand is?' riep hij uit. 'De moordenaar heeft ons ten dode opgeschreven, maar eerst speelt hij met ons zoals een kat met een muis speelt. De angst voor de dood is vaak erger dan de dood zelf. De moorden op Cosmas en Damien zijn bedoeld om ons te kwellen en te straffen, en tevens om ons angst aan te jagen en ons af te leiden van onze eigenlijke missie. Er zijn twee mannen omgebracht. Niettemin, Sir Edmund, ga ik ervan uit dat de moordenaar uiteindelijk toch een fout zal maken.'

Mandeville schopte woest met de punt van zijn laars in de sneeuw. 'Maar wanneer dan, meester Daunbey, wanneer?' Hij keek zijn luitenant aan. 'Southgate, laat het lijk van Damien weghalen. Sir John, ik heb een kist nodig. En zorgt u ervoor dat beide lichamen morgen naar de dorpskerk worden overgebracht.'

Mandeville liep met grote passen weg, bleef toen staan en draaide zich om. 'Voordat u dat doet, Southgate, moet u alles wat op Damiens kamer ligt verwijderen, alle papieren en documenten. Sir John, stuurt u de bedienden weg. Ik wil iedereen spreken in de grote zaal.'

We deden wat hij zei en verzamelden ons in een bedrukte halve kring om het haardvuur. Niemand dacht aan eten of drinken nu Mandeville voor ons heen en weer ijsbeerde, zo boos dat hij de hitte van de loeiende vlammen niet scheen te voelen.

'Morgen,' begon hij, 'moeten we naar Glastonbury. Er ligt een dik pak sneeuw, maar niet dik genoeg om te verhinderen dat het recht zijn loop zal hebben.' Hij veegde zijn mond af met de rug van zijn hand. 'Ik zou jullie kunnen vragen waar ieder van jullie vandaag geweest is, maar ik betwijfel of dat zin heeft.'

Ik wierp een blik op Sir John. Behalve Benjamin en ik was hij de enige die het landgoed had verlaten en dus hadden zijn mantel en laarzen onder de sneeuw moeten zitten. Was hij naar Glastonbury gereden of was hij langs een geheime route teruggekeerd naar Templecombe en had hij zich verscholen in de kerk? Of was de moordenaar hier al aanwezig geweest? Kon het een van de struikrovers zijn die eerder die dag hadden getracht mij vanuit een hinderlaag aan te vallen? Ik keek op. Mandeville staarde me aan alsof hij probeerde mijn gedachten te lezen.

'We moeten voorzichtig zijn,' mompelde hij, diep inademend om te kalmeren. 'We moeten elkaar niet van moord gaan beschuldigen. Al uw pachtboeren, Sir John, en ik bedoel het niet beledigend, zouden de moord gepleegd kunnen hebben. En wellicht heeft meester Shallot gelijk en moeten we die vermaledijde heks niet vergeten.'

'Misschien weet ze iets, Sir Edmund,' viel Benjamin hem tactvol in de rede. 'Maar de moordenaar van Cosmas en Damien moet tot deze huishouding behoren.'

Mandeville was het met hem eens. 'Morgenochtend vroeg, Sir John, wil ik al uw bedienden hier in de grote zaal verzameld hebben. En ik verzoek u, heer, om geen bezwaar te maken. Dit is een zaak van de koning.'

Hij drong zich langs de stoelen en beende de zaal uit. Benjamin knikte verontschuldigend naar Sir John, wenkte mij en liep snel achter hem aan. Mandeville was al halverwege de trap.

'Sir Edmund!' riep mijn meester, 'kan ik u nog even spreken?'

Mandeville keek omlaag en in zijn ogen blonk een moordzuchtige woede.

'Ga weg, Daunbey! Daarbinnen moest ik hoffelijk zijn, maar ik zal nooit vergeten dat u en die schurk van een bediende van u de laatsten zijn geweest die mijn klerk in levenden lijve hebben gezien!' Hij daalde de trap enkele treden af. 'U denkt dat dit een spelletje is, nietwaar?' snauwde hij. 'Maar ik heb twee goede mannen verloren. Vier, met inbegrip van Warnham en Calcraft.' Mandeville bracht zijn gezicht tot op enkele duimen afstand van dat van Benjamin. 'Misschien staat het u niet aan dat wij agenten van de koning zijn, zijn werktuigen en spionnen. Misschien hebt u het ook niet zo op de koning, maar hij draagt nu eenmaal de kroon van de Belijder. Een sterke vorst is oneindig veel beter dan tien sterke prinsen die vechten om de kroon.'

'Dat ben ik met u eens,' antwoordde Benjamin bedaard. 'Maar daar gaat het nu niet om.'

Mandeville wendde zijn blik af. 'U hebt gelijk,' zei hij zacht. 'Daar gaat het nu niet om. Ik heb wel vaker agenten verloren, maar Cosmas en Damien waren als mijn vlees en bloed. Door hun dood ben ik in diepe rouw gedompeld.'

'Dan, heer,' riep ik uit, 'is het tijd om open kaart te spelen!'

Ik stapte op hem toe en schudde Benjamins waarschuwende aanraking van me af. 'Wij zijn de enigen die u kunt vertrouwen. Warnham en Calcraft waren al dood voordat wij in het spel kwamen. En dus wil ik u een eerlijke vraag stellen. De man die wij in Newgate hebben gesproken was niet Taplow, toch?'

De woede week van Mandeville's gezicht. Hij wenkte ons verder de galerij in en ging bij een schietgat staan waar niemand ons kon afluisteren. Hij staarde door de glazen ruit en glimlachte verontschuldigend.

'Dat hebben jullie goed geraden, Taplow is ter dood gebracht op Smithfield, maar hij was niet de man die jullie hebben gesproken.'

'Waarom?' vroeg ik.

'Orders van de koning.'

'En die brieven die Buckingham geschreven had?'

Nu verbleekte Mandeville's gezicht. Hij had toch nog een laatste restje moreel besef over.

'Onze koning had Buckingham altijd al dood gewild, net als de kardinaal. Het was eenvoudig een kwestie van hem de strop om zijn hals schuiven.'

'En Hopkins?' hield ik aan.

'Een dwaze priester die misschien in het geheim tempelier was en toegang had tot geheime kennis.'

'En de rest... de graal, Excalibur, de tempeliers zelf?'

'O, dat is allemaal waar.'

'Kom, kom, Sir Edmund,' zei Benjamin op spottende toon. 'Zegt u ons nu eens wat hier werkelijk van waar is!'

Mandeville leunde tegen de muur en telde de punten af op zijn vingers. 'Ten eerste,' fluisterde hij, 'wilde de koning Buckingham dood hebben. Buckingham was een machtig man, hij had veel invloed en er stroomde York-bloed door zijn aderen. En hij haatte de koning, omdat Henry zijn zuster had verleid. Ten tweede was Buckingham uit op die relikwieën, de graal en Excalibur. God mag weten waarom. Misschien bij wijze van curiosa, of misschien wilde hij ze als talisman gebruiken in een of andere samenzwering tegen de koning. Ten derde was Buckingham dan misschien wel geen verrader, maar hield hij er wel degelijk verraderlijke denkbeelden op na en misschien was hij in het geheim lid van de tempeliersorde. Ten vierde was Hopkins een complotten smedende priester, en wellicht ook een tempelier, die een openlijke afkeer had van onze koning. Ten vijfde was de kleermaker Taplow een lutheraan en was hij ook betrokken bij verraderlijke praktijken.

'Zoals?' viel ik hem bruusk in de rede.

'Hij onderhield oppervlakkige banden met Buckingham en ook met meester Hopkins. Ik geef toe dat de brieven die Buckingham hem vermoedelijk heeft geschreven vervalst waren, evenals het bewijs dat Taplow bij het proces tegen Buckingham geleverd heeft. De arme drommel is zo zwaar gemarteld dat hij om het even wat bekend zou hebben.'

'Maar waarom,' vroeg Benjamin, 'heeft u ons niet toegestaan de echte Taplow te ondervragen?'

Mandeville staarde door de ijsbloemen op het raam.

'Ik vroeg u iets, Sir Edmund?'

'We hadden Taplow beloofd dat hij mocht blijven leven als hij met ons mee zou werken aan de val van Buckingham, maar in Newgate begon hij weerspannig te worden.' De sinistere spion haalde zijn schouders op. 'Een van mijn agenten heeft enige tijd zijn plaats ingenomen.' Mandeville glimlachte vreugdeloos. 'Ik vroeg me af of het zou werken. Wat heeft u op het vermoeden gebracht dat hij niet de persoon was voor wie hij zich uitgaf?'

'Lutheranen geloven niet in het vagevuur, maar de Taplow die wij hebben gesproken wel.'

Mandeville snoof minachtend.

'Wist u dat vrouw Hopkins vermoord was?' vroeg Benjamin.

Mandeville schudde zijn hoofd. 'We dachten dat ze niet de moeite waard was om in de gaten te houden.'

'Welnu, iemand moet hebben gedacht dat ze wel belangrijk was en heeft haar gewurgd. Weet u trouwens wie Warnham en Calcraft heeft omgebracht?'

'Als ik dat wist,' snauwde Mandeville, 'zou die moordenaar nu aan de galg op Smithfield bungelen!'

'En hoeveel van de rest van het verhaal berust op waarheid, denkt u?' vroeg ik.

'O, de graal en Excalibur bestaan echt. Daar is de koning heel stellig over.'

'En de tempeliers?'

'O ja, we maken al jaren jacht op hen. Het is een geheim genootschap dat uit cellen van een man of zes, zeven bestaat. De ene cel weet niet veel af van alle andere cellen, maar ze zijn machtig en verspreid door Frankrijk, Spanje, Schotland en Engeland. En vooral hier in het zuidwesten zijn ze sterk vertegenwoordigd.'

'Wie is hun leider?'

'Een grootmeester, maar we kennen zijn naam niet en we weten ook niet in welk land hij verblijft.'

Opeens legde Mandeville zijn vinger op zijn lippen en stapte weg bij het schietgat. Hij keek omlaag naar de galerij, waar de Santerres nu bij de deur van de grote zaal stonden.

'Sir John,' riep Mandeville, 'Kunt u alstublieft nog even in de zaal blijven? Ik moet u nog wat vragen stellen.'

'Vertelt u eens,' vervolgde Benjamin, 'waarom de koning en zijn agenten zo geïnteresseerd zijn in dit geheime genootschap?'

Mandeville wachtte tot de Santerres de zaal in waren gestapt en gaf toen pas antwoord. 'De tempeliers staan bijzonder vijandig tegenover de koning en hebben de meeste opstanden van de aanhangers van het huis York gesteund. Ze brengen verhalen over de prinsen in de Tower in omloop en beweren dat ze nog steeds in leven zouden zijn en tijdens de regeerperiode van de vader van de huidige koning steunden ze de twee bedriegers Lambert Simnel en Perkin Warbeck. Als u iets van de vaderlandse geschiedenis weet, meester Daunbey, dan zult u weten dat de felste opstanden in het zuidwesten woedden. Toen de koning nog een jongen was, dwongen rebellen uit het zuidwesten hem de stad te ontvluchten, terwijl de troonpretendent, Perkin Warbeck, zelfs daadwerkelijk Exeter bedreigde.'

'Staat Santerre onder verdenking?'

'Ja en nee. Santerre heeft zich een trouw onderdaan van de koning betoond, maar Hopkins heeft hem als kapelaan gediend en Buckingham is hier bij hem geweest toen hij op zoek was naar die relikwieën.' Mandeville lachte snuivend. 'En door die laatste twee moorden wordt de zaak er voor hem niet beter op.'

'En Lady Beatrice? Haar meisjesnaam is Belamonte. Haar eerste echtgenoot, de heer van Templecombe, was Sir Roger Mortimer.'

Mandeville schudde zijn hoofd. 'Haar loyaliteit staat echt buiten kijf. Tenslotte was het Lady Beatrice die er bij Santerre op aandrong om alles over Buckingham te bekennen aan mijn twee agenten.'

'En de monniken van Glastonbury?'

Mandeville glimlachte somber. 'Een zootje ongeregeld. Tussen de abdij en de tempeliers bestonden waarschijnlijk sterke banden. Hopkins verbleef in dat klooster en de monniken zijn de bewaarders van de stoffelijke resten van Arthur. Verder is dat mysterieuze raadsel gevonden in een manuscript uit hun bibliotheek.' Mandeville kauwde op zijn onderlip. 'Welnu, ik heb jullie de waarheid verteld. Vertellen jullie nu de waarheid aan mij, heren. Wat weten jullie?'

Mijn meester beschreef wat mij eerder die dag op het pad was overkomen.

'Waarschijnlijk zijn het leden van die tempelierscel geweest,' merkte Mandeville op.

'Misschien hebben zij ook de dood van Cosmas en Damien op hun geweten,' voegde ik eraan toe.

'We moeten deze zaak oplossen,' verklaarde Benjamin. 'Iedere bediende van dit huis kan de moordenaar zijn, of met hem samenwerken.'

'We zullen morgen met ze praten,' snauwde Mandeville.

'Er is nog iets anders,' vervolgde Benjamin. 'Sir Edmund, we moeten dat raadsel oplossen. Maar voor zover ik heb gezien, is er in dit huis of in de kapel niets te vinden wat ook maar enigszins lijkt op de wateren van de Jordaan of de Ark van Mozes.' Verontschuldigend haalde hij zijn schouders op. 'Ik heb rondgekeken op de galerijen, maar geen schilderij of beeldhouwwerk heeft mijn nieuwsgierigheid gewekt. Er blijven maar twee plaatsen over: de Abdij van Glastonbury en het naargeestige gebouw op dat verlaten eiland midden in het meer.'

'Toen we in Glastonbury waren,' antwoordde Mandeville terwijl hij over de zijkant van zijn gezicht streek, 'heb ik de abt gezegd dat hij een van zijn lekenbroeders naar Taunton moest sturen met een boodschap voor de sheriff, om met enkele gewapende mannen naar Templecombe te komen. Ik verwacht hen morgenochtend. Nadat ze zijn aangekomen zullen we de bedienden ondervragen, oversteken naar het eiland en die verwenste heks opsporen.'

'En de twee moorden?' vroeg ik. 'Hebben we nog meer bewijzen?'

'Niets,' antwoordde Benjamin vlug. 'Een man sterft in zijn bed, dat op een raadselachtige manier in brand gevlogen is. Een andere man wordt gedood met een kruisboogpijl, maar de enige deur is vergrendeld en voor de ramen zijn de luiken neergelaten. We hebben vastgesteld dat de moordenaar in de sneeuw moet hebben rondgelopen, maar Lady Beatrice en Rachel droegen dezelfde kleren als ze vanochtend aan hadden en voor zover ik weet, zijn ze het huis niet uit geweest.'

'Jullie tweeën wel,' merkte Mandeville bits op.

'Maar waarom zouden wij Damien vermoord hebben? En er waren ook nog anderen in het huis.'

Mandeville ving Benjamins kalme blik op. 'Welaan, voordat u het mij vraagt, meester Daunbey, ik ben de hele tijd hier geweest, maar Southgate heeft wel een rit over het landgoed gemaakt.'

Hij hield zijn hoofd scheef en keek de galerij in. 'En natuurlijk,' fluisterde hij, 'hebben we Sir John Santerre ook altijd nog.'

Ik wierp een doordringende blik op mijn meester. Hij trok aan zijn oorlel, het teken dat we met elkaar hadden afgesproken om er het zwijgen toe te doen. Benjamin vertrouwde Mandeville niet helemaal en wilde hem niet zeggen dat Sir John Santerre misschien in Glastonbury was geweest.

En daarmee was onze bijeenkomst beëindigd. Mandeville schreed terug naar de zaal en wij liepen terug naar onze kamer. Benjamin ging op in zijn eigen gedachten en dus liet ik hem met rust. Ik ging alleen op mijn bed liggen en dacht aan Mathilda, tot de klok luidde voor het avondmaal.

Ondanks de heerlijke gerechten verliep de maaltijd in een bedrukte stemming. Benjamin deed zijn best om een gesprek over koetjes en kalfjes te voeren, maar Mandeville en Southgate waren weinig toeschietelijk, Sir John Santerre ging op in zijn eigen gedachten, Lady Beatrice scheen zich zorgen te maken en Rachel zat er met een bleek gezicht bij en speelde met haar eten. Toen de tafel was afgeruimd en iedereen aanstalten maakte om te vertrekken, stond mijn meester plotsklaps op.

'Dit huis moet worden doorzocht,' verklaarde hij. 'Iedere kamer, iedere kast.'

'Waarom?' vroeg Mandeville.

'Ik weet het niet zeker, tot ik het gezien heb.'

Santerre was woest.

'Jullie mogen ons vergezellen,' voegde Benjamin er zacht aan toe.

'Moet dat nu gebeuren?' vroeg Lady Beatrice.

'Ik vind van wel,' zei Mandeville op stellige toon. 'Nu vandaag nog, of morgen, wanneer Sir Henry Bowyer uit Taunton en zijn gewapende mannen zijn aangekomen.'

Sir John trok een boos gezicht. 'Is dat nou echt nodig?'

'Jazeker, ik heb hem al bericht gestuurd toen ik in Glastonbury was. Misschien kunnen de mannen van de sheriff ons helpen. En nu er twee van mijn mannen zijn omgebracht, heb ik hen ook nodig om mij te beschermen. In ieder geval neem ik aan dat u liever hebt dat ik en meester Daunbey uw huis doorzoeken dan een stel uit de klei getrokken huurlingen uit het graafschap?'

Sir John maakte verder geen bezwaar, maar stond erop met ons mee te gaan. Er werden bedienden opgeroepen en toortsen en lampen gebracht, en daarop begonnen we onze zoektocht. Templecombe bleek groter dan ik had gedacht, geloven jullie dat maar van me. De kelders waren diep en reusachtig, maar we vonden er niets opmerkelijks; alleen biervaten, wijntonnen, gevelde boomstammen, zeekool en andere voorraden. Aan het andere eind van de kelder vonden we een kamer waarvan de deur met grendels en sluitbalken was afgesloten. Santerre haastte zich om hem open te doen, maar zei ons dat we er niet met toortsen binnen moesten gaan.

'Hier liggen buskruit en olie opgeslagen,' legde hij uit. 'We gebruiken het om de steen uit de plaatselijke groeve te halen.'

De deur werd geopend en ik stapte binnen. Het vertrek was niet meer dan een droge, beschimmelde cel. Benjamin kwam achter me aan en onderzocht de rollen lont, olievaten en vaatjes buskruit die er opgeslagen lagen. Hij hield zijn hoofd scheef en ik zag dat iets zijn aandacht had getrokken.

'Wat is er, meester?'

'Niets, helemaal niets.'

We zetten onze zoektocht voort, en laat me jullie dit vertellen, als er één huis was waar het spookte, dan was het Templecombe, en vooral in die kelders was het niet pluis. Vervolgens liepen we naar boven en doorzochten we een voor een alle kamers, maar we konden niets ongewoons ontdekken.

Ten slotte blies Mandeville zelf de zoektocht af. Hij wreef zijn ogen uit en geeuwde.

'We hebben gedaan wat we konden,' merkte hij op. 'Morgen doorzoeken we de kerk en steken we over naar dat eiland.'

Benjamin maakte bezwaar. 'We hebben de bediendenverblijven ook nog.'

Mandeville trok een gezicht. 'Laat die maar aan de mannen van de sheriff over. Iedere dag heeft genoeg aan zijn eigen kwaad.'

We liepen terug naar onze kamers en Benjamin vergezelde me naar de mijne. Hij ging op de rand van het bed zitten en begon alles wat hij wist op te zeggen alsof hij een gedicht uit zijn hoofd wilde leren: 'Buckingham sterft, de agenten sterven, omgebracht met een wurgkoord.' Hij keek op. 'Wist je dat je iemand binnen enkele tellen kunt verstikken met een wurgkoord?'

'Doet dat er iets toe?' vroeg ik. Ik was zo moe dat ik alleen nog maar wilde slapen.

'Nee. Nee,' antwoordde Benjamin verstrooid. 'Dan komen we hier en worden we gewaarschuwd door een heks, die voorspelt dat de dood met verschillende middelen zal toeslaan. Cosmas verbrandt in zijn bed; Damien wordt omgebracht door een geheimzinnige boogschutter die kennelijk door dikke muren heen kan dringen, maar we vinden geen aanwijzing voor het raadsel, geen spoor van de tempeliers en geen greintje bewijs dat ons toont waar we de graal en Excalibur kunnen vinden.' Hij wreef over zijn kin. 'Maar er moet een oplossing zijn. Misschien dat de mannen van de sheriff ons uitkomst kunnen bieden.'

HOOFDSTUK 10

De volgende ochtend werden we gewekt door de luidruchtige aankomst van Sir Henry Bowyer en een tiental schurken die grote gelijkenis met elkaar vertoonden. Het waren geen mannen die in het graafschap geronseld waren, maar beroepssoldaten die de sheriff hielpen bij de jacht op misdadigers. Bowyer was een korte, gedrongen man met erg weinig haar en een opgewekt, rood gezicht. Hij glimlachte voortdurend en begroette ons bijzonder amicaal aan het ontbijt in de grote zaal.

Desondanks was hij een man die je niet kon vertrouwen. Hij had ogen als zinkputten, een stinkende adem, een rot gebit en een houding tegenover Mandeville die alleen als serviel kon worden omschreven. Het soort man dat zijn hoofd naar het succes gedraaid had en in de verkeerde richting was blijven kijken.

Zoals te verwachten van beroepssoldaten voelden Bowyers mannen zich weldra thuis op de binnenplaats en in de buitengebouwen: een uur later al ontving Sir John de eerste klacht dat er eten werd gestolen uit de keuken, dat er op raadselachtige wijze kannen wijn leegliepen en dat kippen die de avond tevoren nog springlevend hadden rondgescharreld plotseling gedood en geplukt waren en boven geïmproviseerde vuurtjes aan het spit geregen. Santerre had echter zo zijn eigen problemen en Mandeville was, bijgestaan door Southgate en een gedienstige Bowyer, bezig de grote zaal te ontruimen en te veranderen in een graafschapsrechtbank. Hij en Bowyer namen plaats aan de tafel op de verhoging. De Santerres en wij werden behandeld als toeschouwers. Vervolgens liet Mandeville alle bedienden, koks, koksjongens en kamermeisjes, onder wie ook Mathilda, en zelfs de stalknechten bijeenbrengen. Hij sprak hen aan in korte, bondige zinnen en begon hen prompt een voor een te ondervragen.

'Hoe lang ben je hier al in dienst?' 'Zegt het woord "tempelier" je iets?' 'Is er gisteren iemand in de buurt van de kapel geweest?'

De bedienden waren brave, eenvoudige lieden, plaatselijke boeren, die alleen hun hoofd schudden en de grote heer uit Londen met grote ogen aanstaarden. Niettemin bewonderde ik Mandeville's vakkundige ondervraging, want terwijl hij zijn vragen stelde, zag ik dat enkelen van hen onrustig werden. Het waren geen duidelijke tekenen: ogen die een ogenblik schitterden, een gezicht dat iets bleker werd, antwoorden die te vlug en te bereidwillig werden gegeven. Vooral Mathilda was erg onrustig en ze wipte van haar ene voet op de andere. Mandeville voelde dat aan en schoot op haar af als een havik die neerduikt om een prooi te doden.

'Dus jij bent de meid van het linnengoed?'

Mathilda knikte.

'Maken al die vreemdelingen die verblijven in het huis van je meester je niet nieuwsgierig?'

Ze schudde haar hoofd.

'Dus je hebt geen misbruik gemaakt van je positie en onze bezittingen doorzocht?'

Mathilda wierp een flitsende blik op mij.

'Nee, meester,' mompelde ze.

'Daar kan ik voor instaan,' riep ik uit. 'Het meisje wist niet dat ik in mijn kamer was toen ze schoon linnengoed kwam brengen. Ze is mijn tegenpool, Sir Edmund, en zo eerlijk als goud.'

Benjamin keek me bevreemd aan, maar toen de een na de ander begon te lachen nam de spanning af en werd Mathilda weggestuurd. De anderen kwamen voor. Mandeville stelde de vragen, of soms Southgate. Af en toe wilde de sheriff zijn macht tonen en mengde hij zich in de ondervraging, maar Mandeville hield hem stevig onder de duim. Toen er geen vragen meer te stellen vielen, gaf Mandeville opdracht hun verblijven te doorzoeken. Sir John en Lady Beatrice verzetten zich daar fel tegen en dus bood Benjamin aan toe te zien op de soldaten en ervoor te zorgen dat ze het bevel niet zouden gebruiken als voorwendsel om te roven en te plunderen.

Deze zoektocht bleek even vruchteloos als de ondervraging, en dus stuurde Mandeville de bedienden op norse toon weg. Ik keek hen na toen ze de zaal uitliepen en besteedde vooral aandacht aan Mathilda, die een grijzende, gezette man, kennelijk haar vader, een arm gaf. Het viel me op dat hij licht hinkte; ik dacht aan de aanval op mij van de vorige dag en de verwondingen die ik ongewild had toegebracht, maar besloot dat voor mezelf te houden. Daarna onderwierpen we de kapel, de muren, de plavuizen en het altaar aan een grondig onderzoek, maar we vonden niets. We keken zelfs onder de oude koorbanken waar de tempeliers vroeger op hadden gezeten en ik geef eerlijk toe dat ik (zoals te verwachten van ouwe Shallot) weinig werk deed, maar de tijd grotendeels doorbracht met het bewonderen van het schitterende houtsnijwerk op de opklapbare zittingen van de koorbanken. De eerste drie afbeeldingen wekten mijn bewondering: van een man die zich ontredderd aan een bochtig raamwerk vastklampte en die op zijn billen werd geslagen door zijn vrouw; van een biertapster die een dronk nam; en van twee boeren die een geslacht varken van de ingewanden ontdeden. Stuk voor stuk beeldden de houtsnedes opwindende taferelen af. Benjamin kwam naast me staan.

'De tempeliers,' verklaarde hij, 'klapten de zittingen van de koorbanken altijd omhoog. Op de onderkanten lieten ze houtsnijwerk aanbrengen, niet alleen bij wijze van versiering, maar ook om de zittingen zwaarder te maken.' Hij grijnsde en wees naar de vrouw die haar echtgenoot afranselde. 'De plaatselijke ambachtslieden vermaakten zich best en ze gaven taferelen weer die niet bepaald stichtelijk waren.'

Intussen had Mandeville zijn zoektocht beëindigd. Hij had even weinig gevonden als de dag tevoren en beval ons de kerk te verlaten. We liepen de kerk uit en begaven ons naar het meer, dat zich helder glinsterend voor ons uitstrekte, ofschoon het eiland nog steeds in mist was gehuld. Onder de bomen aan de meeroever lag een aantal roeiboten verborgen en Mandeville en Santerre gaven opdracht ze bijeen te brengen. Ze werden ontdaan van bevroren modder, vaarklaar gemaakt, en we klommen allemaal aan boord, waarop de soldaten van Bowyer ons naar het eiland boomden.

Dat eiland was het geheimzinnigste oord dat ik ooit had gezien, God is mijn getuige. Het was vochtig, koud, griezelig en onheilspellend. De bomen stonden er te dicht op elkaar en de met sneeuw bedekte gaspeldoorn scheen een eigen leven te leiden en de dikke stengels beletten ons het voortgaan. We drongen er met moeite door en werden nat tot op onze huid.

'Is je iets opgevallen?' fluisterde Benjamin ademloos. Hij bleef staan en keek op naar de wirwar van takken boven hem. 'Er zijn geen vogels hier! Geen raven, geen kraaien, helemaal niets!'

Ik bleef staan en luisterde, spitste mijn oren op ieder geluidje dat zou uitklinken boven het gedruis van de soldaten en de gemompelde vloeken van mannen die uitgleden op de bevroren grond. Het leek alsof deze ruwe geluiden de onheilspellende stilte van het eiland alleen maar dieper maakten en ze deden me denken aan een verhaal dat ik wel eens had gehoord, van een reiziger die beweerde dat hij de westelijke oceaan was overgestoken en toen eilanden had ontdekt die bewoond werden door de geesten van dode zeelieden. Ik huiverde en vloekte zacht. Mandeville en de anderen hadden nu hun zwaard getrokken en hakten een pad vrij. Vooral de *Agentes* schenen ontvankelijk te zijn voor de benauwende sfeer van het eiland en ze reageerden hun angstgevoelens af door hard met hun zwaard op de struiken in te slaan.

Ten slotte bereikten we de open plek waar het verlaten gebouw stond dat we vanaf de oever hadden gezien. Het was opgetrokken van geelachtige zandsteen en had een donker, met rode pannen gedekt dak, geen vensteropeningen in de muren, maar smalle, driepas schietsleuven. De deur met ijzerbeslag was afgesloten met een hangslot. Santerre bood zijn excuses aan, want hij had geen sleutel, en daarop hakte Southgate het hangslot eruit en trapte de deur open. We liepen naar binnen en staken toortsen aan. De sombere sfeer van het gebouw was haast tastbaar, beklemde ons gemoed en belette ons helder na te denken, dat kunnen jullie gerust van me geloven. Er was echter niets bijzonders te zien, alleen een gapende leegte, waar een koude, verkillende lucht hing die niet van het ijs en de sneeuw buiten afkomstig was.

'Een dodenhuis,' mompelde ik.

'Of een bijzonder heilige plaats,' antwoordde Benjamin.

Mandeville droeg de soldaten op tegen de muren rondom ons te gaan staan met hun dapper in het donker sissende toortsen. Ik kreeg het bijna kinderlijke idee dat alles goed zou gaan zolang we maar binnen de lichtkring bleven, maar achter de vlammen loerden duistere schaduwen en machten om ons bij de keel te grijpen. De vloer was bedekt met harde plavuizen, de muren waren gewit en er stond geen enkel meubel in de ruimte.

De soldaten werden onrustig en begonnen onder elkaar te mopperen, dus riep Mandeville dat ze konden beginnen met zoeken. Deze mannen waren beroepszoekers en als er ergens een losliggende plavuis of een geheime gang was geweest, hadden ze die wel ontdekt, maar ze vonden niets. Toen hurkte Benjamin echter neer en begon hij zich als een spin van de ene naar de andere plavuis te bewegen. Hij bleef staan en slaakte een verbaasde kreet. Wij kwamen om hem heen staan terwijl hij met zijn vinger over de vloer schraapte.

'Kaarsvet,' merkte hij op. 'Nog niet zo lang geleden is hier iemand geweest.'

We vonden nog een paar andere druppels, maar verder niets en dus beval Mandeville ons de zoektocht voort te zetten. Ik hield Santerre in het oog, want de opschepperige landheer, die normaal gesproken niets of niemand uit de weg ging, was bij de deur blijven staan als een kind dat bang is voor een donkere, onbekende kamer.

'Is er iets?' vroeg ik.

Santerre schudde zijn hoofd, maar hij had een bleek gezicht en ik zag zweetdruppels op zijn wangen.

'Wat is er?' zei ik zacht.

De soldaten verdrongen zich om ons heen, want ze popelden om de ruimte te verlaten. Santerre schudde slechts zijn hoofd.

'Niets,' mompelde hij.

'Weet u het zeker?' vroeg Benjamin, die naast hem was komen staan.

Santerre knikte opnieuw. Benjamin keek omhoog naar de witgekalkte muur boven de deur. Hij wachtte tot de anderen naar buiten waren gegaan.

'Sir John, volgens mij is er hier iets dat helemaal niet klopt en heeft Mandeville dat inderhaast over het hoofd gezien.'

Santerre staarde hem alleen maar aan.

'Het zijn de muren,' vervolgde Benjamin. 'Ze zijn pas gewit. Waarom zou dat gedaan zijn?'

'Geen idee,' zei Santerre zacht en hij liep naar de anderen toe.

We staken het meer over naar de andere oever. Mandeville stapte de roeiboot uit en blafte orders naar Santerre. Een soldaat reed met een kar de binnenplaats af om de twee lijkkisten over te brengen naar de dorpskerk, waar de priester het requiem zou zingen en waar de twee jammerlijke broers begraven en mettertijd vergeten zouden worden. Mandeville maakte zich gereed om de kar te volgen. De opschepper Bowyer kreeg opdracht om op het landgoed te blijven, maar Sir Edmund wenkte ons bij zich.

'Jullie gaan met ons mee naar Glastonbury, maar eerst hebben we nog één taak uit te voeren.'

Hij weigerde er meer over te zeggen en dus haalden we onze rijlaarzen, hoed en mantel van onze kamer. Een wit weggetrokken Mathilda stoof me voorbij op de galerij, maar Benjamin riep me en dus besloot ik haar niet aan te spreken. We haalden ons paard, namen afscheid van Santerre en galoppeerden het bevroren, beklinkerde pad af, alsof Mandeville geen tijd te verliezen had en voor zonsondergang in Glastonbury wilde zijn. We waren het pad al een heel eind af gereden toen Mandeville zijn paard intoomde, zich naar Southgate overboog en op zachte toon met hem overlegde. Ten slotte lieten ze hun paard halt houden.

Southgate zei: 'Ja, hier was het,' en toen wist ik dat we op heksenjacht zouden gaan. We stegen af. Een soldaat kreeg opdracht de paarden te bewaken, terwijl een andere, een magere hazewind van een man met een leerachtige huid en zeeblauwe ogen, door Mandeville naderbij gewenkt werd. Sir

Edmund pakte de soldaat bij zijn schouder en stelde hem aan ons voor.

'Bowyer noemt deze man Pointer, omdat hij een bekwaam jager is. Als iemand ons over die wildsporen en bospaden hier naar de woonplaats van die ouwe kol kan leiden, dan is Pointer dat!'

De man grijnsde als een wolf en ontblootte een rij puntige tanden. Hij deed zijn naam eer aan. Ik heb jachthonden gezien die knapper waren. Mandeville diepte een zilverstuk uit zijn beurs op en liet het tussen zijn vingers rollen. Pointer wierp er begerige blikken op.

'Als je de hut van die ouwe heks vindt, krijg je twee van deze munten.'

Meer aanmoediging had Pointer niet nodig en ik was te benieuwd om bezwaar te maken tegen het geploeter door de bevroren varens. Pointer liep met lange passen het bos in. God mag weten hoe hij dat deed, want de varens groeiden dicht op elkaar en de vegetatie eronder was door het sneeuwdek nog verraderlijker. Pointer leek zich geen moment te verbazen of te twijfelen en leidde ons verder, zonder te letten op de enkeldiepe sneeuw en de sneeuw die plots van overhangende takken viel.

(Nu ik er eens over nadenk, zijn mannen als Pointer niet zo zeldzaam. Ooit werd ik in de woeste, duistere bossen van Moskovië achtervolgd door zulke mannen en honden, tijdens een van de angstaanjagendste ontvluchtingen van mijn leven. Ik was op een banket uitgenodigd door een krankzinnige Russische vorst. Wat ik toen nog niet wist, was dat het vermaak na de maaltijd uit mij zou bestaan! Voordat de jacht begon, vertelde die gekke rotzak me dat ik, als de blonde buldoggen me niet aan stukken zouden scheuren, door paarden zou worden gevierendeeld. Jullie begrijpen natuurlijk wel dat ik verder geen aanmoediging nodig had om de benen te nemen, maar dat is een ander verhaal.)

Nu heb ik midden in de zomer al een hekel aan het platteland, maar dit bos was ook nog eens behekst. Ik maakte luid bezwaar tegen het duister dat er heerste en de valstrikken van de natuur, en bovenal bleef ik denken aan de mannen die me gisteren hadden aangevallen.

‘Het is hier geknipt terrein voor een hinderlaag!’ riep ik uit.

Mandeville grijnsde en veegde het zweet van zijn gezicht.

‘Daarom heb ik niemand op het landhuis gezegd waar we heen gingen. Ik wil die ouwe kol de schrik van haar leven bezorgen.’

Ten slotte weken de bomen uiteen en betraden we een open plek. Aan de overzijde lag een rotsig heuveltje, dat eruitzag alsof de hand van een mythische reus een aantal reusachtige rotsblokken op een hoop gesmeten had. Onder aan de rotswand lag de ingang van een ruime grot. Mandeville trok zijn zwaard en we volgden zijn voorbeeld, ofschoon God mocht weten wat we er verwachtten te zullen vinden. We liepen voorzichtig de open plek over, alsof de oude heks uit de grotopening zou kunnen opduiken en verwensingen en onheilspellende voorspellingen zou kunnen uiten, maar het bleef stil.

Benjamin bleef staan en wees naar de ingang. De vorige nacht had het licht gesneeuwd, maar het zag eruit alsof er iemand was geweest die de heks een bezoek had gebracht en daarna langs de bosrand was vertrokken, waarbij hij zijn sporen had uitgewist met een bos oude takken, zodat er geen afdrukken meer te zien waren. We liepen de grot in. Van het vuur dat bij de ingang had moeten branden restte slechts een hoopje natte as en de olietoortsen waren gedoofd. Mandeville stak er een aan en we liepen dieper de grot in.

Een vreemd verblijf was het – de inkervingen op de wanden, zei Benjamin, moesten eeuwen oud zijn. In de grot zelf was het verrassend warm en we zagen dat we door een gang liepen die naar een ruime grotkamer voerde. Hij was gemeubileerd zoals iedere andere kamer. De vloerbiezen waren schoon en bestrooid met kruiden. Een kookpot hing aan een driepoot, maar van de houtblokken eronder was niet veel meer over dan wat zwarte sintels. Ik zag een kast en een kist, een tafel en een stoel. In de verste hoek stond een bed en ernaast, in elkaar gezakt als een misbruikte pop, lag de heks. Benjamin haastte zich op de vrouw toe en greep haar bij de schouder.

Hij draaide haar om, haar armen zwaaiden, haar hoofd viel achterover, haar ogen waren geopend – maar de opengesperde mond zou nooit meer iets voorspellen, want haar adem was afgesneden door het rode wurgkoord dat rond haar magere hals gesnoerd zat.

Mandeville vloekte slechts en schopte een kruk door het vertrek. Southgate knielde naast mijn meester neer, voelde de hals van de oude vrouw en trachtte niet in de starende, uitpuilende ogen te kijken.

'Ze is al uren dood,' merkte hij op. 'Haar huid is zo koud als die van een dode slang.'

Hij stond op en veegde zijn handen af. 'Sir Edmund, de rol van de oude heks was klaarblijkelijk uitgespeeld en nu moest ook zij worden afgevoerd.'

'Dat denk ik ook,' antwoordde Benjamin.

'Maar wie heeft haar vermoord?' grauwde Mandeville.

'Dezelfde persoon of personen die Cosmas en Damien, en niet te vergeten uw agenten in Londen hebben vermoord, vermoed ik.'

Benjamin wees naar het groteske lijk. 'Ze werd slechts betaald om haar rol van dwaze oude vrouw te spelen. De moordenaar wist dat we haar zouden dwingen te praten. Ze kan op ieder mogelijk tijdstip van de laatste paar dagen vermoord zijn.'

'Bedoelt u door iemand uit Templecombe?' vroeg Southgate.

'Dat zou kunnen,' antwoordde Benjamin. 'Door iemand van de familie, een bediende, of misschien een van de tempeliers zelf.' Mijn meester haalde zijn schouders op. 'Wij zijn hier onbekend, en hoe lang hebben we erover gedaan om hier te komen – tien minuten, een kwartier? Maar er moeten geheime wegen en paden door het bos leiden en daar heeft de moordenaar vermoedelijk gebruik van gemaakt. Nadat hij de oude vrouw had vermoord is hij daar waarschijnlijk over teruggegaan en heeft hij al zijn sporen uitgewist.'

Verder konden we niets doen. Mandeville zei dat hij rapport zou uitbrengen over de dood van de vrouw zodra we terug waren op Templecombe en dus vervolgden we onze tocht door het naargeestige land van Somerset. Korte tijd na zonsondergang arriveerden we in Glastonbury. De paden waren nagenoeg onbegaanbaar, het weer was zo ijskoud dat we amper konden praten en Mandeville slaakte dan ook een kreet van opluchting toen we de muren van Glastonbury zagen.

Een lekenbroeder liet ons binnen door een uitvalsdeurtje en

anderen ontfermden zich over onze paarden en bagage. Opnieuw kwam abt Bere ons begroeten in het gastenverblijf, in gezelschap van een monnik die er tijdens onze eerste kennismaking niet bij geweest was. Het was een sterke, maar geleerde en hoffelijke jongeman, met een blozend gezicht en heldere oogopslag. Ik vatte sympathie voor hem op en hij en Benjamin hadden meteen een goede verstandhouding met elkaar.

'Dit is broeder Eadred, onze archivaris en bibliothecaris,' verklaarde abt Bere. 'Hij zal jullie helpen bij jullie naspeuringen. Hij kent onze manuscriptenkamer als de palm van zijn eigen hand en is een *peritus,* iemand die alles weet over het leven van koning Arthur.'

'Hebt u Hopkins gekend?' vroeg Southgate botweg. Hij trok zijn mantel uit en schudde er de druppels af.

'Jazeker,' antwoordde Eadred. 'Broeder Hopkins was een man die geen vrede met zichzelf én met de orde had. Hij was geen geschiedkundige, maar een verzamelaar van legenden. Het viel hem zwaar om onze kloosterregel in acht te nemen en dus bracht hij al zijn vrije tijd in de bibliotheek door.'

Eadred tikte de oude abt zacht op de schouder. 'De eerwaarde vader heeft gedaan wat hij kon voor broeder Hopkins. Hij regelde dat hij zijn geloften kon herroepen en dat hij op Templecombe en in de omliggende dorpen en gehuchten kon gaan werken.' Er brak een jongensachtige glimlach door op het gezicht van de bibliothecaris. 'Ook dat bracht hij er niet goed af: hij beweerde dat hij de sleutel tot mysterieuze geheimen had gevonden en toen vertrok hij ijlings om de heer van Buckingham op de hoogte te stellen.' Hij trok een plechtig gezicht. 'Ten slotte richtte Hopkins zichzelf en anderen te gronde en riep hij de toorn van de koning af over deze en andere gemeenschappen.' Met openhartige blikken staarde hij de *Agentes* aan. 'Ofschoon ik u kan vertellen, heren, dat John Santerre een trouw onderdaan van de koning is.'

Ik slikte de vragen die ik wilde stellen in. Daarop begon Mandeville op te sommen wat hij de volgende ochtend wenste te zien: de graftombe van Arthur, het manuscript waarin Hopkins het raadsel had gevonden en alle andere voorwerpen waarvan de eerwaarde heer abt en broeder Eadred dachten dat die ons van dienst konden zijn bij ons onderzoek.

Eadred beloofde koeltjes dat hij zijn medewerking zou verlenen, zei dat we te eten zouden krijgen en wenste ons toen hoffelijk goedenacht.

'Ik mag die kerel niet,' zei Southgate hees, zodra de monniken waren vertrokken. 'Ik houd niet van deze abdij en volgens mij bestaat er op een of andere manier verband tussen deze plaats en Sir John Santerre.'

'Waarom?' vroeg ik hem uitdagend. 'Welk bewijs hebt u daarvoor?'

'Nou, nadat Sir Edmund vanochtend zijn ondervraging had beëindigd, heb ik nog enkele bedienden gesproken, mannen van de afgelegen boerderijen. Santerre heeft kennelijk niet de ronde gemaakt over zijn landgoed, zoals hij beweerde. Dus waar is hij dan wel geweest?'

We deden er het zwijgen toe en Mandeville en Southgate liepen met zware stappen weg. We maakten het ons gemakkelijk, nuttigden het eenvoudige maal dat ons vanuit de refter was gebracht en gingen toen naar bed.

De volgende ochtend vroeg ging Benjamin naar de mis in de abdijkerk en daarna wekte hij mij. We ontbeten in de kleine refter van het gastenverblijf van de abt, met licht bier en gekruide, in hete melk gekookte havermout. Mandeville en Southgate kwamen bij ons zitten, de soldaten die ons hadden vergezeld waren ergens anders ondergebracht. De beide zelfingenomen *Agentes* wilden hun macht laten gelden in deze beroemde abdij en toen broeder Eadred zich bij ons voegde drong Mandeville erop aan dat we meteen naar de bibliotheek zouden gaan.

We verlieten het gastenverblijf en liepen onder de stenen kruisgewelven door naar de kloostertuin. De studiecellen waren onbezet vanwege het koude weer: sneeuw en ijs bedekten de verlaten tuin, maar vanuit de abdij hoorden we zacht de lauden zingen.

In de bibliotheek was het verbazend warm. Het vertrek werd verwarmd door een ingenieus stelsel van hete buizen, waardoor ook water naar de latrines stroomde. Ik herinner me dat nog goed, want sindsdien heb ik zoiets nooit meer gezien.

Ik heb echter wel over dat wonder gesproken met Sir John

Harrington, de neef van de koningin, die na ons gesprek een ingenieus stelsel heeft ontworpen voor een watercloset, dat het mogelijk maakt toiletten en latrines te reinigen door aan een ketting te trekken en een stroom water vrij te geven. Erg onhandig, al heb ik er hier op Burpham een laten installeren.

Natuurlijk voelde Benjamin zich dadelijk thuis in de bibliotheek en slaakte hij opgetogen uitroepen toen hij de geur van perkament, puimsteen, inkt en onlangs behandeld velijn opsnoof. Hij pakte boekdelen van de planken, maakte de sloten los en wees opgetogen babbelend als een kind naar de prachtige schoonschriften. Sommige letters vormden plaatjes op zichzelf en bestonden uit afbeeldingen van kleine draken, tweepotige wezens met vleugels, centauren en andere mythische dieren. Mandeville en Southgate stonden met neerbuigende blikken toe te kijken, tot Sir Edmund met zijn vingers knipte.

'Ik wil de manuscripten van Hopkins zien.'

Eadred staarde hem gemaakt onschuldig aan. 'Maar die boeken bestaan niet, Sir Edmund.'

'Probeer geen spelletjes met me te spelen!' snauwde Mandeville. 'Ik weet niet om welke titels het gaat, maar ik wil de boeken zien die Hopkins bestudeerde!'

'O, u bedoelt de *Legenden van Avalon?*'

Eadred liep op een grote, met ijzeren banden versterkte kist af en haalde er een dikke, in leer gebonden foliant uit, die met twee kleine boeksloten dichtgehouden werd. Hij legde hem voorzichtig op de tafel neer en we gingen er met zijn allen omheen staan.

'Eigenlijk is dit geen boek,' legde Eadred uit, 'maar een verzameling legenden over Glastonbury en deze streek.'

'En wat zou Hopkins daarin gevonden kunnen hebben?'

Mandeville maakte de boeksloten los en sloeg het leren schutblad op. Eerst konden we niets zien op het witte vel, maar toen kwam Eadred met een kaars aanlopen, die hij bij de bladzijde hield, net niet dichtbij genoeg om hem te schroeien, en verscheen een zeegroen handschrift.

'Een knappe uitvinding,' mompelde Eadred. 'God mag weten hoe dit gedaan wordt.'

Hij bewoog de kaarsvlam telkens heen en weer en na een

tijdje was het handschrift duidelijk zichtbaar. Benjamin leende een ganzenveer en een vel perkament en schreef het vers woord voor woord over. Het verschilde in niets van het vers dat Agrippa had geciteerd:

> 'Onder het water van de Jordaan ligt de beker
> van Christus.
> En het beste zwaard bevindt zich boven in de
> Ark van Mozes.'

Mandeville dreunde het op als een kind dat een rijmpje leert. 'Wat zou dat toch in hemelsnaam betekenen?' voegde hij eraan toe.

Eadred vroeg ons rond de tafel te komen zitten.

'Hoe heeft Hopkins dit ontdekt?' vroeg Benjamin.

De monnik spreidde zijn handen. 'Per ongeluk, misschien. Het manuscript bevat namelijk niets nieuws, ofschoon er prachtige legenden in zijn opgenomen. Ik vermoed dat hij de omslag heeft onderzocht en de kaars heeft verschoven om beter te kunnen zien of er ruimte was tussen de kaft en het dekblad. Toen moet het handschrift zichtbaar zijn geworden onder de kaarsvlam.' Eadred wees naar de witte bladzijde waar de letters begonnen te vervagen. 'Ik was hier toen Hopkins het ontdekte. Hij zei niets, maar hij was in alle staten en zo opgewonden dat hij het boek opengeslagen en met een paar druppeltjes kaarsvet erop liet liggen. Ik herhaalde wat ik hem had zien doen. De rest weet u.'

Mandeville boog zich over de tafel en tikte op het boek. 'En verder staat hier niets?'

'Helemaal niets.'

'Dan,' zei Mandeville, en hij boog naar Southgate, 'zal mijn collega hier, die een kenner van geheimschriften, codes en monogrammen is, dit meenemen naar een andere tafel en het aan een nauwgezet onderzoek onderwerpen.'

Gemaakt verbaasd keek ik Southgate aan. 'Dus u kunt lezen!' riep ik uit. 'Is dat echt zo?'

Hij begon te zieden van woede, de rotzak.

'Ik heb gestudeerd aan het Oriel,' snauwde hij. 'Theologie, filosofie, logica en wiskunde!'

'Dan vraag ik u verschoning, heer.' Ik gaf een paar tikjes op mijn eigen pols. 'Het bewijst alleen dat je nooit op uiterlijkheden af moet gaan, nietwaar?'

Southgate pakte het manuscript op en liep met lange passen weg. Mandeville keek me boos aan, terwijl Eadred en Benjamin hun vingers schenen te bestuderen.

'Dit is geen zaak om grappen over te maken, Shallot,' verklaarde Sir Edmund. 'Broeder Eadred, op uw trouw aan de koning, kent u de betekenis van het raadsel van Hopkins?'

'Bij God, Sir Edmund, die ken ik niet!'

'Is er iets in deze abdij dat u doet denken aan de wateren van de Jordaan of aan de Ark van Mozes, ook al is het maar vagelijk?'

Eadred streek met zijn vingers over het tafelblad. 'De Jordaan is een rivier in Palestina,' antwoordde hij. 'In hemelsnaam, Sir Edmund, wat heeft dat te maken met een abdij in Somerset? En wat de Ark van Mozes betreft, dat was de heilige kist die werd vervaardigd aan de voet van de berg Sinaï om de heilige stenen tafelen in te bewaren. Waar ter wereld zou die gebleven zijn?'

Sir Edmund gaf het niet zomaar op.

'Er staat hier een rozenstruik,' antwoordde hij vinnig. 'Die, zo beweren jullie, geplant is door Jozef van Arimatea. Speel geen spelletjes met mij, eerwaarde monnik. Uw abdij gaat er prat op dat deze Jozef van Arimatea de graal bij zich had toen hij hierheen kwam. Volgens het boek van legenden dat u ons zojuist hebt laten zien, kwam Arthur hier om uit de graal te drinken en doet ook het verhaal de ronde dat een van zijn ridders, Sir Bedivere, Excalibur zou hebben meegenomen naar de Narepool, die op slechts drie mijl afstand van Glastonbury ligt. De abdij is nog steeds eigenaar van die waterplas en volgens de jaarrekeningen die bij de schatkist worden ingediend, levert hij per jaar vijfduizend alen voor de kloosterkeuken.'

Sir Edmund kwam half overeind van zijn stoel en wees met een priemende vinger recht naar het gezicht van de monnik. 'Bij God, heer,' dreigde hij met hese stem, 'als ik ook maar de vaagste verwijzing vind naar een Ark of naar wateren van de Jordaan in deze abdij of enige andere plaats waar jullie de eigenaar van zijn, dan zorg ik er persoonlijk voor dat jullie voor de koninklijke rechtbank in Londen gedaagd worden wegens hoogverraad!'

'Probeert u dan de bewijzen maar te vinden, Sir Edmund,' antwoordde Eadred koeltjes.

Mandeville schoof zijn stoel achteruit en hij liep naar de deur.

'Ik zal deze abdij persoonlijk inspecteren!' riep hij over zijn schouder. 'Southgate, als je klaar bent met dat manuscript, kijk dan goed rond.' Hij liep het vertrek uit en smeet de deur met een klap achter zich dicht.

Eadred scheen zich niets aan te trekken van Mandeville's dreigementen.

'Misschien kunnen we beter gaan,' fluisterde hij. Hij wierp een zijdelingse blik op Southgate, die over het boek gebogen zat. 'Sir Edmund gelooft me niet, maar hij zal niets vinden, niet hier in de abdij en evenmin op andere plaatsen.'

We verlieten de bibliotheek, liepen om de noordzijde van de kerk heen en toen de abdijkerk in door de Kapel van Onze Lieve Vrouwe, waar alles overdekt was met lakens en lagen stof.

'Abt Bere,' legde Eadred uit, 'laat een crypte graven, die onder de Kapel van Onze Lieve Vrouwe en het portaal van Galilea zal komen te liggen.'

Hij trok een paar lakens opzij en liet ons enkele traptreden afdalen. De crypte bestond uit een hoge, overwelfde ruimte, waarvan het dak geschraagd werd door dunne stenen ribben die zich vanuit het middelpunt verspreidden als een uiteenbarstende ster. De crypte was nog niet voltooid en scheen, vreemd genoeg, de enige plaats van de hele abdij waar Eadred zich niet op zijn gemak voelde en niet te lang wilde vertoeven. Daarop liepen we terug naar het portaal van Galilea, langs een ander kapelletje en dan het grote, van witte natuursteen gebouwde kerkschip in. We onderzochten de dwarsbeuken in het noorden en het zuiden en liepen toen onder het rijk versierde koorhek door het priesterkoor op, waaronder de graftombe van Arthur lag.

'Kan de tombe op een of andere manier worden verplaatst?' vroeg Benjamin.

Eadred schudde zijn hoofd. 'Natuurlijk niet. De doodskist

ligt verzegeld in een grote grafkelder hier beneden. Alleen de Heilige Vader kan toestemming verlenen om die graftombe te openen.' Eadred spreidde zijn handen. 'En waarom zouden we hem openmaken? De graal en Excalibur werden pas eeuwen na Arthurs dood gezien en ik kan me niet voorstellen dat de monniken die zijn lichaam hier hebben herbegraven er zulke heilige relikwieën bij zouden laten liggen.'

Dat dachten wij ook en we vervolgden onze rondwandeling buiten de kerk, over de besneeuwde, met kiezelstenen bestrooide paden langs het Chapter House, de slaapzaal, de achterslaapzaal, de keuken van de monniken en toen de tuin van de abt in; die laatste werd omgeven door een hoge bakstenen muur en er lag een dik pak sneeuw, maar in de zomer moest het er prachtig zijn. Mijn blik werd echter voortdurend getrokken door de grote Tor, die hoog boven de abdij uittorende, en door het kerkje van de heilige Michaël erbovenop.

'Zou daar iets te vinden zijn?' vroeg ik.

Eadred glimlachte en hij schudde zijn hoofd. 'Iedereen die hier komt denkt dat, maar in vergelijking met de abdij is die kerk daar betrekkelijk nieuw. Jullie mogen erheen gaan, maar de klim zou vruchteloos blijken. Ik beveel jullie sterk aan zulke inspannende klauterpartijen over te laten aan jullie beide metgezellen, die zich ongetwijfeld hetzelfde zullen afvragen.'

HOOFDSTUK 11

We liepen terug naar het gastenverblijf en Eadred bestelde bisschopswijn in de keuken om weer warm te worden. Algauw waren hij en Benjamin in een diepgaand gesprek gewikkeld over alchemie en de steen der wijzen; ook bood de bibliothecaris mijn meester aan de Narepool te gaan bezichtigen, de waterplas waar het zwaard van Arthur volgens de legende nog steeds op de bodem zou liggen. Ik begon me te vervelen en slenterde terug naar de bibliotheek.

Gelukkig zat Southgate er niet meer. Enkele broeders waren aan het werk in het scriptorium, maar ze zeiden me beleefd goedendag en niemand maakte bezwaar toen ik het manuscript dat Southgate op de tafel had laten liggen door begon te bladeren.

Broeder Eadred had gelijk gehad. Het manuscript bestond uit een verzameling geschriften die de legenden van Glastonbury, Avalon, Arthur en het smeden van Excalibur beschreven. Het bevatte zelfs het van verbeeldingskracht getuigende verhaal hoe Christus in zijn jongensjaren door Jozef van Arimatea was meegenomen naar Glastonbury om tin en kostbare oliën te kopen van de inheemse bewoners. Het boek bevatte ook geschriften over topografische en bijbelse onderwerpen van algemenere aard; een van de titels trok mijn blik. Ik herinnerde me wat Agrippa me had verteld en begon iets te vermoeden.

Haastig sloeg ik het boek dicht, en ik ging na zitten denken om mijn ontdekking in verband te brengen met de moorddadige doolhof waarin ik was verdwaald. Ik besloot erover te zwijgen.

(O, nemen jullie me niet kwalijk, maar mijn kapelaantje wipt op en neer en maakt inktvlekken op het perkament. 'Vertel! Vertel!' zeurt hij. Er zijn geen sporen, geen aanwijzingen, geen oplossing voor het raadsel.' Ik pak mijn zwarte essenhouten rotting en geef hem een venijnige tik op zijn knokkels. Heeft hij het boek Prediker dan niet gelezen? 'Voor alles onder de hemel bestaat een tijd en een plaats.' Laat me dus mijn verhaal vertellen. Onder een toneelstuk van Will Shakespeare zou die flapdrol nooit het lef hebben om op te staan en te roepen: 'Vertel ons wat er nu gaat gebeuren! Vertel!' Hij zou bekogeld worden met fruit. En dat is eigenlijk geen slecht idee... Als hij niet uitkijkt, verkoop ik hem een dreun met mijn lege wijnbeker achter op zijn knikker. Ah, mooi zo, dat zal hem leren!)

Ik zeg dus niet meer dan dat we twee vruchteloze dagen doorbrachten in Glastonbury. We vertrokken zoals we gekomen waren, met slechts twee onbeduidende inlichtingen: ten eerste dat Hopkins abdijmonnik was geweest en ten tweede dat hij daar zijn beroemde rijm had ontdekt. Broeder Eadred reed een paar mijl met ons mee vanaf de poorten van de abdij. Op het kruispunt nam hij afscheid van ons en schudde hij Benjamin warm de hand. Daarop wendde mijn meester zich tot ons.

'Rijden jullie alsjeblieft verder,' zei hij, 'jullie allemaal. Ik wil nog een persoonlijke zaak met broeder Eadred bespreken.'

Dat kwetste me wel enigszins, en Mandeville was woest.

'Wat dan?' sputterde hij.

'Sir Edmund,' zei Benjamin, zacht maar op dringende toon, 'het betreft een gewetenskwestie, iets wat met de biecht te maken heeft!'

Wel, wie zou daar bezwaar tegen kunnen maken? Sir Edmund gaf een teken en de soldaten en ik reden achter hem aan over het pad. Ik keek om me heen en zag dat mijn meester een ernstig gesprek met de monnik voerde. Wat hij ook zei, in ieder geval trok de bibliothecaris het zich aan. Zelfs van de plaats waar ik stond, zag ik dat Eadred zich opwond. Kort daarop haalde Benjamin ons in.

'Waar hebben jullie het over gehad, meester?'

'Niet nu, Roger,' fluisterde hij.

We vervolgden onze reis naar Templecombe. Tijdens ons verblijf in Glastonbury was er geen sneeuw meer bij gevallen, maar de lucht werd steeds bewolkter en dreigender. Zodra we het dorp aan de weg naar het landhuis door gereden waren, beval Sir Edmund, die zich mijn verhaal over de hinderlaag herinnerde, de soldaten in waaierformatie voor ons uit te rijden. We vorderden langzaam. Een bijtende wind blies tegen onze wangen en veranderde onze vingers in ijsklompjes, terwijl onze paarden met hun hoeven krabden om onder de sneeuw vaste voet te krijgen. Plotsklaps, op het moment dat we de bocht omreden en de gevel- en torenspitsen van Templecombe boven de bomen uit zagen steken, kwam een van de soldaten zo snel terugrijden dat zijn paard, dat met luid hoefgekletter uitgleed op het pad, haast tegen het rijdier van Mandeville opbotste.

'Wat is er aan de hand, man?' snauwde Mandeville.

De soldaat trok een gezicht alsof hij een geestverschijning had gezien. Hij opende zijn mond, maar kon geen woord uitbrengen en wees het pad af. Mandeville dreef zijn paard vooruit en we reden de bocht om. Eerst zagen we in het afnemende licht niet meer dan het bevroren pad en de met sneeuw bedekte bomen aan weerszijden ervan, maar toen ontwaarden we een flakkerende kaars. Het leek alsof hij rechtop in de sneeuw stond, met een metalen kapje eroverheen om de vlam te beschermen tegen de ijzig koude bries, maar toen we naderden, kreeg ik een wee gevoel in mijn maag. Onze paarden werden schichtig. Mandeville en Southgate vloekten luidkeels, want de vaalwitte kaars werd vastgehouden in de sneeuw door een grijsgroene, afgehakte hand.

'Hekserij!' zei Mandeville zacht.

'Daar ga ik niet langs!' riep een van de soldaten uit.

'Ruim op!' zei Mandeville gebiedend tegen Southgate.

'Dat zou ik liever niet doen, Sir Edmund.'

'Kom op, Roger,' beval Benjamin.

We stegen beiden af en onderzochten het obscene verschijnsel. De hand was al tot ontbinding overgegaan, de bloedige stomp van de pols was veranderd in een zwarte, klonterige massa. De nagels waren verkleurd, de vingers begonnen af te schilferen. Toen de bries uit een andere richting begon te waaien, vingen we de geur van verrotting op.

'Wat is er?' vroeg Benjamin.

(O, ik wist wel wat er was! Ook al was ouwe Shallot toen nog een onschuldige jongeling, hij had al kennisgemaakt met de griezeligste tovenaars, magiërs en heksen: mensen die zich van duistere machten bedienden om hun tegenstanders uit hun evenwicht te brengen. Nemen jullie dus dit van Shallot aan: hoe machtig hekserij is, hangt af van wat je er andere mensen door kunt laten denken. Kort geleden nog had ik het daarover, toen ik met Will Shakespeare en Richard Burbage in de Globe zat. Die ouwe Will, God zegene zijn vriendelijke ogen, vond het echt een goed idee: in een toneelstuk dat hij nu aan het schrijven is, heeft hij een scène verwerkt met drie heksen, die op een verdoemd heideveld in Schotland een moordzuchtige edelman genaamd Macbeth op gevaarlijke ideeën brengen.)

Maar toen op dat bevroren pad staarde ik alleen naar dat groteske ding dat in de sneeuw lag; het leek alsof de hand omhoogdrong door de aarde, alsof een monsterlijke geest pogingen deed om uit zijn graf te kruipen.

'Dat is de Hand van Glorie,' legde ik uit.

Benjamin leek in de war.

'Een machtige talisman, meester,' vervolgde ik. 'De heks snijdt de hand van een vermoorde man af en maakt vervolgens een kaars uit menselijk vet, die wordt aangestoken en in de hand van het slachtoffer wordt geplaatst. Het is een manier om demonen op te roepen, een vloek en tegelijk een waarschuwing.'

Ik haalde mijn schouders op. 'Och, ook ik zou Satan uit de hel op kunnen roepen, meester.'

Benjamin keek me aan.

'Maar of hij zou komen is een andere zaak.'

(Ik heb ooit hetzelfde gezegd tegen Will Shakespeare en ook die uitspraak komt voor in een van zijn toneelstukken. Volgens mij in het eerste bedrijf van *Hendrik de Vierde,* waar Hotspur en Glendower het gesprek over magie voeren.)

'Nou,' Benjamin stond op, 'als dat ding uit de hel komt, dan kan het er ook naar terug!' En hij schopte zowel de kaars als de hand het struikgewas in. De vlam doofde sissend en Mandeville en Southgate stegen af en kwamen bij ons staan. Zowel hij als zijn kameraad was wit weggetrokken en ik zag dat ze alle plezier in hun opdracht hadden verloren. Mandeville staarde het donker in en toen naar de raven die krassend om ons heen vlogen.

'Dit land staat in verbinding met de hel!' mompelde hij, en hij schopte in de sneeuw waar de Hand van Glorie had gelegen. 'Kunnen we hem daar niet beter laten liggen, teruggaan naar Londen en van het voorjaar terugkomen met soldaten?' Hij beet op zijn onderlip. 'Dan kan ik al mijn agenten in deze streek ontplooien en een eind maken aan wat er hier echt aan de hand is.'

'Wat zal de koning dan zeggen?' vroeg Benjamin bedaard. 'En bovenal, wat zal mijn waarde oom zeggen als we nu met lege handen teruggaan en rapporteren dat Cosmas en Damien dood zijn? Ik wil dat er recht gedaan wordt, Sir Edmund, en u wilt wraak. Moord is als een dobbelspel. Tot dusver heeft de onbekende moordenaar iedere worp gewonnen, maar vroeg of laat zal hij een fout maken.'

(Zo zien jullie maar hoezeer de tijden zijn veranderd. Mandeville en Southgate, God hebbe hun ziel, konden boosaardig zijn en het waren echte gunstelingen van de koning. Maar toch hadden ze nog iets van een geweten. Ze waren niet zoals Walsingham en de volgende generatie spionnen en 'agents provocateurs'. Neem een man als Christopher Marlowe: ik was erbij toen hij vermoord werd in dat huis. Hij en zijn moordenaars, mannen zoals Frizier en Skeres, om maar te zwijgen van Poley, waren baarlijke duivels die God noch mens vreesden. Arme Kit! Hij was een slecht mens, maar een briljant dichter. Hij is veel te jong gestorven.)

We reden verder naar Templecombe. De Santerres zaten op ons te wachten. Bowyer wekte de indruk dat hij zich al helemaal thuis voelde. Zijn hemd hing open bij de kraag, zijn plompe voeten staken in halfhoge laarzen, zijn dikke gezicht was rood aangelopen van de drank en zijn adem stonk als een wijnpers. Hij en Sir John leken intussen boezemvrienden te zijn geworden en heimelijk vroeg ik me af of de Santerres deze boemelende dienaar van de koning hadden omgekocht. Mandeville was echter helemaal niet blij en wierp de sheriff vernietigende blikken toe.

'Heeft jullie bezoek aan Glastonbury nog iets opgeleverd?' vroeg Sir John toen we ons zaten te warmen voor het hoog oplaaiende vuur en Lady Beatrice en Rachel ons gekruide wijn serveerden.

Mandeville vloekte slechts zacht en Southgate zou zijn gif over de abdij hebben gespuwd als Sir Edmund hem niet had gezegd zijn mond te houden en zijn wijn op te drinken. De zelfvoldane Sir John probeerde hem te paaien.

'Morgen,' zei hij, 'zullen we de staatszaken laten voor wat ze zijn. Er is geen verse sneeuw bij gevallen en ik weet waar mijn honden een mooie hertenbok kunnen vinden.'

Bowyer en Southgate vrolijkten onmiddellijk op bij het vooruitzicht op een goede jachtpartij. Zelfs Mandeville vond het een goed idee en uit het gesprek dat volgde maakte ik op dat beide agenten hartstochtelijke jagers waren die ervan hielden om wild te achtervolgen. Ik vroeg me ook af of Sir John Santerre, ondanks zijn plompe opgewektheid, niet iemand was die bedreven was in de kunst om iemands zwakke plekken te vinden en erop in te spelen. Had hij de mijne ook gevonden? Ik vroeg het me af. Was Mathilda met een bepaald doel naar mijn kamer gestuurd?

Ik staarde naar Rachel, die nu met haar faunachtige ogen glimlachend naar Benjamin keek. Speelde zij ook een rol? Werden we soms allemaal gepaaid? Ik met Mathilda, Benjamin met Rachel, Bowyer met lekker eten en drinken en de *Agentes* met het vooruitzicht op een goede jachtpartij? Terwijl we naar het huis reden, dacht ik terug aan wat Mandeville had gezegd. Begon de sinistere invloed van de Tempel effect te sorteren?

Nu hoef ik jullie niet meer te vertellen dat ik een geboren schurk ben. Het onderscheid tussen mijn en dijn kost me de grootste moeite, tenminste, zo was het vroeger, maar ik word niet graag voor dom aangezien. We hadden niets ontdekt in Glastonbury en wisten nog steeds niet waarom Cosmas en

Damien waren vermoord. Ik keek om me heen. Bowyer was dronken, Benjamin ging op in zijn eigen gedachten of was in verzoeking gebracht door Rachels vleiende woorden, Mandeville en Southgate genoten van de gastvrijheid van de landheer, terwijl Santerre, wiens gedrag op zijn zachtst gezegd verdacht was, de rol van glimlachende gastheer speelde.

Met een klap zette ik mijn beker neer en stond op. Het gesprek van Bowyer en Southgate over de jachtpartij van morgen haperde en stierf weg, en ik ging met mijn rug naar het vuur staan om me te warmen.

'Roger?' Benjamin keek me verbijsterd aan. 'Wat is er aan de hand?'

Ik keek om me heen. 'Ik ben moe,' begon ik. 'Ik heb het koud en ik ben doodop.' Ik stak mijn hand op, spreidde mijn vingers en telde de punten af als een leraar voor een groep leerlingen. 'Cosmas is dood. Damien is dood.' Ik staarde naar Santerre. 'De oude heks is dood. Stuur uw mannen het bos in. Ze zullen haar bevroren lijk vinden in die grot die ze haar huis noemde. En ten laatste zijn we op de terugweg uit Glastonbury bedreigd met hekserij.'

Santerre slaakte een verbaasde uitroep. Bowyer keek me beneveld aan. Ik wierp Benjamin en de *Agentes* boze blikken toe.

'Nou, gaat u het hem niet zeggen?'

'Roger,' viel Benjamin me in de rede, 'het zou beter zijn als jij je waffel hield.'

'Ik denk er niet aan!' antwoordde ik. 'Toen we het pad naar uw huis op kwamen rijden, Sir John, hebben we een Hand van Glorie met een kaars in de vingers gevonden.'

De Santerres gaapten me met open mond aan.

'Ik ben doodsbang!' tierde ik. 'In de stinkende stegen en riolen van Southwark en Whitefriars is een Hand van Glorie een machtige talisman, een waarschuwing voor iedereen. Iemand hier wil ons dood hebben. Iemand op Templecombe of de omliggende landerijen. En ik ben in ieder geval niet van plan voor weerloos slachtoffer te spelen!'

Ik beende zelfvoldaan de zaal uit, liep terug naar mijn kamer en ging op mijn bed liggen. Korte tijd later kwam Benjamin bij me. Hij glipte door de deur en trok een kruk bij.

'Vanwaar die uitbarsting, Roger?'

Ik liet mijn hoofd op mijn elleboog rusten en keek hem aan. 'Buiten is het donker en koud, en is er nog meer sneeuw gevallen. Bowyer is stomdronken, Mandeville en Southgate zijn bang, en u schijnt meer belang te stellen in Rachel dan in wat dan ook.'

Benjamin glimlachte en schuifelde met zijn voeten. 'Is dat het probleem, Roger? Ben je jaloers?'

Ik schoot in de lach en liet me terugvallen op het bed. Hij greep me bij mijn pols.

'Vertel me waarom je dat gezegd hebt, Roger? Meestal houd je je mond. De plichtsgetrouwe, scherpzinnige bediende aan wie niets ontgaat en die niets zegt.'

Ik staarde het duister in. 'Misschien hebt u gelijk, meester, maar ik *ben* gewoon bang. We worden bedreigd, aangevallen, twee van onze metgezellen zijn vermoord. We gaan op onderzoek uit in dit ijskoude, achterlijke land en we vinden niks. En ja, ik wou dat Rachel naar mij zou kijken zoals ze naar u kijkt.' Ik keek hem smekend aan. 'Maar ik ben hier helemaal niet in mijn element, meester. Als dit de stegen van Parijs of de achterbuurten van Londen waren, zou ik me kunnen verbergen of terugslaan. Maar wat doen we als we hierheen gestuurd zijn om te sterven, één voor één?'

Benjamin huiverde en sloeg zijn armen over elkaar. 'We hebben iets gevonden,' antwoordde hij. 'Ik heb de blik op je gezicht gezien toen we vertrokken uit Glastonbury.'

'Wat heeft Eadred u verteld?' antwoordde ik met een wedervraag.

'Ik heb hem gevraagd waarom Sir John Santerre zulke nauwe banden heeft met Glastonbury.'

'En?'

'Eerst probeerde Eadred me van de wijs te brengen en beweerde hij dat Sir John gewoon een plaatselijke landeigenaar is, maar toen bekende hij dat Santerre de geldschieter is van de graftombe die abt Bere aan het bouwen is. Maar als ik meer wilde weten, zei hij, moest ik het aan de abt of aan Sir John vragen,' zei Benjamin glimlachend. 'En wat heb jij ontdekt, Roger?'

Ik vertelde hem over mijn ontdekking. Misschien lag het aan

het zwakke licht, maar Benjamins gezicht verbleekte. (Neem me niet kwalijk, maar mijn klerkje dringt erop aan dat ik zulke aanwijzingen direct toelicht. Maar dat vertik ik! Zoals Shakespeare zegt: 'Ieder verhaal heeft een metrum en een ritme van zichzelf.' Hij zal moeten wachten!) Om eerlijk te zijn, was ik me toen nog niet bewust van de werkelijke waarde van mijn ontdekking, maar Benjamin was dat wel.

'Zegt het u wel iets, meester?' vroeg ik nederig

'Ja en nee,' antwoordde Benjamin aarzelend. 'Toen we de kamers van Templecombe doorzochten, begon ik vaag te vermoeden hoe Cosmas vermoord is. Ik moest ook denken aan iets in de kerk, de middag dat Damien vermoord is.' Hij kneep zijn ogen half dicht en schudde zijn hoofd. 'Het zijn maar puzzelstukjes, Roger. Op zich hebben ze niets te betekenen.'

Hij liet me zitten mokken tot een bediende kwam aankondigen dat het tijd was voor het avondeten. Ik liep de zaal in en trof Santerre aan, die zijn gasten ook nu weer op een overvloedige maaltijd had onthaald. De tafel op de verhoging was gedekt met een zijden tafellaken, het beste glas- en zilverwerk was uitgelegd en de heerlijke geur van gebraden eend, vleespasteien, kweepeergebak en de zoete geur van vers gebakken marsepein die opstegen uit de keuken en de bijkeuken drongen onze neusgaten binnen en deden ons watertanden.

Santerre had zich omgekleed en droeg nu een wambuis en een zilvergrijze pofbroek, en zijn vrouw en dochter zagen er oogverblindend uit in jurken van blauwe satijn gegarneerd met gouddraad. Santerre bruiste als een beek in de lente. Hij verzekerde de dronken Bowyer dat hij altijd welkom was op Templecombe en ik moest denken aan de vriendschap tussen Pilatus en Herodes. Southgate had te diep in de wijnbeker gekeken, maar Mandeville leek zichzelf meester te zijn en staarde me gissend aan, alsof mijn uitbarsting van die middag hem een aspect van mijn karakter had onthuld dat hem nog niet eerder was opgevallen.

De maaltijd was bijna afgelopen en ik had minstens vier grote bollen rode wijn achterovergeslagen, toen er een kleine, rode vlek ontstond op het tafellaken. Eerst dacht ik dat het gemorste wijn was, maar toen de vlek zich uitbreidde, zag ik dat er kleine druppeltjes van de zoldering boven de tafel vielen. Ik keek omhoog, maar de zolderbinten waren in duisternis gehuld.

Je hebt te veel gedronken, dacht ik bij mezelf, maar toen zag ook Benjamin de groter wordende plas en de neer spattende druppels.

'Kijk!' schreeuwde hij, en hij wees naar de zich uitbreidende, scharlakenrode vlek. Het gepraat en gelach luwde. We zaten allemaal naar de neerdalende druppels en de steeds groter wordende scharlakenrode vlek te kijken. Benjamin was de eerste die zijn tegenwoordigheid van geest hervond. Hij stond op en schoof zijn stoel achteruit.

'Wat is er daar boven ons, Sir John?'

'Een kleine zonnekamer, met ramen op het oosten. We gebruiken hem alleen in de zomer.'

Benjamin rende de kamer uit en ik stoof hem achterna. Naarmate de scharlakenrode vlek zich verder uitbreidde, begonnen de kreten en uitroepen achter ons luider te klinken. We renden naar boven en duwden de verschrikte bedienden opzij. Ik ving een glimp op van het bleke gezicht van Mathilda, rende toen de galerij op en duwde de deur van de zonnekamer open.

In het vertrek was het koud en donker. Voor de ramen waren de luiken neergelaten. Benjamin verwenste het donker, maar zoals in ieder ordelijk huishouden stonden er ook hier dozen bij de deur met biesfakkels en kaarsen. Benjamin stak er een aan en liep ermee naar het midden van de kamer. Eerst konden we niets zien, dus hurkten we neer en bewogen we ons schuivend als krabben voort, terwijl we het zachte wollen vloerkleed onder ons betastten. Toen voelde ik iets warms en kleverigs. Benjamin hield de biesfakkel dichterbij. God vergeve me, maar ik had bijna een kreet geslaakt van afgrijzen. Midden op het kleed was het bij de hals afgesneden hoofd van de heks neergezet, met de ogen omhooggerold in de kassen.

Het dode gezicht had er al grotesk uitgezien, maar nu het in staat van ontbinding verkeerde, lag er ook nog eens een groenachtig waas over. Het gestolde bloed uit de doorgesneden slagaders van het van sneeuw verzadigde hoofd doordrenkte het vloerkleed en was tussen de vloerplanken gelopen. Mijn maag draaide om. We hoorden dat er een deur achter ons openging, maar Benjamin riep dat iedereen buiten moest blijven.

'Kom mee, Roger,' fluisterde hij. 'Hier kunnen we niets meer doen.'

Buiten op de galerij vertelde Benjamin de anderen wat we hadden gevonden. Lady Beatrice werd hysterisch en zat met haar handen voor haar gezicht geslagen ineengedoken tegen de muur, terwijl Rachel haar trachtte te troosten. Santerre was zo geschrokken dat hij was ontnuchterd en Sir Edmund en Southgate stonden in tweestrijd tussen woede en angst.

'Laat die smeerboel opruimen!' snauwde Benjamin tegen Santerre. 'Laat het tapijt oprollen, compleet met dat enge hoofd, en laat het beneden verbranden. De vloer kan worden geschrobd.' Hij keek naar Sir Edmund. In dit vervloekte huis waart de engel des doods rond!'

'Wie kan er hier nou zoiets achterlaten?' mompelde Southgate.

'Iemand van de bedienden, of iemand die we niet kennen,' antwoordde Benjamin. 'Maar het hoofd en de Hand van Glorie zijn afkomstig van die arme oude vrouw. O ja, waar is onze waarde sheriff Bowyer, trouwens?'

'Stomdronken,' snauwde Mandeville. 'Hij ligt in de zaal te slapen als een baby in de wieg.'

Benjamin wilde weglopen.

'Meester Daunbey,' zei Mandeville, terwijl hij hem inhaalde toen hij de hoek van de galerij om wilde slaan. 'In hemelsnaam, man, wat moet ik doen? Mijn taak is om samenzweerders en intriganten gevangen te nemen... maar niet om in het donker rond te dolen en jacht te maken op een of andere geheimzinnige moordenaar.'

Benjamin mompelde iets in zichzelf.

'Wat is er? Wat is er, Daunbey?'

Mijn meester keek op, met een gezicht zo hard als steen, de huid strak gespannen. 'Ik dacht even na over wat u daar zei, Sir Edmund. Het betreft hier niet een arme ziel als Buckingham, nietwaar? Of een erbarmelijke kleermaker zoals Taplow, die opgesloten zat in die benauwde cel en toen naar de slachtbank werd gevoerd. En Templecombe is niet zomaar een abdij waar u met uw teen op de vloer kunt tikken en de grote meneer kunt uithangen. Dus hoe voelt het, Sir Edmund, om prooi in plaats van jager te zijn?'

En daarop draaide mijn meester zich om op zijn hakken en liep met grote passen naar zijn kamer.

(Mijn klerkje moppert dat dit optreden van Benjamins niet strookt met zijn karakter. Maar dat is niet zo! Benjamin was een vriendelijke, zachtaardige man. Hij had altijd een hekel gehad aan bullebakken en dat strekte hem tot eer. Mandeville en Santerre waren op Templecombe aangekomen met het voornemen om iedereen hun wil op te leggen. In plaats daarvan waren ze in een ware slangenkuil beland.)

Ik liep een tijdje rond op de galerijen, want het avondmaal was toch bedorven en geëindigd. En zowaar kreeg ik korte tijd later mijn prooi in het oog, de kleine Mathilda, die me, haar mollige armen vol dekens, met trippelende passen voorbijliep alsof er helemaal niets aan de hand was. Ik volgde haar naar de volgende verdieping en pakte haar bij haar elleboog.

'Mathilda, mijn lief, kan ik je even spreken?'

Ze draaide zich snel om, maar ze was niet bang en ik zag een glinstering van triomf in haar ogen blinken. Ik trok haar een halfduistere vensteropening in.

'Je was toch niet op zoek naar goud, hè?'

Ze pruilde bevallig.

'Het geld deed er toch niet toe?' vroeg ik verder. 'Waar zocht je dan naar? Heb jij soms die klerk in brand gestoken? Welke geheime middelen heb je gebruikt?'

Ze zuchtte en ging in de vensterbank zitten.

'Meester Shallot, jij en die andere lomperiken die rondlopen op Templecombe.' Ze keek het ijskoude duister in. 'Jullie zijn hier honderden mijlen van Londen vandaan, met maar een handjevol soldaten om jullie rugdekking te geven. De Duivel en zijn helper hebben de heer van Buckingham in de val gelokt, een man die in deze streek zeer geliefd was. Hij werd naar Londen overgebracht om onthoofd te worden en ze hadden nog minder medelijden met hem dan wij hier met een kip zouden hebben. Er is beslag gelegd op zijn land en de monniken van Glastonbury zijn even grof behandeld alsof ze gevangen zaten in een of andere gevangenis.'

Ze keek me recht aan. 'O ja, dat hebben we allemaal

gehoord.' Ze maakte driftige bewegingen met de lakens in haar handen. 'En wat had je verwacht? Dat je hier even langs kon wippen en dan zonder afscheid te nemen de plaat kon poetsen? Dit is een oeroude streek, meester Shallot. Arthur en zijn ridders reden hier, althans, dat heeft meester Hopkins ons verteld. De tempeliers worden door iedereen gevreesd, maar ze staan ook in aanzien vanwege hun kennis.'

Nu kan ik wel een preek verdragen van een mooie vrouw, en Mathilda vormde geen uitzondering, maar ik hoorde ook dreiging in haar woorden doorklinken. Ik klapte spottend in mijn handen. 'Dus wat ben jij te midden van dit alles, Mathilda, mijn lief? Een dievegge op zoek naar goud?'

Zelfs in het donker zag ik de blos op haar wangen.

'Ik ben geen dievegge!' beet ze me toe. Ze richtte zich op. 'Ik ben een arme weduwe. Mijn man is twee jaar geleden overleden aan de zweetziekte. Ja, Roger, we trouwen jong in Somerset. Ik heb een kind.'

'Je hebt ook een vader,' antwoordde ik op vinnige toon.

Ze beet op haar onderlip.

'Je hebt een vader,' vervolgde ik op rustige toon. 'Een grote kerel met grijs haar, die nu opvallend mank loopt. Waar heeft hij die verwonding opgelopen?'

'Hij heeft een ongeluk gehad.'

'Onzin!' snauwde ik. 'Wil je dat ik Mandeville en Southgate erbij roep en dat ze hem de zaal in slepen? Ik wil er een goudstuk om verwedden dat die kwetsuur van hem veel weg heeft van een zwaardwond. Je vader was een van degenen die mij hebben aangevallen.'

Ze mompelde iets.

'Wat zei je?'

'Als ze je hadden willen doden,' fluisterde ze, 'dan hadden ze dat wel gedaan. We hebben niets op jou of je meester tegen. Ze wilden je alleen maar bang maken.' Ze pakte mijn hand beet. 'Alsjeblieft, Roger, laat mijn vader met rust.' Ze staarde door het raam. 'Het spookt hier overal,' zei ze zacht.

'En de tempeliers?'

Ze liet haar hoofd zakken. Ik trok mijn ponjaard en hield hem tussen mijn vingers.

'Voor niets gaat de zon op,' fluisterde ik. 'Jij en je vader vormen geen bedreiging voor me, maar degenen voor wie je werkt...'

Mathilda schudde haar hoofd. Ik stak de dolk terug in de schede en stond op.

'Wacht!' Ze greep me bij mijn pols. 'Roger, wij zijn maar hele kleine vlooien op een reusachtig grote hond. We doen wat ons hier en daar wordt ingefluisterd.'

'En waar woont die hond?' vroeg ik.

Mathilda tuurde angstig de tuin in en stond ook op. 'Als je die hond wilt zien,' fluisterde ze, 'dan moet je naar het eiland gaan.'

Ik staarde door het raam de kolkende, naargeestige mistbanken in en vroeg me af of Mathilda's spoken al terug waren naar hun door houtworm aangetaste bed. Ik had genoeg gehoord, en dus liep ik terug naar mijn kamer. Ik deed de deur op slot en met al mijn kleren aan viel ik in een onrustige slaap.

HOOFDSTUK 12

De volgende ochtend waren we vroeg uit de veren en ontbeten we haastig in de zaal, want ondanks de weerzinwekkende waarschuwing van de vorige avond was Southgate vastbesloten die ochtend op jacht te gaan, al had Bowyer die avond te diep in de wijnbeker gekeken en voelde hij zich katterig. Mandeville negeerde ons, hooghartig als altijd, en droeg de wazig kijkende sheriff op meer mannen te laten komen. Zijn houding tegenover Santerre was opvallend koeltjes.

Toen we naar de stallen liepen hoorde ik Sir Edmund tegen Santerre fluisteren dat de zaken op Templecombe buiten zijn bevoegdheid lagen: hij was van plan terug te keren naar Londen en daar zou hij de koning aanraden vrederechters naar de streek te sturen. Als hij had verwacht dat hij Sir John daar schrik mee aan zou jagen was hij in zijn opzet geslaagd. Als de koning vrederechters naar het zuiden zou sturen, zouden die vergezeld worden door troepen en zouden er op hun gezag rekruten worden geworven in de streek, jury's worden opgericht en bewijzen worden verzameld, en ze zouden niet vertrekken voordat de zaak in orde was gebracht. Santerre wilde bezwaar maken, maar Mandeville snoerde hem met een norse beweging van zijn gehandschoende hand de mond.

'Dat zijn zaken die kunnen wachten!' snauwde hij. 'Vandaag gaan we op jacht, morgen vertrekken we.'

De overige leden van het gezelschap stonden op ons te wachten op een binnenplaats vol jankende honden; lange, magere hazewinden, zwarte, witte, gestreepte en gevlekte. Ze deden verwoede pogingen om zich los te rukken van de riem en aan de overzijde van de binnenplaats stond een pak buldoggen te huilen uit protest tegen de muilkorven om hun grijsharige snuiten en de zweepslagen van de hondenmeesters. Dienstmeiden liepen haastig rond met kommen hete kandeel, staljongens en paardenknechten schreeuwden en paarden werden naar buiten geleid, gezadeld en gereed gemaakt om te bestijgen. De rijdieren van Southgate en Bowyer waren vurig en kortaangebonden; ze steigerden en trapten met hun hoeven. Het kostte hun meesters enige tijd om ze in bedwang te krijgen.

Ten slotte stegen we op, na nog een laatste kop kandeel, en werden de jagers voor ons uit gestuurd. Het geblaf van de honden verscheurde de stilte van de koude plattelandslucht.

Er was geen sneeuw meer bijgekomen. De lucht was nog steeds bewolkt, maar tintelend en iets warmer. We verlieten het terrein rond het landhuis via de achterpoort en volgden een pad door een bos. Eerst reden we samen, maar door de vurigheid van de paarden, vooral die van Bowyer en Southgate, moesten we afstand van elkaar houden. We reden het bos uit en hielden stil op een lage heuvel, die afdaalde naar besneeuwde velden, hier en daar onderbroken door hakhoutbosjes en bebost terrein. De spoorzoekers en drijvers waren er al en te midden van wolken sneeuw, kreten en huilend geblaf, reden de jagers omlaag om zich bij hen aan te sluiten.

Benjamin en ik bleven op de heuvel staan en zagen de overige leden van het jachtgezelschap een bos in rijden. Even bleef het stil en toen zwol het hondengeblaf aan tot een hees kabaal; we hoorden kreten en de schrille tonen van jachthoorns en toen galoppeerde een vette hertenbok, gevolgd door twee hindes in een sneeuwwolk het bos uit en een wei over. Santerre liet zijn hoorn schallen en leidde de opgewonden jagers heuvelafwaarts. De bok was al een veld overgestoken. Achter hem renden de honden als schimmen die donker afstaken tegen de sneeuw. De jacht was begonnen.

Wat er precies gebeurde valt moeilijk te beschrijven. We

reden met z'n allen de heuvel af. Santerre, de jagermeester, Bowyer, Southgate, Mandeville, Benjamin en ik zelf. Lady Beatrice en Rachel waren niet meegekomen. Bowyer en Southgate waren de eersten die wegsprongen van de anderen. Hun paarden waren vurig en verlangden naar beweging na lange tijd op stal te hebben gestaan.

Onder aan de heuvel aangekomen, gaven we onze paarden de sporen en lieten ze de rijzweep voelen om vaart te blijven houden, want de sneeuw onder de hoeven van de dieren bemoeilijkte het voortgaan. Op dat moment begonnen het paard van Bowyer en dat van Southgate plots een eigen leven te leiden. Ze bokten, steigerden en schoten er als een pijl uit de boog vandoor. Benjamin en ik reden ze vlug achterna, want klaarblijkelijk hadden beide ruiters hun paarden niet meer in bedwang. Nu begon ik te vermoeden dat er iets niet klopte, want zoals iedere jongen weet kun je, als je geen controle meer over je paard hebt, het best zo vlug mogelijk afstijgen. Bowyer en Southgate probeerden dat ook, maar ze schenen hun laarzen niet uit de stijgbeugels te kunnen krijgen en ze verloren allebei de beheersing over hun rijdier.

Southgate slaagde erin zijn linkervoet los te krijgen en zwaaide zijn been over de rug van het paard, maar zijn rechterlaars bleef vastzitten. Het paard steigerde, Southgate werd uit het zadel geworpen en het dier sleurde hem voort, terwijl hij met zijn ene laars nog steeds klem zat in de stijgbeugel. Bowyers paard galoppeerde zelfs nog sneller en stoof in volle vaart op het bos af. Benjamin riep naar Santerre en Mandeville dat ze de sheriff moesten volgen, terwijl hij en ik achter Southgate aan snelden, die nu als een ledenpop werd voortgesleept. Benjamin bracht zijn paard naast hem, boog zich als een volleerd ruiter omlaag, ging met zijn dolk naar de buik van het paard en sneed Southgate's stijgbeugel door.

We stegen af en hurkten naast hem neer. God weet hoe erbarmelijk hij eraan toe was: zijn achterhoofd en benen waren één grote massa wonden. Hij kreunde, sloeg zijn ogen op en verloor toen het bewustzijn.

Bowyer kwam er minder goed van af. Zijn paard bereikte de bosrand, waar hij geraakt werd door een dikke, laaghangende tak, uit het zadel werd geslingerd en door zijn paard, dat verder het bos in rende, door de bramen en struiken werd gesleurd, terwijl zijn geteisterde lichaam tegen de vele boomstammen beukte.

De jacht werd afgeblazen: de hondenmeesters en jagers werden weggestuurd. Benjamin droeg hen op terug te gaan naar het landhuis en zei dat ze twee draagbaren, wijn en verband moesten brengen.

Korte tijd later kwamen Mandeville en Santerre uit het bos tevoorschijn; de laatste had een kruisboog in de hand en het lijk van Bowyer lag over de zadelboog. We hoefden het niet te vragen: Bowyers lichaam was van top tot teen één grote open wond, zijn gezicht was verminkt door een groot aantal kneuzingen en aan zijn slap neerhangende hoofd te zien had hij zijn nek gebroken. Mandeville had zijn bokkende paard dood moeten schieten voor ze hem los hadden kunnen snijden.

'En Southgate?' vroeg hij mat.

'Hij zal het wel overleven,' antwoordde Benjamin. 'Tenminste, dat denk ik.' Hij wees naar Southgate's linker been. 'Gebroken, net als een van zijn armen. God mag weten welke verwondingen hij nog meer heeft opgelopen.'

Mandeville hurkte naast zijn luitenant in de sneeuw. Hij zag er meelijwekkend uit.

'Het is over en uit,' kreunde hij. 'Dit zal de koning niet accepteren.'

Benjamin duwde Southgate een wijnzak tussen de lippen en dwong hem te drinken.

Bowyers lichaam werd onmiddellijk in zeildoek gewikkeld, in een vurenhouten kist vol sneeuw gelegd, op een kar geladen en naar Taunton gereden.

Toen we terug waren op Templecombe was Mandeville van de schrik bekomen. Hij liep op en neer als een woedende kat, schold Santerre uit, zei tegen Lady Beatrice dat ze moest stoppen met huilen en gaf bedienden opdracht terug te gaan naar het dorp en oude, wijze vrouwen te gaan halen om Southgate te verzorgen. De gewonde was naar zijn kamer gebracht.

Later die dag arriveerden er twee oude vrouwen. Mandeville zag zo bleek als een geestverschijning en beloofde hun van alles en nog wat, als ze zijn metgezel maar beter zouden maken. Daarop pakte hij zijn spullen in, zei hij dat hij niet langer op Templecombe wilde blijven en vorderde karren en paarden om naar de Abdij van Glastonbury te verhuizen.

Het laatste restje vrolijkheid op Templecombe was als sneeuw voor de zon verdwenen. De Santerres bleven ver bij Mandeville uit de buurt, die rondliep over de galerijen en gangen en zowel de bedienden als de soldaten van de dode sheriff bevelen toebrulde. Eén keer kwam hij tegenover Santerre te staan, in de grote zaal. Mandeville wees naar hem met een beschuldigende vinger.

'Ik vertrek, Sir John, maar komend voorjaar ben ik terug met de vrederechters van Zijne Majesteit en duizend piekeniers!'

'Sir Edmund?' zei Benjamin en hij liep op hem toe.

'Wat is er, Daunbey?' snauwde Mandeville. Hij nam zelfs de moeite niet zijn hoofd om te draaien.

'Vertrekt u van Templecombe naar Glastonbury?'

'Ja, ik verlaat dit hellegat, en ik raad u aan hetzelfde te doen.'

'Southgate kan niet worden verplaatst.'

'Hij zal sterven als hij hier blijft,' siste Mandeville.

'Misschien moeten we hem dan alleen naar het dorp brengen. Naar het huis van de pastoor, waar hij bewaakt kan worden door soldaten. Ik smeek u, Sir Edward, wacht u nog even.'

'We kunnen hier nog niet weg,' hield Benjamin aan. 'Er is geen sneeuw meer gevallen, maar de paden zijn stijfbevroren. Southgate zal sterven nog voordat hij in het dorp is aangekomen. En bovendien, wat zal de koning er van zeggen?'

Mandeville staarde in de vlammen van het vuur.

'Ik had Bowyer hier niet heen moeten laten komen,' zei hij met klaaglijke stem. 'Ik had niet meer aan Buckingham gedacht.' Hij beet op zijn onderlip en keek Benjamin aan. 'Bowyer was betrokken bij de ondergang van de hertog. Hij was ten dode opgeschreven. Maar hoe?' vroeg hij zwaarmoedig. 'Hoe zijn die paarden ertoe gebracht om op hol te slaan? Als u daar achter kunt komen, meester Daunbey, beloof ik u dat ik hier zal blijven tot deze zaak is afgehandeld.'

'Heren!'

We draaiden ons vlug om. De mooie Rachel stond gekleed in een donkerpaarse jurk in de deuropening van de zaal.

'Heren,' begroette ze ons en deed een stap voorwaarts, met een vastberaden uitdrukking op haar gezicht. 'Heren – u vooral, Sir Edmund. Mijn vader is van streek, mijn moeder hysterisch. Ik wil niet dat u hier in huis rondstampt en tegen onze bedienden schreeuwt alsof u kapitein op een of ander kaperschip bent. Ook wij rouwen om de dood van Bowyer en de verwondingen van meester Southgate worden verzorgd.' Ze wierp een smekende blik op Benjamin. 'We doen wat we kunnen,' vervolgde ze zacht. 'Southgate komt er wel bovenop. God weet dat hij geluk heeft gehad. Een gebroken been, een gebroken arm. En voor de rest kneuzingen die vlug zullen genezen.'

Benjamin spreidde zijn handpalmen in een gebaar van hulpeloosheid. 'Maar de doden en gewonden zijn hier gevallen, juffrouw.' Hij tikte Mandeville zacht op de schouder. 'Houd moed, Sir Edmund, wellicht zal het raadsel van meester Hopkins spoedig opgelost zijn.'

Mandeville keek verschrikt op. Rachel wekte een verbaasde indruk, maar Benjamin schudde zijn hoofd.

'Niet nu, ik heb andere dingen te doen.' Hij gebaarde naar mij en we liepen de zaal uit.

'Wat bedoelde u daarmee, meester?'

'Alles op zijn tijd, Shallot. Nu wil ik eerst even kijken naar het paard van Southgate.'

We vonden het arme dier stevig vastgebonden en gekluisterd in een kleine, bedompte stal. Het zadel was afgenomen, maar de vacht was nog steeds overdekt met dik, zweterig schuim, ofschoon het dier nu kalm en rustig was. Benjamin negeerde mijn waarschuwingen: hij liep de box in, sprak het paard geruststellend toe en streek het over de flank terwijl hij de onderkant van de buik onderzocht. Toen onderzocht hij de flank, terwijl hij het dier nog steeds zacht toesprak.

'Net wat ik dacht,' zei Benjamin zacht. Hij stapte de stal uit. 'Southgate heeft het paard de sporen gegeven.'

'Dat heb ik ook gedaan, maar mijn paard schoot niet als een steen uit een slinger weg!'

Benjamin keek de drukke binnenplaats rond. Bedienden trokken karren naar buiten en spanden er paarden voor, onder het waakzame oog van Bowyers soldaten. Benjamin trok me de schaduw in toen Mandeville naar buiten kwam. Op norse toon gaf hij opdracht om het lichaam van de dode sheriff weg te halen en toen zei hij tegen de soldaten dat hij nog enige tijd op

Templecombe zou blijven. Toen hij weer bij ons uit de buurt was, leidde Benjamin me terug de stal in.

Hij haalde een appel tevoorschijn uit zijn zak, God mag weten waar hij die vandaan had, en voerde hem aan het paard, dat er begerig op begon te knabbelen. Daarop stak Benjamin zijn hand in de lege voerbak van het dier en haalde er wat restjes voer uit. Hij onderzocht die aandachtig, gaf geen antwoord op mijn vragen, liep toen de aangrenzende stal in waar zijn eigen paard gestald was en deed daar hetzelfde. In zichzelf mompelend veegde Benjamin zijn handen af en schudde zijn hoofd.

'Knap bedacht,' mompelde hij. 'Kom mee, Roger.' Hij pakte me bij mijn arm. 'Nog een laatste bezoek.'

Hij liep met me terug het landhuis in en toen naar de kamer van Southgate. De arme man lag nu in een hemelbed, terwijl twee oude vrouwen met hun tong klakten en in zichzelf mompelden terwijl ze zijn been spalkten en voorzichtig zijn naakte, gekneusde lichaam wasten. Benjamin keek de kamer rond en negeerde hen.

'Southgate's laarzen,' fluisterde hij.

Ik zag er een onder de klerenkast liggen en trok hem er voorzichtig onder vandaan, uit vrees dat de spoor achter mijn vinger zou blijven haken. Benjamin verborg de laars onder zijn mantel en liep er vlug mee terug naar zijn kamer, als een schooljongen die een snoepje heeft gestolen. Hij schoof de grendel voor de deur en bij het licht van een kaarsvlam onderwierp hij de spoor aan een nauwgezet onderzoek.

'Misschien is hij afgespoeld,' mompelde hij. 'Maar, zoals Pythagoras zei: "De waarheid is alleen door proefneming te vinden."' Hij streek lichtjes met zijn vinger over de rand van de spoor, hield zijn adem in, doopte de vinger vlug in de kom water op de wastafel en bette hem toen met wat wijn.

'Dat deed pijn!' zei hij. Hij trok een grimas.

'Wilt u het me nu vertellen, meester?' vroeg ik.

Benjamin had een natte lap stof om zijn gewonde vinger gewonden en hij glimlachte van oor tot oor.

'Roger, Roger, hoe vindingrijk is de menselijke geest als het aankomt op de vernietiging van anderen! Toen ik het paard van Southgate onderzocht, zag ik de afdrukken van de sporen.

Toen ik de voerbak onderzocht, vond ik haver en zemelen. Toen ik de stal van mijn eigen paard onderzocht, vond ik alleen resten van hooi. En toen ik ten slotte de spoor van meester Southgate onderzocht, zag ik dat de scherpe punten waren aangestreken met kwik.'

'En dus?' begon ik traag. Ik probeerde alle feiten op een rijtje te zetten.

'En dus,' vervolgde Benjamin, 'vermoed ik dat de paarden van Bowyer en Southgate een voedzaam maal van haver en zemelen gekregen hebben, zowel gisteravond als vanochtend. En je weet wel, Roger, wat het effect daarvan is op een licht ontvlambaar paard dat een tijd geen zware inspanningen heeft gedaan? Zo'n dier wordt vurig en onrustig, iets wat me al opviel toen Bowyer en Southgate vertrokken voor de jacht. Maar kun je je voorstellen wat er gebeurt als zo'n paard niet alleen de sporen krijgt, maar dan ook nog sporen die met kwik zijn aangestreken?'

'Dat slaat op hol.'

'En dat is ook gebeurd.'

'Maar meester, ondanks al hun zwakke punten waren Bowyer en Southgate uitstekende ruiters. Waarom zijn ze niet gewoon afgestegen?'

'Ah! Maar als de stijgbeugels van hun zadel nu eens verwisseld waren en ze ieder een nauwer paar gekregen hadden? Wanneer je een paard bestijgt, zet je je voet simpelweg in de stijgbeugel. Tot zover gaat alles nog gemakkelijk. Voor de rest is het net als met zoveel dingen: je kunt een te kleine ring wel aan je vinger schuiven, maar je krijgt hem er niet meer af. Vergeet niet dat Bowyers en Southgate's laarzen nat waren en dat het leer dus zal zijn opgezwollen. Nu sloten de laarzen goed toen ze wegreden van Templecombe. Ze hadden niets tegen die nauwe pasvorm, integendeel, het zal hen geholpen hebben om hun ongedurige paard in toom te houden, maar zodra ze de paarden de sporen gaven en ze op hol sloegen, was er sprake van moord.' Hij schudde zijn hoofd. 'Ik heb er geen bewijzen voor. De zadels van Bowyer en Southgate zijn terug naar de stal gebracht en waarschijnlijk zijn de oorspronkelijke stijgbeugels weer aangebracht. Maar toch geloof ik dat de val op die manier gezet is.'

'Maar die sporen zullen ze toch bij hen op de kamer hebben bewaard?'

Benjamin haalde zijn schouders op. 'Ik denk niet dat we daar veel aandacht aan hoeven te besteden. Er zullen wel sleutels zijn die passen op ieder slot van dit huis. En het kost niet veel tijd om een deur te openen, de rijlaarzen te zoeken en een beetje kwik over iedere spoor te gieten.'

'En de moordenaar?'

'Tot nu toe heb ik alleen een vage verdenking, maar ik zeg je dit alvast: als de moordenaar opnieuw toeslaat, zal dat tegen ons zijn, Roger, dus wees op je hoede!'

'En hoe zit het met Mandeville?'

Benjamin keek me aan.

'Hij zou de moordenaar kunnen zijn, meester. Hij wist waar de agenten in Londen waren en hij wist van vrouw Hopkins af. Hij heeft zijn eigen mannen, Cosmas en Damien, kunnen ombrengen. En bovendien heeft hij de jacht overleefd.'

'Iemand beschuldigen is één ding,' zei Benjamin vinnig. 'Die beschuldiging bewijzen is iets anders.'

'En het raadsel? Hebt u dat echt opgelost?'

'Misschien. Ik moest weer denken aan mijn lessen van school: de doop wordt vaak "het water van de Jordaan" genoemd, naar de rivier waar Christus zelf in is gedoopt.' Zijn woorden verbaasden me en Benjamin grijnsde toen hij dat zag. 'Maar dat laten we nog even rusten. Belangrijker is dat ik kan bewijzen hoe Cosmas en Damien zijn omgebracht. Niet door een geest, maar door een heel vindingrijke moordenaar.' Hij pakte me bij mijn schouder. 'Luister, Roger, ga een eind wandelen op het terrein en probeer meer balsem in Mandeville's gewonde ziel te gieten. Breng een bezoek aan de arme Southgate, flirt met de jonge Mathilda, maar kom over een uur of twee terug naar hier.' Benjamin tuurde uit het raam.

Ik deed wat mijn meester me had gevraagd en dwaalde als een geestverschijning rond het huis, maar niemand wilde met me praten. Rachel was naar haar kamer gegaan. Santerre en zijn vrouw zaten in onderling beraad bijeen. Mandeville zat nog steeds te mokken in de zaal en de oude vrouwen in de kamer van Southgate lachten kakelend en vroegen of ik door hen gewassen wilde worden. Van Mathilda was taal noch teken te bekennen en ik besefte dat Bowyers dood veel van de bedienden de stuipen op het lijf gejaagd had en dat ze Templecombe hadden verlaten.

Ik liep naar de oever van het meer en staarde naar het raadselachtige eiland tegenover me. Ik speelde met de gedachte om in een roeiboot te stappen en naar de overkant te bomen, maar boven het water hingen nog steeds mistbanken en ik was verkleumd en bang, dus deed ik wat Benjamin me had gezegd en keerde terug naar mijn eigen kamer.

De deur was niet afgesloten, zag ik, want ik had de sleutel aan mijn meester gegeven voordat ik naar buiten was gegaan; ofschoon ik niet veel licht had, zag ik dat er niets overhoop was gehaald en dus ging ik op het bed liggen en trok ik de gordijnen rond me dicht. Ik lag al half te doezelen toen ik plots een brandlucht rook, gevolgd door een knalletje onder mijn bed, en ik schoot wakker. Ik trok de gordijnen van het bed open, stoof de kamer uit en zag Benjamin voor me staan. Toen hij zag dat ik geschrokken was, lachte hij.

'In godsnaam, meester, wat doet u nou weer?' riep ik uit.

Benjamin gaf me een schouderklopje. 'Bewaar je kalmte, Roger, ik had je op kunnen blazen, maar ik heb het niet gedaan. Hier.' Hij liep terug de kamer in. 'Help me je bed weg te duwen.'

We tilden en duwden tot we het bed een paar duim van zijn plaats hadden en toen zag ik de lichte schroeiplek op de stenen vloer eronder. Benjamin wees ernaar.

'Volgens mij is Cosmas op de volgende manier vermoord: hij had zijn deur op slot gedaan, maar voordat hij naar bed ging, denk ik dat iemand een laag olie tussen de matras en het ledikant heeft gegoten en er een zakje buskruit heeft neergelegd.'

'Maar hoe hebben ze dat dan aangestoken?'

'O, met een langzaam brandende lont.'

'Ah, nou begrijp ik het,' antwoordde ik. 'Dus ze hebben gewoon op de deur geklopt en Cosmas gevraagd of ze even een lont onder zijn bed aan konden steken?'

'Nee, nee, ze hebben een lont naar het buskruit geleid en die opgerold onder het bed laten liggen.'

'En toen?'

'Toen de arme man was ingeslapen, is er iemand naar boven

gekomen en heeft die persoon het draadje dat aan de lont was vastgemaakt en waarvan het uiteinde op de galerij lag naar zich toegetrokken. De lont rolde af als een slang, de moordenaar trok hem kalmweg over de vloer tot het uiteinde van de lont onder de deur door kwam. En toen werd er vuur geslagen, vatte de lont vlam en stierf Cosmas.'

'Maar dat hebben ze zo toch niet kunnen doen! Cosmas zou het gemerkt hebben!'

'Nee, hoor. Net zo min als jij. Je kwam je kamer binnen en je was niet speciaal op zoek naar een zo goed als onzichtbare draad die van onder je bed naar de deur liep. En ook al had je hem wel gezien bij het zwakke licht hier, dan zou je er verder geen aandacht aan hebben besteed. De moordenaar hoefde alleen het uiteinde van de draad te pakken, zoals ik zojuist, en hem langzaam naar zich toe te trekken, wat bijna geen geluid maakt, en dan is de moord in een mum van tijd gepleegd. Net als jij heeft Cosmas niets van de lont gehoord. Hij is zo gemaakt dat hij langzaam maar heel stil brandt. Het enige verschil met jou is dat ik maar twee grein buskruit heb gebruikt en geen olie. Bij Cosmas was dat anders.'

'Maar we hebben er niets van gezien. Zo'n langzaam brandende lont laat toch schroeiplekken op de vloer achter?'

'Nee, hij gloeit, maar hij brandt niet erg fel. En vergeet niet, Roger, dat de lont zichzelf heeft vernietigd, dat er mensen de kamer in en uit gelopen zijn en dat niemand een paar brandsporen op de vloer verdacht gevonden zal hebben nadat het bed in brand gevlogen was.'

'Hoe hebt u dit ontdekt?'

'Wat mij echt intrigeerde was de schroeiplek op de deurkant aan de galerij en de schade die was toegebracht aan het zware ledikant. Dit was een briljante moord, Roger. De moordenaar hoefde de kamer niet binnen te gaan en toen Cosmas stierf ging alle bewijsmateriaal verloren, behalve die kleine schroeiplek op de buitenzijde van de deur.'

'De moordenaar had het hele huis kunnen verwoesten.'

'Nee, want zoals je zelf al eerder hebt opgemerkt, liggen er in alle kamers stenen vloeren en was er verder geen brandbaar materiaal in de buurt. Het bed zou vlam vatten, degene die erin lag zou sterven, maar het vuur zou op tijd worden ontdekt en de brand zou geblust worden.'

'Maar waarom heeft Cosmas dan niet gemaakt dat hij het bed uitkwam?'

'Ah, dat vroeg ik me ook al af, tot ik me het buskruit herinnerde. Waarschijnlijk was er genoeg aangebracht om hem ernstig te verwonden. Weet je nog hoe het lijk eruitzag? Zijn onderbenen waren helemaal verdwenen. Het buskruit heeft de arme kerel meteen gedood, of hem zulke afgrijselijke verwondingen toegebracht dat hij het bewustzijn verloor en nooit meer is bijgekomen. Intussen had de olie vlam gevat. Het bed is van oud hout en zal even snel gebrand hebben als hooi in een kurkdroge zomer.'

Ik staarde naar mijn eigen bed en dacht dat Benjamin de juiste conclusies had getrokken. De lont zou zichzelf vernietigen, het buskruit zou ontploffen, de benen van de arme Cosmas zouden opgeblazen worden en ook al had hij nog weg kunnen komen, dan zou het vuur zich zo vlug verspreid hebben dat het hem niet gelukt zou zijn.

'Zo,' zei Benjamin en hij keek de kamer rond, 'alles is veilig hier, nietwaar? Geen vuur, geen vlammen. Kom, dan gaan we nu naar de kerk en zal ik je laten zien hoe Damien is omgebracht.'

We liepen het landhuis uit en gingen die doodstille graftombe van een kerk binnen. Benjamin duwde me naar binnen, sloot de deur achter ons af en stak twee muurtoortsen aan. Het pek sputterde, vatte flakkerend vlam en maakte de plek nog griezeliger door dansende schaduwen te werpen.

'Goed,' mompelde Benjamin, 'we nemen even aan dat ik de moordenaar ben. Ik ben deze kapel binnengekomen om een moord te plegen. Het lichaam van Cosmas ligt hier opgebaard en zijn arme broer zal hierheen komen om de dodenwake te houden. Helaas komen er ook nog anderen: Mandeville, Southgate en ten slotte wij. Maar uiteindelijk vertrekken we en wordt de moordenaar, die zich heeft verborgen op de trap die naar de toren leidt, een extra voordeel geboden doordat Damien de deur op slot doet.' Benjamin liep langs het doopvont en bleef naar het priesterkoor staan kijken.

'Nu heb ik alles goed voorbereid. Ik heb de pijlen en de voetboog verborgen. Ik heb ook de klink van een van de luiken voor de ramen opgetild, zowel aan de binnen- als aan de buitenkant.' Benjamin nam de houding van een boogschutter aan en deed alsof hij een kruisboogschot loste. 'Damien wordt geraakt. Ik overtuig me ervan dat hij dood is en maak me op om ervandoor te gaan, maar ik wil het doen lijken alsof ik de kerk ben in- en uitgegaan als een geestverschijning. En dat doe ik zo.'

Benjamin liep een van de kleine dwarsbeuken in en bleef staan onder het raam. Hij opende het en ergens uit het duister haalde hij een lange, smalle ladder tevoorschijn, van het type dat soldaten gebruiken om een kasteelmuur te beklimmen, of die een dakdekker gebruikt om op het dak van een huis te werken. Benjamin zette de ladder tegen de muur, hees zich onder veel gepuf en geblaas naar boven en verdween uit het gezicht. Ik hoorde de ladder schrapen toen hij hem omhoogtrok en toen zong zijn stem.

'Zo zie je, Roger, zo is de moordenaar ervandoor gegaan.'

'Heel goed,' riep ik hem toe. 'Maar hoe sluit je de luiken zowel van de binnen- als de buitenkant?'

'O, dat gaat heel gemakkelijk,' antwoordde mijn meester. 'Ga eens even achteruit!'

Dat deed ik. De luiken sloegen dicht en ik hoorde de klink zelfs vallen. Ik rende naar buiten. Benjamin stond een paar ellen van de kerk vandaan, met de ladder nog steeds in zijn hand. Kennelijk had hij hem zowel gebruikt om de luiken dicht te slaan als om de simpele klink dicht te laten vallen. Ik liep op hem toe. Grijnzend en als een schooljongen in zijn handen klappend stond hij voor me.

'Begrijp je Roger, ik heb de ladder gebruikt om de kerk uit te komen. Ik laat geen voetafdrukken onder het raam achter en gebruik diezelfde ladder om het luik te sluiten en de klink terug op zijn plaats te laten vallen.' Hij blies op zijn koude vingers. 'Op dezelfde manier kan ik de klink aan de buitenkant openen.'

'Maar de klink aan de binnenkant dan?'

Benjamin haalde zijn schouders op. 'Makkelijk genoeg. Herinner je je nog toen we in de kerk waren met Mandeville en de anderen? Het was donker, iedereen had de dwarsbeuk door kunnen sluipen en de klink neer laten vallen. En vergeet niet,

Roger,' voegde Benjamin eraan toe, 'dat de klink aan de binnenkant waarschijnlijk gewoon dicht is gevallen toen het raam dichtsloeg.' Hij pakte de ladder en slingerde hem in het met sneeuw bedekte struikgewas.

'Wat nu, meester?'

Hij sloeg zijn arm om mijn schouders. 'Om heel eerlijk te zijn, waarde Roger, ik weet het echt niet. Ga jij maar terug naar je kamer en wacht op mij.'

In mijn kamer zat Mathilda op me te wachten. Ik grijnsde en pakte haar beet, maar ze was niet in een speelse bui. Ze keek angstig om zich heen en ik vroeg me af of er ergens loergaten in de muur zaten.

'Luister!' siste ze. 'Je hebt mijn vader niet verwond, dus luister naar me. Vannacht komen de tempeliers bijeen op het eiland.'

Ongelovig schudde ik mijn hoofd.

'Jawel,' drong ze aan. 'Ik spreek de waarheid. Dit is alles wat ik je kan en wil zeggen. Ga naar de oever van het meer. Er zal een boot voor je klaarliggen, maar steek niet over, tenzij je lichten ziet. Houd het eiland goed in de gaten en je zult het zien.' Ze duwde me weg. 'Meer doe ik niet voor je,' zei ze nog eens en toen liep ze mijn kamer uit.

Mijn meester kwam enigszins verstrooid terug. Hij was diep in gedachten en ik moest tot twee, drie maal toe herhalen wat Mathilda me had gezegd. Hij beet op zijn onderlip en keek me aan.

'Hoe kunnen we weten of dit geen valstrik is?'

'Ik denk het niet. Het kan toch bijna niet anders, meester? Dat eiland, dat griezelige lange huis... We weten allebei dat het de kern van dit raadsel is.'

'O ja?' vroeg Benjamin. 'Zou dat echt zo zijn?' En toen liep ook hij mijn kamer uit.

HOOFDSTUK 13

De stemming in het landhuis van de Santerre was niet langer bevorderlijk voor feestelijke banketten en overvloedige maaltijden. Mandeville liep in zichzelf gekeerd te piekeren over Southgate en wanneer de soldaten van de versterking zouden aankomen. En dus namen wij enkele happen koud eten en gingen we terug naar onze kamers om te wachten tot het middernacht was. Het leek een eeuwigheid te duren. We hielden de vlam van de uurkaars, die ring na ring van de was deed smelten, nauwlettend in de gaten.

Toen de kaarsvlam aan de twaalfde ring was toegekomen trokken Benjamin en ik onze laarzen en mantels aan, gordden we onze zwaardriem om en verlieten we stilletjes onze kamers. Iedereen scheen al te slapen, maar ondanks dat leek het landhuis, zoals ik al verteld heb, een eigen leven te hebben. Nu en dan maakten we met kloppend hart pas op de plaats en gingen onze nekharen recht overeind staan van angst voor de griezelige, krakende geluiden die iedere stap van ons leken te begeleiden. We slopen de zaal in, liepen de keuken door en verlieten het gebouw door een uitvalsdeurtje.

De nacht was zo donker als de duivel maar kon wensen. Geen maan, geen sterren, alleen een koude, bijtende, klaaglijk huilende wind, die de kale takken van de bomen heen en weer deed zwiepen en ijskoude vrachten sneeuw op ons hoofd deed neerdalen. Ik had het liefst een toorts aangestoken, maar

Benjamin verbood me dat.

'We jagen op nachtwezens, Roger. Dus moeten we net als zij doen.'

We gleden en glibberden het binnenplein van de stallen over, waar de paarden stampten en zacht hinnikten, liepen langs de tempelierskerk en toen naar de oever van het glinsterende meer. We gingen op onze hurken zitten, twee donkere gedaantes in de sneeuw, en tuurden door de mist naar de vage omtrekken van het eiland. We zagen niets en onze ogen begonnen pijn te doen van het ingespannen staren en van de bijtend koude nachtlucht. Toen maakte Benjamin een beweging en greep me bij mijn arm.

'Zie ik daar iets?' siste hij.

Ik staarde het sombere duister in. Ik kon nog steeds niets zien, maar toen ving ik een glimp licht op van één, misschien twee toortsen. Aan het flakkeren van de vlammen te zien, liep er iemand over het eiland.

'Kom mee, Roger!'

Benjamin en ik lieten ons de oever afglijden. We zagen de roeiboot liggen, met de vaarboom in de boeg, alsof een spookachtige schipper op ons wachtte om ons over te zetten. We klommen aan boord. Benjamin ging op de voorsteven zitten en ik greep de vaarboom. Ik veegde er het ijs af en probeerde niet te letten op de ijskoude wind en de klotsende golven van het koude, donkere meer. Na wat onhandig geklungel herkreeg ik mijn oude vaardigheid. (Vergeet niet dat ik geboren en getogen ben in Norfolk, waar de kunst van het bomen een even alledaagse vaardigheid is als lopen.) Maar niettemin moet ik bekennen dat Benjamin en ik dom waren geweest. Soms maakten we nu eenmaal fouten. Door te impulsief te werk te gaan, door jeugdige onbezonnenheid. Het kwam ook wel eens voor dat we er bijna het leven bij inschoten en toen die nacht op dat bevroren meer gebeurde dat ook haast. Ik had me twee, misschien drie maal met de vaarboom afgezet toen ik iets nats onder me voelde. Benjamin draaide zich om, zijn gezicht een wit masker in het duister. Ook hij had het water binnen voelen stromen, maar dankzij mijn krachtige duwen met de vaarboom en misschien door stromingen in het meer, waren we al ellen ver van de oever verwijderd.

'Er zit een gat in, Roger!'

Ik liet de vaarboom uit mijn handen glippen en begon op handen en knieën rond te kruipen in de boot, op zoek naar het gat.

En toen redde mijn vaardigheid als schipper ons het leven. Dit soort ongevallen is welbekend op de Norfolkse en Suffolkse plassen, moeten jullie weten, en als je er niet op voorbereid bent maak je altijd een van deze twee fouten: je probeert de plaats te bereiken waar je naar op weg was of je probeert terug te varen naar de oever. Sommige mensen raken in paniek en maken zelfs beide fouten. Maar nemen jullie deze raad van ouwe Shallot aan: als je in een roeiboot zit met een gat in de bodem, en vooral in een boot die zwaar beschadigd is, stop dan met roeien en maak het gat dicht, want iedere verdere beweging van de roeiboot heeft alleen maar tot gevolg dat het water nog sneller binnenstroomt.

Ten slotte vond ik in de bodem van de boot een gat ter grootte van een mannenvuist, alsof iemand met een hamer de bodem stukgeslagen had. Ik trok mijn mantel uit en begon onmiddellijk de stof in het gat te proppen. Mijn meester, die aan bakboord nog zo'n gat gevonden had, probeerde eerst zijn mantel, maar begon te vloeken toen hij die in het meer liet vallen en het gat met de hiel van zijn laars dicht moest stoppen. Enkele tellen, die uren leken te duren, deden we niets anders dan elkaar ineengedoken aankijken, terwijl de boot wild op en neer bewoog op het glasachtige wateroppervlak. Vlug keek ik naar het eiland, waar het sirenenlicht ons nog steeds wenkte.

'Het spijt me, meester,' riep ik jammerend uit.

'Ach, hou je mond toch, Roger!' siste hij.

Ik hield mijn hand tegen de bodem van de boot gedrukt. Mijn vingers werden steenkoud in het ijskoude water dat ons dreigde te verzwelgen, maar ik zag dat de boot niet nog dieper kwam te liggen.

'Meester?'

'Ja,' siste Benjamin. 'Nu, Roger, mijn vriend, keer je de boot en boom je ons naar de oever, zo snel je kunt. Als er nog een gat is en er stroomt nog meer water binnen, zullen we het niet lang overleven in dit ijskoude water.'

Nou, jullie kennen ouwe Shallot wel. Mijn hart ging wild

tekeer, mijn maag draaide als de tol van een kind. Ik wilde schreeuwen, huilen en de Almachtige om genade smeken. Ik greep die verwenste vaarboom en keerde de boot terwijl ik het water onder me hoorde slurpen en gorgelen, alsof het me kwaadaardig uitlachte en wachtte tot het ons in zijn ijskoude greep kon nemen. De boot draaide. Ik kneep mijn ogen dicht en begon te bomen.

'Roger!' riep mijn meester. 'Je gaat de verkeerde kant op!'

Ik deed mijn ogen open en besefte dat de boot maar een halve slag gedraaid was en we nu evenwijdig met het eiland en de meeroever voeren. Ik begon weer te bomen en te bidden, met een vuur waarvan iedere monnik versteld zou hebben gestaan. Tussen de flarden gebed door vloekte ik en braakte ik ieder scheldwoord uit dat ik kende, tot ik de verwenste boot recht op koers had naar de oever. Het water klotste rond mijn enkels. Er was nog een derde en zelfs een vierde gat dat we niet hadden ontdekt en er kwam steeds meer water in te staan.

Mijn meester draaide zich om, schepte het ijzige water met zijn handen uit de boot en riep me toe dat ik sneller moest bomen. We snelden over dat verwenste meer, terwijl de duistere horden van de hel zich overal rondom ons verzamelden. Het water rees hoger, maar toen, juist toen ouwe Shallot de moed begon te verliezen en in paniek begon te raken, ging er een trilling door de roeiboot en kwam hij tot stilstand; mijn meester en ik zetten voet aan de grond en vielen toen dankbaar snikkend neer op de besneeuwde oever.

Mijn meester ging op zijn hurken zitten en ademde diep in om zijn kalmte te hervinden, terwijl ouwe Shallot op de hem kenmerkende, geduchte manier op het gevaar reageerde.

'Rotzakken!' schreeuwde ik. Ik sprong op en neer op de oever en schudde mijn vuist naar het eiland. 'Stelletje moordzuchtige, verwenste schoften! Kom mee, meester!' Ik pakte Benjamin bij zijn arm.

Hij liep hijgend met me mee en ik beende als een krankzinnige met lange passen door de sneeuw terug naar het vervloekte landhuis.

'Roger, wat ga je doen?'

'Om te beginnen ga ik dat rotwijf haar hals afsnijden!'

'Dat doe je niet, Roger!'

'Goed, dan hak ik haar kop eraf! Meester, het maakt mij niet uit als er op me geschoten wordt, als ze me opjagen, in de val lokken, overvallen – maar om op een half bevroren meer te sterven, midden in de nacht!'

'Roger.' Benjamin pakte me bij mijn wambuis. 'Luister! Mathilda is nu toch al ver weg. Dacht je soms dat ze hier heeft zitten wachten tot jij terug zou komen? Er was altijd een kans dat je zou ontsnappen. Nee, luister, ik weet wie de moordenaar is. En ik weet waar we de graal en het zwaard van Arthur kunnen vinden.'

Ik bleef staan. 'Waarom hebt u me dat niet eerder verteld?'

'Omdat ik dat nog niet kon doen. Ik vermoedde dat de moordenaar ons zou aanvallen en wat ons zojuist op het meer is overkomen bevestigt dat vermoeden. Ga nu alsjeblieft met me mee terug naar onze kamers, Roger. Dan kunnen we ons warmen en een paar uur slaap inhalen. Morgen, aan het ontbijt in de zaal, zal ik de moordenaar ontmaskeren.'

Natuurlijk deed ik wat mijn meester me had gevraagd. En hoe dan ook, tegen de tijd dat we bij onze kamers waren aangekomen, was mijn woede veranderd in pure doodsangst voor het gevaar waaraan we zojuist waren ontsnapt. Alle bekende symptomen deden zich gelden: ik kreeg braakneigingen, mijn knieën bleven maar knikken, en pas na drie grote bekers rode wijn kon ik me herinneren welke dag van de week het was. Natuurlijk drong ik er bij mijn meester op aan dat hij me moest vertellen wat hij te weten was gekomen. Maar hij ging op de enige stoel in de kamer zitten, schudde zijn hoofd en zei me dat ik naar bed moest gaan, en dat we die nacht beter op dezelfde kamer konden slapen.

De volgende ochtend werden we ondanks onze griezelige belevenissen verfrist wakker. Benjamin stond erop dat we ons zouden scheren, wassen en schoon linnengoed en een schoon wambuis zouden aantrekken alvorens naar de zaal te gaan. Op weg erheen keek ik uit naar Mathilda, maar Benjamin had gelijk gehad en er was geen spoor van het wicht te bekennen.

De Santerres zaten al aan de tafel op de verhoging, en Mandeville was er ook. Mijn meester wachtte tot een koksjongen ons had bediend, stond toen plots op en sloot de grote dubbele deuren van de zaal en ook die van de keuken en de provisiekamer. Mandeville ontwaakte uit zijn gepeins. Sir John Santerre staarde als een schaduw van zijn vroegere zelf voor zich uit. Lady Beatrice had een angstige blik in haar ogen, terwijl Rachel erbij zat als een onschuldig kind dat wachtte tot er een voorstelling zou beginnen.

'Waarom doet u dat allemaal, Daunbey?' vroeg Mandeville met hese stem.

Nu had Benjamin al menig moordenaar ontmaskerd en zijn gerechte straf doen ondergaan. Soms speelde hij een spelletje met de moordenaar en verleidde hij hem tot een woordenstrijd waarin hij dan een bekentenis aflegde. Maar dit keer pakte hij het anders aan. Hij liep een, twee maal rond de tafel op de verhoging en achter iedere stoel bleef hij enkele tellen staan. Toen liep hij opnieuw rond en bleef hij staan tussen John Santerre en Rachel en legde hij zacht zijn hand op de schouder van de man.

'Sir John, bent u de moordenaar?'

Santerre schoof ijlings achteruit op zijn stoel. Als het gezicht van een man binnen enkele ogenblikken jaren ouder kon worden, dan gebeurde dat nu met het zijne.

'Wat bedoelt u?' stotterde hij.

'Op de eerste dag van ons verblijf hier beweerde u dat u Templecombe had verlaten om een rondrit over uw landgoed te maken. Maar dat hebt u niet gedaan. In plaats daarvan bent u naar Glastonbury gereden.'

'Dat is toch geen misdaad?'

'En waarom gaf u, vlak voordat we Londen verlieten, dat briefje aan die bedelaar?'

'Ik...'

'Als u liegt,' snauwde Benjamin, 'zal dit worden voorgelegd aan de Koninklijke Raad in Londen.'

Sir John strekte zijn hand uit en schonk ondanks het vroege uur een beker vol wijn. Hij verzwolg de inhoud zoals een dorstige man slokken zuiver water zou nemen. Mandeville stond scherp als een jachthond.

'Beantwoord mijn vraag, Santerre!'

Sir John zette de wijnbeker neer. 'Toen ik in Londen was, heb ik mensen betaald om na te gaan of er in de Tempelierskerk bij Fleet Street in de buurt iets was te vinden wat op de rivier de Jordaan of de Ark van Mozes leek.'

'En was dat zo?'

'Nee.'

'En in de Abdij van Glastonbury?'

Sir John likte zijn lippen. 'Zowel Bere, de abt, als ik wilden dat er een eind aan deze dwaasheid zou komen.' Snel keek hij naar Mandeville. 'Ik bedoel het niet beledigend, Sir Edmund, maar in het hele koninkrijk is geen landheer te vinden die graag heeft dat u of lieden van uw slag op zijn landgoed komen rondneuzen. Ik wend mijn rijkdom aan om de bouw van een crypte in Glastonbury te financieren. En toen dacht ik dat daar misschien iets te vinden zou zijn.'

'En was dat ook zo?' vroeg ik.

'Er was helemaal niets.'

Benjamin bleef staan bij Lady Beatrice, die stijf en recht op haar stoel zat.

'Lady Beatrice, wat weet u van deze zaak af?'

De mond van de vrouw ging open en weer dicht. Ze schudde haar hoofd.

'O ja, u weet iets. De naam van uw eerste man was toch Mortimer?'

Lady Beatrice knikte.

'Hij was toch een telg uit een geslacht van kruisvaarders dat al sinds mensenheugenis eigenaar van het landgoed Templecombe is?'

Ze knikte wederom.

'En het familiemotto van de Mortimers is *"age circumspecte"*, nietwaar?' Benjamin keek me aan. 'Dat heeft Shallot ontdekt in het Boek der Legenden in de Abdij van Glastonbury.'

'Ja,' fluisterde ze.

'Wat heeft dat met ons te maken?' viel Mandeville hem in de rede.

'Was uw man lid van de tempeliersorde?'

Met glasachtige angstogen staarde Lady Beatrice de zaal in.

'Volgens mij was hij dat inderdaad, ja' vervolgde Benjamin, in haar oor fluisterend. 'Toen de tempeliers zo'n tweehonderd jaar geleden werden ontbonden, ontsnapten sommigen van hen. Ze namen een andere identiteit aan, trouwden en vestigden zich ergens. De voorvader van uw echtgenoot was een van hen. Niettemin bleven de tempeliers in het geheim bijeenkomen. Iedere cel vormde een kleine gemeenschap en de mysteriën van de orde werden van de ene op de andere generatie overgedragen.' Hij veranderde van houding en liet zijn hand lichtjes op Rachels schouder rusten. 'Die mysteriën zijn ook aan jou overgedragen, nietwaar, Rachel?'

Het meisje glimlachte slechts en speelde met de ring aan haar vinger.

'Je bent een tempelier, nietwaar?' fluisterde Benjamin. 'Je vader heeft de geheimen aan jou doorgegeven. Mettertijd zou je getrouwd zijn en de mysteriën op jouw beurt op je eerstgeborene hebben overgedragen. Generaties lang,' sprak Benjamin met stemverheffing, 'zijn de heren van Templecombe lid geweest van de geheime tempeliersorde.' Hij zweeg. 'O nee, u niet, Sir John, en Lady Beatrice ook niet, maar volgens mij had u beiden wel uw vermoedens.'

'Onmogelijk!' schreeuwde Mandeville. 'Ze is nog maar een jong meisje.'

'Ze is achttien zomers oud,' kaatste Benjamin terug. 'Als u nog een ogenblik wilt zwijgen, Sir Edward, dan zal ik u vertellen wat er gebeurd is.'

Hij liep om de tafel heen, stapte het podium af en keek ons allemaal aan. Santerre en zijn vrouw zaten erbij als wassen beelden, maar Rachel boog zich met een lichte blos op haar gezicht voorover, alsof ze zich om niets ter wereld zorgen maakte.

'De heren van Templecombe,' begon Benjamin, 'zijn altijd tempeliers geweest. Ze hoedden de geheimen van de orde en kwamen in duistere cellen bijeen met hun helpers, waarschijnlijk in het naargeestige huis op dat godverlaten eiland in het meer. Nu liggen deze tempeliers doorgaans te slapen als zaadjes in de grond, die soms ontspruiten en plotseling tot leven komen, vooral wanneer er iets te gebeuren staat zoals een opstand of rebellie tegen onze meesters van het huis Tudor. Maar meestal houden ze zich stil, kijken ze toe en wachten ze. Hopkins was een van hen, ofschoon zijn verstand beneveld was.'

Benjamin zweeg om zijn gedachten te verzamelen. 'De tempeliers hadden hun zinnen gezet op de grote relikwieën, de graal en Excalibur, het zwaard van Arthur, maar die hebben ze nooit kunnen vinden. Daar hadden ze vrede mee, zolang niemand anders ze zou ontdekken.' Benjamin staarde naar Mandeville. 'Maar toen zette Hopkins het drama in gang. Hij had een hartstochtelijke belangstelling voor de relikwieën en geloofde dat het de orde sterker zou maken als ze werden gevonden. De heer van Buckingham, die ook tot de tempeliersorde behoorde, raakte bij het raadsel betrokken. Hij ontving een boodschap van Hopkins en kwam naar Templecombe, maar liep toen in de val die Zijne Eminentie de Kardinaal voor hem had gezet. Hopkins en Buckingham werden vermoord.' Benjamin wierp een blik op Rachel. 'Maar ik vermoed dat de tempeliers ongeschreven wetten hebben. Niemand kan ongestraft hun belangen schaden. Bovendien dreigde een nog groter gevaar: Zijne Majesteit de Koning had nu belangstelling voor de relikwieën en drong erop aan dat er een grondige zoektocht naar zou worden ondernomen. En dus sloegen de tempeliers toe.'

Mandeville tikte met zijn knokkels op het tafelblad.

'Dus u beweert dat Buckingham een tempelier was?'

Benjamin glimlachte flauwtjes. 'Och kom, Sir Edmund, ook al was hij een kardinaal uit Rome geweest, dan zou hem hetzelfde lot beschoren zijn. Speelt u geen spelletjes. Buckingham werd in verleiding gebracht, in de val gelokt en gedood omdat mijn oom hem haatte en omdat er koninklijk bloed door zijn aderen stroomde.' Benjamin keek hem boos aan. 'Hopkins was een verrader en verdiende misschien de dood, maar Buckingham was onschuldig. Zijn dood was een gelegaliseerde moord.'

'Ik zal Zijne Eminentie de Kardinaal op de hoogte stellen van wat u hebt gezegd!'

Benjamin haalde zijn schouders op. 'Doet u dat maar. Mijn waarde oom zal simpelweg lachen en mijn uitspraak aan mijn jeugdige onbezonnenheid wijten. Ik spreek slechts uit wat duizenden denken.'

Mandeville keek boos naar Rachel, die met haar handen gevouwen als een in gebed verzonken novice tegenover hem aan de tafel zat. Ze leek geboeid naar Benjamin te luisteren, alsof hij een raadselachtig verhaal vertelde op een koude winteravond en zij een toehoorster was die er niets mee te maken had.

'Ik kan niet geloven,' schamperde Mandeville, 'dat dit meisje twee ervaren agenten als Calcraft en Warnham heeft omgebracht met een wurgkoord.'

'Och kom, Sir Edmund,' antwoordde Benjamin. 'Ik heb wel eens gehoord dat er in Spanje bedelkinderen zijn die zo goed met het wurgkoord overweg kunnen dat ze binnen enkele tellen een volwassen man kunnen doden. Dus voor Rachel zal het ook een koud kunstje geweest zijn.' Benjamin spreidde zijn handen. 'Calcraft, en bij een andere gelegenheid Warnham, werden gevraagd naar een taverne aan de rivier te komen, waar juffrouw Rachel hen verwachtte voor een gesprek. Met wat verleidelijke blikken en een paar flinke bekers wijn lokte Rachel hen het donker in, om met hen te kunnen praten op een plek waar geen spion hen zou kunnen afluisteren. Misschien gingen ze zitten. Juffrouw Rachel had het gemakkelijk; een verlaten plek, het wurgkoord in haar hand, de mannen aangeschoten. Enkele tellen kost het slechts, Sir Edmund, om het koord om hun keel te laten glijden; verward proberen ze zich te verdedigen, maar het duurt niet lang voordat ze het bewustzijn verliezen. En als het wurgkoord hun niet fataal geworden was, dan was het water van de Theems dat wel geweest. En vervolgens sluipt Rachel door de steegjes terug naar Richmond Palace.'

'Kunt u dat bewijzen?' bulderde Sir John. Zijn blik verried hem echter.

'Ja en nee,' antwoordde Benjamin. 'Maar ik vroeg me wel af waarom er een scharlakenrood wurgkoord moest worden gebruikt. En dus liet ik het, voordat we uit Londen vertrokken, aan een van de dienstmeiden op Richmond Palace zien, en weet u wat ze zei?'

Santerre schudde zijn hoofd.

'Dat vrouwen misschien zoiets zouden aanschaffen als rijgkoord voor hun jurk, avondjapon of mantel. Ik dacht er toen niet verder over na, maar later viel dat stukje van de puzzel op zijn plaats.'

Rachel beet op haar onderlip en schudde ongelovig haar hoofd. Ik huiverde van angst om haar volmaakte ongevoeligheid voor wat mijn meester zei.

'De zuster van Hopkins,' viel ik hem bij, 'was eveneens een slachtoffer van het wurgkoord. Rachel, weet u, heeft ons afgeluisterd toen we de zaal in Richmond Palace verlieten. Dat wist ze heel slim te verbergen door bezorgdheid voor te wenden over de gevaren die ons hier op Templecombe te wachten konden staan.'

'Maar waarom zou ze de zuster van Hopkins vermoord hebben?' vroeg Mandeville.

'Omdat,' antwoordde ik, 'het gevaar altijd bestond dat Hopkins, die maar zo weinig mensen vertrouwde, misschien iets tegen zijn zuster had gezegd wat Rachel in gevaar zou kunnen brengen. En het was doodsimpel.' Ik spreidde mijn handen. 'Rachel sloop Richmond Palace uit en begaf zich regelrecht naar het huis van Hopkins' zuster, die haar als dochter van de heer die haar overleden broer had gediend natuurlijk binnenliet als iemand die met vriendelijke bedoelingen kwam. Rachel stelde haar gerust en ze dronken zelfs een beker wijn voordat Rachel het wurgkoord rond haar keel liet glijden. De oude vrouw stierf en Rachel doorzocht het huis op alles wat de verdenking op haar kon laden, waarna ze maakte dat ze wegkwam.'

'De arme oude vrouw is niet vermoord,' verklaarde Benjamin, 'omdat ze iets verkeerds had gezegd, maar simpelweg om iets wat ze misschien wist. Volgens mij is het zo gegaan, nietwaar Rachel?'

Het meisje staarde hem zwijgend aan.

'Zodra we Londen achter ons gelaten hadden,' vervolgde Benjamin, 'begon de echte dans, nietwaar, Roger?'

'O ja,' antwoordde ik. 'Toen we stilhielden in Glastonbury stuurde juffrouw Rachel een boodschap, God mag weten hoe, naar die oude heks die ons opwachtte met haar voorspellingen. Het kan gewoon niet anders,' sprak ik verder. 'Geen man of vrouw zou de toekomst zo helder kunnen voorspellen. Nog voordat we op Templecombe aankwamen, was al beraamd hoe we zouden sterven. De oude heks was niet meer dan een marionet die de tekst opzei die haar was geleerd en toen haar rol gespeeld was moest ook zij sterven. Een gemakkelijk karwei. Er moeten geheime gangen zijn die Templecombe uit leiden.

Daar maakte juffrouw Rachel gebruik van, eerst om de heks het zwijgen op te leggen en toen om haar handen en haar hoofd af te snijden om ons de stuipen op het lijf te jagen toen we terugkwamen uit Glastonbury.'

'En de dood van Cosmas en Damien?' vroeg Mandeville.

Benjamin gaf een bondige beschrijving van de manier waarop beide mannen waren omgebracht.

'Cosmas was het gemakkelijkst,' concludeerde hij. 'Ik heb jullie verteld dat Rachel op onze eerste avond hier, nadat iedereen was gaan slapen, de zaal heeft verlaten om een manuscript te halen. Ik weet zeker dat ze naar de kamer van de arme kerel is gelopen, de draad die daar lag heeft opgepakt, de lont naar buiten heeft getrokken, hem met een tondeldoos heeft aangestoken en toen weer naar hier gekomen is.'

'Hoe wist ze dan zo zeker dat Shallot wakker zou worden?' vroeg Mandeville.

'O, als Roger niet wakker was geworden, had ze mij altijd nog. Nadat ze hier teruggekomen was, kon ze doen alsof ze slaap had en zeggen dat ze wilde gaan rusten. Daarop zou ik naar mijn kamer op dezelfde verdieping als de arme Cosmas zijn gegaan en natuurlijk zou me dan zijn opgevallen dat er iets niet klopte.

'Maar,' Benjamin staarde Rachel aan met een gezicht dat zijn gekwetstheid verried omdat ze gebruik van hem had gemaakt, 'pas toen we de tempelierskapel hadden onderzocht na de dood van Damien, begon ik echt verdenking te koesteren tegen juffrouw Rachel. In de kapel, moet u weten, zag ik onder een van de ramen stukjes hout van een ladder die daar had gestaan. Alleen een lid van het huishouden van de Santerres kon over zo'n ladder beschikken.

'Ten tweede, toen ik nadeed wat zij had gedaan, merkte ik dat het raam heel smal was. Zelfs ik vond het moeilijk om erdoor te kruipen, en ik ben niet bepaald breedgebouwd.' Hij zweeg. 'Het moest dus iemand geweest zijn die jong en lenig was en Rachel beantwoordde aan die beschrijving.

'En dan was er nog iets. Is het u opgevallen, Sir Edmund, dat Rachel en haar moeder, toen we probeerden de deur van de kerk te forceren, langs de muur renden en Damiens naam door het raam riepen? Indertijd dacht ik dat dat vreemd was, maar bij nader inzien deed Rachel dat simpelweg om na te gaan of alle sporen van haar vertrek uit de kerk waren uitgewist. Toen we ons toegang tot de kerk hadden verschaft wilde ze met alle geweld aanwezig zijn bij onze zoektocht naar geheime gangen. Ik herinner me nog dat ze bij een van de vensters stond. Ik weet zeker dat ze toen, op dat moment, de klink van het luik heeft laten vallen, of, als hij al gevallen was, heeft nagegaan of hij op de goede plaats zat.'

'Maar die sneeuwsporen dan?' onderbrak Mandeville hem. 'U zei dat er iemand die door de sneeuw was gekomen achter in de kerk had gestaan.'

'Nee, dat was niet meer dan een slimme zet om de zaak nog ingewikkelder te maken. Rachel heeft de kans gehad om die sneeuw binnen te brengen en te laten smelten, om de aandacht van zichzelf af te leiden. Schijnbaar is ze die hele dag in het landhuis geweest.'

Benjamin zweeg en allen staarden we de jonge vrouw aan, die nu op haar stoel achteroverleunde, strak naar de dakbinten keek, op het tafelblad trommelde en in zichzelf een wijsje neuriede. Ze was een van de merkwaardigste moordenaars die ik ooit heb gekend. Benjamin had de ernstigste beschuldigingen tegen haar ingebracht, maar ze had niet één keer geprotesteerd, bezwaar gemaakt of hem in de rede gevallen. Zelfs mijn meester was van zijn stuk gebracht door haar koele houding.

'Dochter,' zei Sir John met hese stem, 'heb je hier iets op te zeggen?'

'Ik ben je dochter niet,' antwoordde ze mat. Toen ging ze rechtop zitten en staarde mijn meester aan. 'Hoe wilt u bewijzen dat ik de lont heb aangestoken? Hoe wilt u bewijzen dat ik twee mannen, en niet te vergeten een oude vrouw, heb gewurgd in Londen? Waar is uw bewijs dat ik me in die kerk verscholen heb en Mandeville's dienaar heb doodgeschoten met een kruisboogpijl? Of dat ik een half krankzinnige heks heb gedood en verminkt?'

Benjamin trok een gezicht. 'Ja, juffrouw, u hebt gelijk. Iemand anders had het scharlaken koord gekocht kunnen hebben. Iemand anders had deze verschrikkelijke misdaden kunnen plegen. Maar denkt u eens goed na. Alleen iemand die bekend was op Templecombe wist waar buskruit, olie en een langzaam brandende lont te vinden zouden zijn. Alleen iemand die bekend was op Templecombe wist waar ze zowel zichzelf als de stormladder in de kerk moest verbergen, en hoe ze de oude heks kon gebruiken; eerst om tijdingen te brengen en toen, om de anderen te waarschuwen, als slachtoffer.'

'Hetzelfde geldt voor Bowyer en Southgate,' onderbrak ik hem. 'Hun paarden kregen haver en zemelen te eten om ze vuriger te maken. Wie anders dan iemand die bekend was op Templecombe had ze dat voer kunnen geven? En daarna de stijgbeugels kunnen verwisselen en de sporen aanstrijken met kwik?'

'Dus Bowyer is niet door een ongeval om het leven gekomen?' onderbrak Mandeville.

'Natuurlijk niet!' antwoordde Benjamin, en hij beschreef in het kort wat we hadden ontdekt in de stallen en op de kamer van Southgate. Rachel hoorde hem aan. Ze zette haar ellebogen op de tafel, liet haar gezicht tussen haar handen rusten en knikte goedkeurend, alsof Benjamin een favoriete leerling van haar was die een gedicht uit zijn hoofd had geleerd.

'Maar jullie hebben geen bewijs,' herhaalde ze.

'Daar is het bewijs!' snauwde ik. Ik wees naar haar moeder, die er met een wit weggetrokken gezicht bij zat, en naar de gekweld uitziende Sir John. 'Zij weten het! Zij verdenken u ook!'

De jonge vrouw haalde haar schouders op.

'En dan zijn er de bedienden,' vervolgde ik, 'die uw opdrachten hebben uitgevoerd. U hebt iedereen meegesleept.'

Rachel trok bevallig één wenkbrauw op, alsof ik had gezegd dat ze haar bedienden had uitgenodigd op een of ander feestmaal of viering. Benjamin keek haar nieuwsgierig aan.

'Bent u niet bang voor de dood, juffrouw?'

'Waarom zou ik bang zijn voor iets wat ik toch niet kan voorkomen?' antwoordde ze. 'En waarom bedreigen jullie me met de dood? Jullie kunnen niets bewijzen, zoals ik maar blijf herhalen.'

'Bewijzen zullen de folteraars van de koning wel vinden in de Tower!' kaatste Mandeville terug.

Benjamin ging voor Rachel staan en keek haar onderzoekend aan. Gefascineerd keek ik toe, want dit was de eerste maal dat hij een moordenaar confronteerde met een aannemelijke verklaring, maar bitter weinig bewijs. In de rechtszaal zouden de dood van de agenten Cosmas en Damien, Bowyer en de verschrikkelijke verwondingen die Southgate waren toegebracht, iedere jury versteld doen staan. De juryleden zouden kunnen verklaren dat er een aannemelijke reden tot verdenking was, maar waar was het bewijs? (Mandeville had gelijk! Henry de Achtste liet zich weinig aan bewijzen of de fijnere punten van de wet gelegen liggen. Ik herinner me nog altijd wat hij zich tegen Thomas Cromwell liet ontvallen naar aanleiding van een rechtszaak tegen een abt die had geweigerd de eed van suprematie af te leggen. 'Geef hem een eerlijk proces,' brulde de dikke schoft, 'en hang hem dan op aan zijn eigen poortheck!'

Benjamin wenkte Rachel. 'Juffrouw, kan ik u alstublieft even onder vier ogen spreken?'

Ze stond op en trippelde de tafel rond, alsof Benjamin haar ten dans gevraagd had. Ze liepen de zaal door en bleven staan bij de haard. Benjamin fluisterde haar toe en ik hoorde haar een antwoord sissen, gevolgd door stilte. Toen spreidde ze haar handen en leidde Benjamin haar terug naar de tafel, waar ze uitdagend voor Mandeville bleef staan.

'Meester Daunbey heeft gelijk,' zei ze zacht. 'Ik ben lid van de geheime orde der tempeliers. Ik heb de moorden gepleegd die hij heeft beschreven.' Ze glimlachte gekunsteld. 'Ik heb achting voor zijn briljantheid, vindingrijkheid en scherpzinnigheid, maar desondanks ben ik trots op wat ik heb gedaan. De dood van de heer van Buckingham is gewroken. De verantwoordelijken, behalve u, Sir Edmund, hebben hun verdiende loon gekregen.' Ze liet haar stem dalen. 'Maar gaat u niet met een gerust hart slapen, Mandeville, want uw tijd zal nog komen. Kijkt u uit voor elke steeg, voor iedere drinkbeker en iedere hap eten die u doorslikt, voor ieder paard waar u op klimt, voor iedere vreemdeling die u ontmoet, want te zijner tijd, op het moment dat u er het minst op verdacht bent, zullen andere tempeliers afmaken wat ik begonnen ben!'

'En wij dan?' riep ik uit.

(Vreemd, nietwaar? Dat dit tengere meisje de dood van

zeven mensen op haar geweten had. Een openlijke moordenares die nog steeds de moed had om ons te bedreigen, ook al stond ze aan de rand van haar eigen ondergang. En jullie weten ook dat ik, ouwe Shallot, een goed ontwikkeld gevoel heb voor het redden van mijn eigen huid. Ja, ik zal eerlijk zijn, Rachel Santerre, of beter gezegd, Rachel Mortimer, deed me huiveren tot in het merg van mijn botten.)

De jonge vrouw staarde me aan. 'Ik mag u graag, Shallot,' zei ze zacht. 'Nee, voorlopig bent u veilig. Wat er gisteravond is voorgevallen, had nooit mogen gebeuren.'

Nu stond Mandeville op, 'Rachel Santerre,' zei hij plechtig, 'Ik arresteer u wegens hoogverraad en wreedaardige moord. U zult naar Londen worden overgebracht om met uw leven terecht te staan voor de Koninklijke Rechtbank in Westminster. Sir John, Lady Beatrice, u beiden zult haar vergezellen.' Mandeville liep naar de deur en riep enkele soldaten van Bowyer. 'Breng deze vrouw naar haar kamer,' beval hij en hij wees naar haar. 'Een man bewaakt haar op de kamer, de andere twee gaan erbuiten op wacht staan! Ze moet aan handen en voeten gebonden worden. Doe het!' beval hij de verbaasde soldaat.

De kerel greep de willoze Rachel beet en duwde haar de zaal uit. Mandeville wierp boze blikken op Santerre.

'Ik zal dit huis laten doorzoeken,' blafte hij, 'te beginnen met de kamer van uw dochter!' En daarop beende hij de kamer uit.

'Kom mee Roger,' fluisterde Benjamin.

Hij haastte zich de zaal uit. De soldaten hadden Rachels polsen reeds geboeid. Haar gezicht zag krijtwit. Toen al wist ik dat ze niet van plan was tot vermaak van de Londense menigten te dienen.

'Juffrouw Rachel,' vroeg Benjamin, Mandeville's protesten negerend, 'kan ik nog iets voor u doen?'

Ze glimlachte geforceerd en schudde haar hoofd. Mandeville duwde haar verder de galerij op.

'Heer,' bemiddelde Benjamin, 'deze vrouw is uw gevangene, maar er is geen reden voor een dermate strenge behandeling.'

Rachel schudde Mandeville's hand af en ze keek Benjamin opnieuw aan.

'U bent altijd even edelmoedig, meester Daunbey. Het spijt

me van gisteravond. Ik had opdracht u niet aan te raken.' En zonder die raadselachtige uitspraak nader te verklaren, stond ze de soldaten toe haar weg te leiden.

Benjamin en ik liepen terug de zaal in. Lady Beatrice zat hysterisch te snikken. Sir John Santerre zag eruit als een oude, verslagen man.

'Meester Daunbey,' smeekte hij, 'wat moeten we doen?'

Benjamin klom op het podium en boog zich over de tafel.

'Hebt u belangen in het buitenland, Sir John?'

Santerre knikte.

'En goud bij de bankiers van Antwerpen?'

Wederom knikte hij.

Benjamin keek Lady Beatrice aan. 'U wist het, nietwaar?'

Het magere gezicht van de vrouw was vertrokken tot een angstig masker. Ik kon haar niet tegenhouden,' fluisterde ze hees. 'Toen ik trouwde met mijn echtgenoot wist ik van de legenden, de verhalen, de geruchten.' Ze keek de verlaten zaal rond en wierp Santerre boze blikken toe. 'Ik haat dit huis!' Ze spoog de woorden uit. 'Ik heb Sir John gevraagd het in brand te steken, maar Rachel had hem aan het lijntje. Ze kon alles met hem doen! Tempeliers, geesten, vervloekingen – en nu moeten we boeten met ons leven!'

'Sir John,' antwoordde Benjamin kordaat, 'er zijn geheime gangen die Templecombe uit leiden, nietwaar?'

Sir John knikte. 'Ja, ja,' zei hij afwezig.

'Dan, heer,' verklaarde Benjamin, 'kunt u maar beter naar de kust vertrekken en een zo groot mogelijke afstand scheppen tussen uzelf en de woede van de koning. Het is uw enige kans,' benadrukte hij. 'Anders zullen de juristen van de koning hun web weven en zult u op Tyburn worden opgehangen. U kunt beter nu vertrekken.'

Benjamin ging recht op zijn stoel zitten, en het leek alsof hij ingespannen naar iets luisterde. 'Uw bedienden zijn verstandig, Sir John. Ze zijn al vertrokken. Ik raad u aan hetzelfde te doen.'

HOOFDSTUK 14

We liepen de zaal uit en toen pas besefte ik hoe waar Benjamins woorden waren geweest. We slenterden de bijkeuken in. De vuren waren gedoofd en er zat alleen nog een onnozele spitdraaier bij de as. Voor de binnenplaats gold hetzelfde verhaal: de paardenverzorgers, de stalknechten, de staljongens, allemaal waren ze gevlucht. (Nu, achteraf gezien, vind ik dat niet zo vreemd. Ik ben in genoeg voorname huishoudens geweest waar de heer des huizes bij de koning uit de gratie was gevallen en het is griezelig hoe vlug iedereen dat weet. Het had ook altijd tot gevolg dat de bedienden maakten dat ze wegkwamen.) De enige geluiden die we hoorden, werden gemaakt door de soldaten die zich over de gangen haastten.

Sir John en Lady Beatrice kwamen de zaal uit en zweefden als schimmen de trap op. Benjamin had het goed gezien. Voorlopig hield Mandeville zich alleen met Rachel bezig, maar zodra de soldaten van de versterking waren aangekomen, zouden ook Sir John en Lady Beatrice gevangen worden genomen. En ouwe Henry zou weinig medelijden met hen hebben.

'Kom mee,' zei Benjamin zacht, 'dan wachten we op jouw kamer tot ze zijn uitgeraasd.'

We liepen de trap op. De soldaten waren al kamers aan het openbreken en waren kennelijk van plan het hele landhuis te plunderen. Ook de kamerdienaren hadden hun biezen gepakt en ik vroeg me af hoe snel dit statige landhuis tot chaos zou vervallen. Ik was brandend nieuwsgierig, maar Benjamin weigerde iets te zeggen tot ik de deur van mijn kamer achter ons op slot had gedaan.

'Wist u de hele tijd al dat Rachel het was?' vroeg ik.

'Nee, ik had een aantal verdachten, onder wie Mandeville en Southgate en Sir John Santerre en zijn vrouw. Maar ik ga ervan uit dat moord een eigen logica heeft, en alles wees op Rachel.' Hij telde de punten af op zijn vingers. 'De scharlaken koorden, de gemakkelijke toegang tot het buskruit in de kelders van Templecombe, de beweeglijkheid en lenigheid van de moordenaar in de tempelierskerk, en ook Rachels gangen de avond dat Cosmas omkwam en toen we het lichaam van Damien hadden gevonden in de kerk.'

'Maar hoe hebt u haar zover kunnen krijgen dat ze bekende?'

'Ah!' Benjamin ging op het bed liggen en staarde naar de balken van de zoldering. 'Dat, mijn waarde Roger, zal ik je na onze terugkeer in Londen pas vertellen. Laten we voorlopig nog even geduld oefenen en afwachten.'

Hij deed zijn ogen dicht en ik ging duimen zitten draaien, terwijl ik om me heen alleen het geluid van versplinterende deuren en rennende soldatenvoeten hoorde. Mandeville kwam naar boven om ons te bedanken, ofschoon hij keek als een rancuneuze jager.

'Sir John en Lady Beatrice zijn nergens meer te vinden,' verklaarde hij.

Benjamin verroerde zich nauwelijks.

'Weet u waar ze zijn, meester Daunbey?'

'In hemelsnaam, Sir Edmund, u hebt uw prooi en de koning krijgt Templecombe en het landgoed. Als de Santerres gevlucht zijn, laat u hen dan gaan!'

Mandeville wipte van de ene voet op de andere. 'De koning zal het te weten komen.'

'Zijne Majesteit de Koning zal ook op de hoogte worden gesteld van onze voortvarendheid in deze zaak,' kaatste ik terug. 'Wie weet hoe dit afgelopen zou zijn als meester Daunbey er niet was geweest?'

'Hoe maakt juffrouw Rachel het?' vroeg Benjamin.

'Ze is koel en afstandelijk en toont geen berouw.'

Benjamin rolde zich op zijn zij op het bed en liet zijn hoofd op zijn hand rusten. Hij keek op naar Mandeville.

'Er mag haar niets worden aangedaan. Geen wreedheden of verkrachting.'

Mandeville wendde zijn blik af.

'Sir Edmund, geeft u mij daar uw woord op, of ik beloof u dat Zijne Eminentie de Kardinaal ervan zal horen! U staat bij mij in het krijt, Sir Edmund,' zei Benjamin.

'Ik geef u mijn woord,' mompelde Mandeville. 'Ze zal te eten en te drinken krijgen. Morgenochtend wordt ze overgebracht naar Londen.' Hij liep naar de deur, maar draaide zich toen plots om. 'Southgate zal hier achterblijven met enkele soldaten, tot ik terugkeer om dit verradersnest uit te roken!' Toen liep hij de kamer uit en sloeg hij de deur achter zich dicht.

We brachten het grootste deel van de dag op mijn kamer door. Een soldaat kwam ons wat slecht bereid vlees en een kan wijn brengen, en toen we dat op hadden liep ik de galerij af. De wandkleden en – tapijten waren van de muren gerukt en uit de zaal waren alle kostbaarheden verwijderd. De keukens waren geplunderd, de soldaten hadden zelfs hun grote en kleine boodschappen in de hoeken van de kamers gedaan en een harteloze schoft had twee van de hazewinden doodgeschoten. Templecombe zag eruit alsof de Fransen waren geland en het aan plunderaars ten prooi gevallen was.

Ik slenterde de koude nachtlucht in en speelde met de gedachte Rachel Santerre op te zoeken om haar te verzekeren dat Mandeville woord zou houden. Achter me hoorde ik het geluid van meubilair dat kapotgeslagen werd en het gebrul van de soldaten. Ook rook ik de geur van kookvuurtjes. Zelfs mij als beroepsdief stuitte deze buitensporige vernielzucht tegen de borst. Ik was al halverwege tussen Templecombe en de kapel en stond op het punt terug te lopen toen er een donkere gedaante uit de struiken stapte.

'Meester Shallot! Meester Shallot! In godsnaam!'

Ik keek rond. Er waren geen soldaten in de buurt en dus ging ik in het halfdonker bij Mathilda staan.

'Is het allemaal voorbij?' vroeg ze.

'Ja. De Santerres zijn gevlucht en juffrouw Rachel is door Mandeville gevangengenomen.'

Het meisje onderdrukte een snik. Ik herinnerde me het ijskoude water van het meer en pakte haar bij de schouders.

'We hadden dood kunnen zijn door jou!' siste ik.

Angstig keek ze naar me op. Aan haar wit weggetrokken gezicht en de starende blik in haar ogen zag ik dat ze niet wist wat ons overkomen was.

'Wat bedoel je?' fluisterde ze.

'Niets,' antwoordde ik. Ik liet mijn handen van haar schouders vallen. 'Wist je dat Rachel Santerre aan het hoofd stond van de tempelierscel van Templecove?'

Het meisje haalde haar schouders op.

'Dat dachten we wel, maar er waren geen bewijzen voor. Soms kwamen we bijeen op het eiland, maar de meester droeg altijd een kap en was gemaskerd. Dan werden er bevelen gegeven en zeiden ze wat we moesten doen.' Ze likte haar lippen en staarde angstig over mijn schouder naar het huis.

'Ze zeiden ons dat je niet echt onze vijand was, meester Shallot. En dat ik je beter moest leren kennen.' Ze kwam dichter bij me staan. 'Wat zal er met ons gebeuren?' vroeg ze smekend.

'Intussen,' antwoordde ik, 'zullen Sir John en Lady Beatrice aan boord van een schip naar het buitenland zijn. Juffrouw Rachel wordt naar Londen overgebracht.'

'En wij?'

'Zeg tegen je mensen dat ze moeten vluchten. Maak dat jullie zo ver mogelijk wegkomen van Templecombe, vooral je vader.'

'Maar waar moeten we dan heen?' riep ze jammerend uit.

Ik zag de doodsangst op het gezicht van het meisje en besefte dat ze slechts een werktuig was geweest. Rachel Santerre had hen allemaal gebruikt voor de doeleinden van haar aloude orde. Ik maakte mijn geldriem los (o ja, waar ik ging, was mijn geldriem ook), telde tien goudstukken uit, een waar fortuin, liet toen een kleine, met edelsteentjes ingelegde ring van mijn vinger glijden en drukte haar dat alles in handen.

'Neem je kind en je vader mee,' zei ik, 'en vertrek net als Sir John en Lady Beatrice naar het buitenland. Meer kan ik niet voor je doen.'

Ik liep het huis weer in en voelde me dapper en moedig als

een Hector.
'Roger!'
Ik draaide me om en zag het wit weggetrokken gezicht van Mathilda in het halfduister.
'Je had al weg moeten zijn,' herhaalde ik.
'Ze zeiden dat je een schurk was, maar je hebt meer eergevoel dan zij allemaal bij elkaar. Vaarwel, Roger Shallot!'
Ik zag de schaduwen bewegen en toen verdween Mathilda uit het gezicht en liep ik terug het huis in. Nu er zoveel schoften met losse handen rondliepen, besloot ik uiteraard dat ik het verlies dat ik aan Mathilda had geleden maar beter goed kon maken. Ik greep wat ik te pakken kon krijgen en keerde terug op mijn kamer met een met edelstenen ingelegde drinkbeker, die ik een dronken soldaat uit handen had gegrist. Tenslotte had ik als harde werker recht op een eerlijk loon en ik wilde met iets kunnen tonen dat dit avontuur me geen windeieren had gelegd.
Benjamin lag op mijn bed te snurken als een kind en dus vervolgde ik mijn tocht over de galerijen. Mandeville deed verwoede pogingen om de orde te herstellen, terwijl hij tegelijkertijd voorbereidingen trof om de volgende ochtend zo vlug mogelijk naar Londen te vertrekken.
'Reizen u en Daunbey met ons terug?' snauwde hij.
'Moet dat?' vroeg ik.
Hij haalde zijn schouders op. 'Jullie moeten het zelf weten. Voor mij is het belangrijkste dat ik mijn gevangene naar Londen overbreng en direct rapport uitbreng aan de koning.'
'Mag ik juffrouw Rachel zien?'
'Waarom?'
'Ik wil afscheid van haar nemen.'
Mandeville keek me achterdochtig aan.
'Ik doe het in opdracht van mijn meester,' loog ik vlot.
(Toen ik nog jong was, moeten jullie weten, zag ik er het onschuldigst uit wanneer ik loog dat ik barstte.)
'Ze is van haar kamer overgebracht naar een van de kelders onder het huis,' antwoordde Mandeville bits. 'Er wordt goed voor haar gezorgd.'
'Mijn meester is een neef van de kardinaal,' voegde ik eraan toe.

Mandeville trok een gezicht en haalde zijn schouders op. 'Kom mee! Dan laat ik u zien waar het is.'

De gangen onder de zaal werden verlicht door toortsen en bewaakt door de soldaten van Bowyer. Voor een met ijzer beslagen deur bleven we staan.

'Doe open!' beval Mandeville.

Binnen in de kelder hing een muffe geur, maar zelfs in deze duistere, onheilspellende ruimte rook ik een vleug van Rachels parfum. Zelf zat ze op een veldbed: ze zag er kalm en zelfs sereen uit en glimlachte toen ik binnentrad.

'Goedenavond, meester Shallot. Ben je gekomen om je te verlustigen?'

Mandeville smeet de deur achter me dicht en draaide de sleutel om.

'Een vorstelijk oord, nietwaar Shallot?'

Ik keek het kale vertrek rond. Hoog aan een muur flakkerde een pektoorts en de stinkende was van enkele talgkaarsen droop op een gammele tafel.

'Gestolen uit de stallen,' legde Rachel uit, en ze keek me aan.

Ik trok een kruk van onder de tafel en ging tegenover haar zitten. Ze zag er bleek en vermoeid uit, maar ze verzekerde me vlug dat er goed voor haar werd gezorgd. Ze had te eten gehad en was niet lastiggevallen. Mandeville had zelfs de wachter bij haar in de cel naar buiten gehaald.

'Ze komen geregeld naar me kijken.' Ze lachte. 'Maar ik kan niets doen. Het enige gênante moment is wanneer ik naar de latrines moet, maar de soldaten zijn meer geïnteresseerd in plunderen dan in mij. Moeder en Sir John zijn zeker gevlucht?'

Ik knikte.

'Dat dacht ik wel.'

'Waarom heb je het gedaan?' vroeg ik.

Ze haalde haar schouders op en keek over mijn schouder naar de kaarsvlam.

'De tempeliers bestaan al zo lang,' antwoordde ze. 'En Templecombe is hun thuis. Op dit moment, Roger, voel ik dat hun geesten rond me samendrommen en me toejuichen om wat ik heb gedaan. Mandeville en die schoften die Buckingham vermoord hebben, en die vette smeerlap in Westminster zijn erop uit om de kostbaarste relikwieën van de christelijke wereld in hun smerige handen te krijgen.' Ze haalde haar schouders op. 'Het was gewoon een kwestie van te werk gaan volgens een bepaald plan.'

'Maar om zoveel moorden te plegen?'

'Ze hadden de dood verdiend. Uw meester is bijzonder scherpzinnig. Er was geen kunst aan om Warnham en Calcraft om te brengen; twee dronken agenten, boordevol bier, en dan het kwaad dat ze hadden aangericht. Cosmas en Damien?' Ze glimlachte. 'Ze waren slimmer dan je denkt. Zij waren de vervalsers van de brieven die Buckingham zogenaamd geschreven had.'

'En vrouw Hopkins?'

Ze wendde haar blik af.

'En de oude heks?'

'Ze diende een doel. Als ik haar diensten kon kopen, kon Mandeville het ook. Ze moest het zwijgen worden opgelegd.' Rachel giechelde als een jong meisje dat een kinderstreek had uitgehaald. 'Ik heb nog geprobeerd hen te waarschuwen. Ik dacht echt dat Mandeville in paniek zou raken en de benen zou nemen. Maar dat gebeurde niet, en dus waren Bowyer en Southgate aan de beurt.'

'En de graal en Excalibur?'

Ze schudde haar hoofd. 'God weet waar ze zijn.' Ze liet haar hoofd zakken en keek me aan van onder haar wenkbrauwen. 'Misschien zal je meester ze vinden?' Ze pakte mijn hand beet. 'Wat er ook gebeurt, ze mogen niet in handen van Henry Tudor vallen! Wil je me dat beloven?'

Wat kon ik doen? Het meisje keek me zo smekend aan dat ik vergat dat ze een boosaardige, meedogenloze moordenares was en ik bezwoer haar dat ik zou doen wat ik kon.

'Wat zal er van Templecombe worden?' zei Rachel zacht.

'Aan alles komt een eind,' antwoordde ik. 'De koning zal beslag op het landgoed leggen en het aan een van zijn gunstelingen schenken. Wie weet? Misschien koopt Sir John zijn schuld af en keert hij terug.'

'Dat denk ik niet,' antwoordde Rachel. 'Ze zullen hier niet terugkomen.'

Ze zwaaide haar benen van het bed en kwam zo dicht bij me zitten dat onze knieën elkaar bijna raakten. Ik staarde in die vreemde ogen en wist dat Rachel, ondanks haar koele manier van doen, haar vrouwelijke listen en haar zoete bekoorlijkheden, krankzinnig was. En ik zou spoedig te weten komen waarom.

'Noch Santerre noch mijn moeder zullen hier terugkeren.' Ze greep mijn hand. 'Ik speel geen spelletjes. Zie je, Roger, mijn vader was een tempelier. Hij hield van Templecombe en gaf zijn geheimen door aan mij. Hij was bevriend met Sir John. Hij kwam hier vaak op bezoek en mijn moeder, die bang was voor de geheimzinnige manier van doen van vader en zijn hechte relatie met mij, vatte het plan op om hem te vermoorden.'

'Hoe dan?'

'Mijn vader is om het leven gekomen door een val van zijn paard. Herinner je je niet meer dat mijn moeder hysterisch werd toen het lijk van Bowyer naar hier werd gebracht? Dat was omdat mijn vader op dezelfde manier is omgekomen. Ik heb precies gedaan wat zij toen heeft gedaan, meer niet. De paarden vuriger gemaakt, de sporen aangestreken met kwik... Je meester vermoedde dat ook. Het was een van de dingen die hij me toefluisterde toen hij me apart nam van de anderen in de zaal. Als ik zou bekennen, zei hij, zou hij ervoor zorgen dat Lady Beatrice en Santerre voor hun misdaad zouden boeten.' Ze lachte en wreef zich in de handen. 'Verbanning naar het buitenland is een straf die voor hen zwaar genoeg is.'

'Nog één ding,' wilde ik weten. 'Wat heeft mijn meester nog meer tegen je gezegd?'

'Ah!' Rachel leunde achterover op het bed. 'Dat moet meester Daunbey je zelf maar vertellen.'

Ik stond op en schoof de kruk van me af. Ze keek naar me op.

'Wat zullen ze met me doen in Londen?'

'Wil je dat echt weten?' vroeg ik bars.

'Zeg me de waarheid.'

'Ze zullen je martelen om de namen van de andere tempeliers te weten te komen, om te zien of je het raadsel van Hopkins hebt opgelost, en bovenal, om de naam van de grootmeester te weten te komen.'

'Die ken ik toch niet. En dan?'

Ik hurkte bij haar neer en streek zacht over haar wang. 'De

koning is een beul. Je zult worden verbrand op Smithfield.'

Ik zag een angstschittering in haar ogen maar ze bleef me met strakke blik aankijken.

'In dat geval moet ik bidden,' zei ze. 'Alsjeblieft, meester Shallot, wil je Sir Edmund vragen of ik mijn rozenkranskralen mag hebben? De soldaten zullen ze niet hebben aangeraakt. Ze zijn oud en veel gebruikt, ik heb ze gekregen van mijn vader. Alstublieft, ik moet ze hebben.'

Ik zei dat ik ze zou laten brengen en liep naar de deur.

'Roger.'

Ik keek over mijn schouder en bedwong de tranen die achter mijn ogen prikten: Rachel zag er zo mooi, zo kwetsbaar uit. Ik kon bijna niet geloven dat zij de dader was van al die vreselijke misdaden. Eigenlijk was haar moeder er schuldig aan, omdat zij degene was die haar zo krankzinnig had gemaakt.

'Vaarwel, meester Shallot.'

Ik bonsde op de deur en Mandeville liet me de kelder uit.

'Wat wilde ze?' vroeg hij.

'Niets,' antwoordde ik. 'Ze heeft zich verzoend met haar geloof. Ze wil bidden en heeft om haar rozenkrans gevraagd.'

Mandeville keek alsof hij wilde weigeren.

'Och, kom op, man!' drong ik aan. 'Gun haar die ten minste.'

Sir Edmund blafte een bevel en een soldaat haastte zich naar Rachels kamer en kwam enkele minuten later terug met een rond zijn vingers gewonden rozenkrans. Mandeville onderwierp hem aan een nauwgezet onderzoek. De kralen waren versleten, de ketting was van zwak koperdraad.

'Waar bent u bang voor?' vroeg ik spottend. 'Daar kan ze zich toch niet aan ophangen?'

Mandeville kneep de kralen tegen elkaar, woog ze op zijn hand en keek de bewaker aan.

'Houd je haar voortdurend in het oog?'

De bewaker wees naar het spionnetje hoog in de deur.

'Voortdurend, Sir Edmund,' antwoordde hij.

Mandeville wierp hem de kralen toe. 'Ze mag ze hebben, maar houd haar goed in de gaten.'

Ik liep terug naar mijn kamer. Benjamin sliep nog, dus maakte ik het me gemakkelijk in een stoel en viel ik met een deken om me heen geslagen in een onrustige slaap, tot hij me niet lang na zonsopkomst wakker schudde. We namen niet de moeite om ons te scheren of te wassen. Na de vlucht van de bedienden was het koud geworden in de kamer. Er waren geen verse houtblokken op het vuur gelegd en het water in de waskom was bedekt met een dun laagje vuil ijs. We liepen de trap af en ik vroeg me verbaasd af hoe Mandeville erin geslaagd was de zaak zo vlot af te handelen. Hij had de soldaten de hele nacht door laten werken. Alle kamers, behalve die van ons, waren leeggehaald. Alle kleding, alle bezittingen, alles wat verplaatst kon worden – kasten, stoelen, matrassen, kussens, baldakijnen, draperieën, bekers en schalen – lag opgestapeld in de zaal en de deuren waren verzegeld. Tevreden over het werk leidde Mandeville ons de bijkeuken in, waar we nog wat oudbakken brood en een kan waterig bier wisten te vinden.

'Alles staat klaar,' deelde hij ons mee terwijl hij enkele happen brood nam. 'Southgate zal hier achterblijven met een kleine groep bewakers, totdat de andere soldaten zijn aangekomen. Zodra hij voldoende hersteld is, zal hij naar het ziekenhuis in Glastonbury en dan naar Londen worden overgebracht. Alles wat uit dit landhuis kon worden verwijderd ligt nu opgestapeld in de grote zaal en de deur is verzegeld, om te voorkomen dat er nog meer geroofd wordt. Later zullen de deurwaarders van de koning hierheen komen om beslag te leggen op alles wat aan de kroon toekomt.'

(Dat was veel te mooi voorgesteld, dacht ik bij mezelf. De deurwaarders van Henry de Achtste waren harteloze rotzakken. Ze zouden een stervend kind de laatste korst brood nog uit de mond stoten.)

'En juffrouw Rachel?' vroeg mijn meester.

'Ze heeft ontbeten en we hebben haar toegestaan zich te wassen en andere kleren aan te trekken. Binnen een uur zal ik met haar op weg gaan naar Londen.'

En Mandeville hield woord: korte tijd later hoorden we hem afscheidsgroeten roepen en de grote binnenplaats oplopen, waar de soldaten van de dode sheriff, die al behoorlijk aangeschoten waren, de paarden zadelden. We vingen een glimp op van juffrouw Rachel in hun midden, gehuld in een mantel met een kap, haar handen vastgebonden aan de zadelboog en haar enkels met een ander touw onder de buik van haar paard door aan elkaar vastgemaakt. Sir Edmund steeg op en onder luid hoefgeklepper en geschreeuw verliet de groep het landgoed. Rachel verroerde geen vin en keurde Templecombe, waar ze zich zulke grote opofferingen voor had getroost, geen blik meer waardig. God hebbe haar ziel, ik heb haar nooit weergezien.

Een tijdje liepen Benjamin en ik door het landhuis, dat nu stil en verlaten was als een graftombe. Er waren slechts twee of drie soldaten achtergebleven, onder bevel van een potige sergeant. We bezochten Southgate, maar hij lag nog steeds in verband gewikkeld en werd verzorgd door de oude vrouwen, aan wie alle opschudding onopgemerkt voorbij leek te zijn gegaan, aangezien ze rijkelijk door Mandeville werden beloond om zijn luitenant te verplegen.

Het was alsof we rondliepen in een spookhuis. Ik kon me nauwelijks voorstellen dat Lady Beatrice hier nog maar enkele dagen tevoren statig als een hertogin had rondgeschreden; dat Sir John voor de welwillende landheer had gespeeld; en dat juffrouw Rachel zich sereen als een non had gedragen, terwijl ze iedereen in het oog hield en haar moordplannen beraamde.

Nu zijn zulke gruwelen voor jonge mensen zoals jullie moeilijk voor te stellen, zoals ik al heb gezegd, maar tijdens de regering van Dikke Henry waren dergelijke gebeurtenissen aan de orde van de dag. Keer op keer vielen zijn agenten de huizen van vooraanstaande figuren binnen – die van Thomas More, Wolsey, Cromwell, Boleyn, Rochford, Howard – en altijd met hetzelfde gevolg. De ene dag was het er een en al vrolijkheid en dans en de volgende restte daar alleen nog wanhoop en verwoesting van.

En Templecombe vormde geen uitzondering. Benjamin zat in gepeins verzonken. Hij glimlachte slechts toen ik hem vertelde dat Rachel om haar rozenkrans gevraagd had. Op dringende toon vroeg ik hem te vertellen hoe hij Rachel tot een bekentenis gedwongen had.

'Later,' mompelde hij. 'Alles op zijn tijd, Roger.'

Hij maakte een onrustige indruk en wilde er eerst van op aan kunnen dat Mandeville vertrokken was. Toen de soldaten rond het noenuur een vers vat bier aan het openen waren, leende hij een reusachtige houten hamer uit de kelder en liepen we haastig het huis uit en naar de tempelierskapel. Zodra we in de kerk waren, begon zijn gezicht te blozen van opwinding, schoof hij de grendel en de sluitbalk voor de deur en ging hij na of ook de ramen dicht waren.

'Wat is er toch, Benjamin?'

Hij draaide zich naar me om, de houten hamer stevig in zijn beide handen geklemd.

'Herinner je je het rijmpje van Hopkins dan niet meer? "Onder het water van de Jordaan ligt de beker van Christus, en het beste zwaard bevindt zich boven in de Ark van Mozes"?'

'Denkt u dat de relikwieën hier te vinden zijn?'

Benjamin zette de hamer neer en liep de kerk in, onder het koorhek door en toen het priesterkoor op. Hij wees naar de kerkbanken waar de tempeliers hadden gestaan wanneer ze de mis zongen en naar de banken van het koorgestoelte, met de uitbundig versierde, opklapbare zittingen.

'Wat zie je daar, Roger?'

Ik liep de koorbanken langs en beschreef hem een voor een de houtsneden op de zittingen: een stier, een vrouw, een konijn enzovoort. Toen bleef ik staan. Op een van de koorbanken zag ik een afbeelding van mannen in golvende gewaden die een kleine mand tussen zich in droegen.

'Wat is dat?' vroeg ik.

Benjamin kwam bij me staan. 'Dat is de Ark des Verbonds, Roger. Het door Mozes aan de voet van de berg Sinaï gemaakte kistje, waarin de stenen tafelen met de tien geboden werden meegevoerd.'

'De Ark van Mozes!' riep ik ademloos uit. 'Bedoelt u dat het zwaard Excalibur daar verborgen is?'

'Wel, het rijmpje van Hopkins zegt: "Het zwaard bevindt zich boven de Ark".' Benjamin keek omhoog naar het zware dakgebint. 'Eerst dacht ik dat het daar misschien verstopt zou zijn, maar ik ben boven op het doksaal geweest en dat is onmogelijk. Dus laten we maar eens naar die zitting kijken.'

Hij trok zijn dolk, liep de koorbanken langs en tikte ze een voor een aan met het heft. Bij iedere tik klonk er een dof geluid, maar toen hij op de zitting met de houtsnede van de Ark van Mozes tikte kwam er een holle klank uit het hout. Benjamin onderwierp het aan een nauwgezet onderzoek.

'Dit paneel zit met pennen aan elkaar vast, lijkt me, ik kan de verbindingsnaad zien.' Hij zuchtte. 'Nou ja, op een andere manier gaat het niet.'

En hij pakte de zware houten hamer op en liet hem met een klinkende klap boven op de zitting neerkomen. Het hout was oud en verweerd en versplinterde meteen. Benjamin maakte een gat dat groot genoeg was om zijn hand in te steken, maar toen week de triomfantelijke glimlach van zijn gezicht.

'Niets!' riep hij uit. 'Helemaal niets!'

Benjamin pakte een brandende toorts van de muur. We keken beiden in de holte, maar zagen niets.

'Het zwaard kan hier ooit gelegen hebben,' zei hij. 'Maar misschien vonden de tempeliers dit geen goede plek en hebben ze het ergens anders heen gebracht.' Hij gaf een klap met zijn vuist op het zware houtsnijwerk van de koorbank. 'Misschien is er ergens een geheime hefboom om de holte mee te openen.' Hij zuchtte en liet de houten hamer vallen. 'Of misschien hebben ze Excalibur meegenomen en in het meer gegooid, de plek waar hij thuishoort.'

'En de graal?' vroeg ik.

Benjamin ging op een van de koorbanken zitten en wees de kerk in. 'Weet je nog, Roger, dat ik zei dat doopwater vaak de rivier de Jordaan genoemd wordt? Nu staat er in iedere dorpskerk een doopvont. Hier ook. Maar waarom? Dit is immers een tempelierskapel, waar geen vrouwen en kinderen werden toegelaten?' Benjamin stond op. 'Het gevaar bestaat dat we nog meer kapot moeten maken, maar volgens mij is dat doopvont nooit gebruikt, maar dient het om de graal in verborgen te houden.' Hij liep er met matte passen naartoe en ik volgde hem. Ik voelde dat hij teleurgesteld was, want als de tempeliers Excalibur hadden weggehaald, waarom zouden ze de drinkbeker van Christus dan hier gelaten hebben?

We onderwierpen de plavuizen waar het doopvont op stond aan een nauwgezet onderzoek en porden met onze dolk onder de randen. Maar de vloertegels waren kennelijk nooit meer van hun plaats geweest sinds ze waren gelegd en dus richtten we onze aandacht op het doopvont zelf. Dit was een eenvoudige, grote ronde schaal die op een kleine, stevige pilaar rustte. We keken of we een verborgen hefboom of kruk zagen, maar de stenen pilaar vertoonde geen oneffenheden en klonk massief toen we er met onze dolk op tikten. Toen viel mijn blik op de laag fijne mortel tussen het doopvont en de stenen zuil waar het op rustte.

'Geef me de hamer eens.'

Benjamin besefte wat ik had ontdekt en hij was opgetogen.

'Nee, we doen het anders,' zei hij.

We waren een uur bezig met het wegbikken van de laag harde mortel met behulp van onze messen en met beitels, tot die begon te verkruimelen en de schaal los kwam. De metselaar van de tempeliers was slim te werk gegaan. Toen we de schaal ten slotte verwijderden, ontdekten we dat de stenen plint minstens zes duim dik was, maar dat er in het midden een kleine holte was aangebracht. Benjamin stak er zijn hand in en trok er een gevlekte, zwarte leren zak uit die bovenaan was toegebonden. We hurkten beiden neer en hij sneed het koord door.

De stof van de zak was half verrot, maar toen hij openviel, ik zweer het jullie, zonken Benjamin en ik allebei op onze knieën voor de heilige graal, de beker waaruit Christus had gedronken bij het Heilig Avondmaal. Ik, Roger Shallot, heb die beker gezien. Ik heb hem in mijn beide handen gehouden, de belangrijkste relikwie van de ganse christelijke wereld!

We hoorden geen engelen zingen of zilveren trompetten uit de hemel schallen. We zagen alleen een eenvoudige houten beker, met een ondiepe drinkbol en een ruw uitgesneden steel en voet. Het hout glansde van de vele handen die hem de laatste anderhalf duizend jaar hadden vastgehouden en toen ik eraan rook, drong een harsachtige, welriekende geur mijn neus binnen, alsof de beschermengel van de beker hem had behandeld met een of ander goedje dat bescherming bood tegen verrotting.

We gingen zitten en keken naar de graal. Benjamin hield hem vast en gaf hem toen aan mij door. Nu weten jullie dat ouwe Shallot een spotter is. Ik heb zoveel stukjes van het echte kruis gezien dat je er een vloot van zou kunnen bouwen als je ze bij elkaar zou leggen. Ik heb veren gezien die van de vleugels van de aartsengel Gabriël gevallen zouden zijn. Ze hebben me gevraagd een stuk van de stof te kussen waarvan de luiers van Jezus Christus gemaakt zouden zijn; een flard van de sluier van de Heilige Maria; de hamer van de heilige Jozef; en niet te vergeten een zakdoek die zou zijn gebruikt door Mozes. Ik heb altijd hard moeten lachen om dat soort boerenbedrog, maar de graal was anders.

Toen ik hem vasthield, werd ik doorstroomd van een gevoel van warmte, van macht, en toen ik mijn ogen sloot bevond ik me niet langer in de ijzige tempelierskerk, maar in de warme, zoetgeurende heuvels van Galilea. Een waarlijk mystieke beker! Geen wonder dat Arthur ernaar had gezocht, dat de tempeliers hem op een geheime plaats bewaarden en dat de vette schoft Henry de Achtste bereid was ervoor te moorden!

We behandelden de graal met eerbied. Benjamin wikkelde hem in zijn mantel, zei tegen me dat ik op hem moest wachten en liep toen de kerk uit. Toen mijn meester terugkwam had hij een mengsel van mortel en pleister gehaald en herstelden we het doopvont, zodat het er, voor een onopmerkzaam oog althans, zou uitzien alsof niemand het ooit had aangeraakt.

'En de koorbank?' vroeg ik.

'Laat die maar,' zei Benjamin. 'Daar kunnen de soldaten wel voor opdraaien.'

We liepen terug naar het landhuis en pakten onze bezittingen in. De volgende ochtend zadelden we onze paarden en verlieten we Templecombe, dat huis van gruwelijke moorden, zonder dat iemand ons had opgemerkt. Diezelfde dag nog bereikten we Glastonbury, want hoewel het land nog steeds in de ijzige greep van de winter verkeerde, was er geen sneeuw bijgekomen en begonnen de wolken te breken. Benjamin en ik hadden al afgesproken wat we zouden doen. In het gastenverblijf zagen we broeder Eadred. Benjamin beschreef hem vlug wat er op Templecombe was voorgevallen. Ofschoon Eadred probeerde zijn ontreddering te verbergen, leek het alsof hij pijnlijk getroffen was door de arrestatie van Rachel, de vlucht van de Santerres en de verwoesting van het landhuis. Hij zakte neer op een kruk, sloeg zijn armen om zijn buik en boog zich voorover, zodat het haast leek alsof hij pijn had.

'O, die arme Rachel!' riep hij zacht uit.

'U bent een van hen, nietwaar, broeder?' vroeg ik.

Hij keek op, met donkere ogen in een asgrauw gezicht.

'Bent u een tempelier?' drong ik aan.

Hij knikte. 'Evenals sommige anderen hier,' antwoordde hij zacht. 'Wij zijn de hoeders van een belangrijk heiligdom, hoeders van mysteriën en, ja, in zekere zin ook de wrekers van de tempeliers die gearresteerd, gevangengezet en gedood zijn.'

'Geeft jullie dat het recht om te moorden?'

'Als dat nodig is om de mysteriën en geheimenissen te beschermen, ja. Maar Rachel is te ver gegaan. Ze koesterde een persoonlijke wrok tegen mannen als Mandeville en tegen haar eigen familie. Misschien was ze zelfs tot een moordzuchtige krankzinnigheid vervallen.' Hij haalde diep adem en stond op. 'Wat zal er met Templecombe gebeuren?'

'Het zal helemaal leeggehaald worden.'

Ik zag de angst op het gezicht van de monnik.

'Ze zullen er niets ontdekken,' glimlachte Benjamin. 'Ze zullen Excalibur of de graal nooit vinden.'

Eadred haalde zijn schouders op. 'De relikwieën zijn nooit op Templecombe geweest.'

'Dacht u dat? Tenslotte hebben de abten die elkaar opvolgden in Glastonbury vastgesteld dat deze relikwieën niet hier werden bewaard.'

Eadred staarde hem aan.

'Excalibur is er niet meer,' verklaarde Benjamin, 'maar de graal...' Hij maakte een van zijn zadeltassen open, haalde zijn mantel eruit, vouwde hem open en legde de kleine cederhouten beker op tafel. Eadred onderging een ongelooflijke verandering. Hij viel met gevouwen handen op zijn knieën en staarde met onbeweeglijke blik naar de heilige drinkbeker.

'Jullie hebben hem gevonden!' zei hij zacht.

'En hem naar de plaats gebracht waar hij thuishoort,' besloot Benjamin. Hij pakte zijn zadeltassen op, gebaarde met zijn hoofd naar mij en liep de trap op naar onze kamer. Eadred bleef alleen en in aanbidding neergeknield achter.

De volgende ochtend vertrokken we na nog een kort onderhoud met Eadred vanuit Glastonbury naar Londen. Hij begeleidde ons tot de hoofdpoort van de abdij. Pas toen we op het punt stonden om te vertrekken, drukte hij Benjamin de hand en bedankte hij hem met de blik in zijn ogen. Mijn meester boog zich naar hem over.

'Zeg hier nooit iets over, tegen niemand,' fluisterde hij. 'We zijn hier niet geweest. We hebben u niets gegeven. We zullen hier nooit terugkomen.'

Eadred deed een stap achteruit en maakte een zegenend handgebaar. Toen ging de poort open en vertrokken we naar Londen.

We deden acht dagen over onze reis naar de hoofdstad en toen we daar aankwamen troffen we de stad nog steeds in de staalharde greep van de winter aan. De Theems lag dichtgevroren en het vuil van de stad lag verborgen onder een ijstapijt dat tenminste de vreselijke stank tenietdeed. We namen onze intrek in Baynards Castle niet ver van de St. Paul en stuurden een boodschap naar Hampton Court, waar Henry en de kardinaal verbleven en zich voorbereidden op het kerstfeest. We wachtten geduldig af wat er zou gebeuren.

Drie dagen na onze aankomst maakte Doctor Agrippa zijn opwachting. Gehuld in zijn zwarte gewaden zag hij eruit als een montere gnoom, maar in zijn vreemde, kleurloze ogen lag een minder opgewekte blik. Hij stampte met zijn voeten, klapte in zijn handen tegen de kou en riep om warme wijn. Pas toen hij alleen met ons op onze kamer was, hield hij de schijn niet langer op.

'De koning is niet blij,' snauwde hij. 'En Zijne Eminentie de Kardinaal evenmin.'

'O,' antwoordde ik vinnig. 'Stank voor dank krijgen we dus. Het scheelde niet veel, of we waren vermoord. En dan heb ik het nog niet over de tijd die we hebben doorgebracht in gezelschap van tuig als Mandeville en Santerre.'

Agrippa grijnsde. 'O, de koning is niet boos op jullie. Hebben jullie het nieuws dan nog niet gehoord?' Met strakke blikken keek hij me aan. 'Rachel Santerre is overleden op de terugreis naar Londen. Haar rozenkrans was kennelijk niet wat het leek: twee van de kralen bevatten een dodelijk gif dat binnen enkele ogenblikken fataal werd. Haar lijk is achtergelaten in het nieuwe ziekenhuis van Maria van Bethlehem, niet ver ten noorden van de stad.' Agrippa trok een gezicht. 'De koning is woest. Ze had hem een heleboel inlichtingen kunnen verschaffen.'

Benjamin streek over de zijkant van zijn gezicht. 'Maar Zijne

Majesteit zou juist verheugd moeten zijn. De heer van Buckingham is onschadelijk gemaakt, de vrouw die verantwoordelijk was voor al die doden heeft haar gerechte straf ondergaan en de koning heeft beslag kunnen leggen op alle rijkdommen van Sir John Santerre en zijn vrouw. Ik treur niet om hen, want ze hebben gekregen wat hun toekwam. Een tempelierscel in Somerset is opgerold. En ten slotte,' Benjamin wierp me een waarschuwende blik toe, 'hebben we de graal teruggevonden, al weten we nog steeds niet waar Excalibur is, en zal dat waarschijnlijk ook zo blijven tot het einde der tijden.'

Ik hield mijn gezicht in de plooi, maar weten jullie, dit was de enige gelegenheid waarbij ik Agrippa ooit verbaasd heb zien staan. Hij had een blos op zijn wangen en een schittering in zijn ogen.

'Waar is hij?' vroeg hij met hese stem.

Benjamin liep naar zijn zadeltas, haalde er een gedeukte zilveren drinkbeker uit en drukte hem in Agrippa's handen. De magiër onderzocht hem nauwlettend.

'Waar hebben jullie deze beker gevonden?'

'Op Templecombe.'

Agrippa staarde naar de oeroude zilveren drinkbeker, naar het papierdunne zilverwerk van de drinkbol en de met edelstenen ingelegde steel. Zijn ogen schoten heen en weer als die van een kat.

'Deze beker,' begon hij, langzaam sprekend, 'is oeroud, maar ik ken de waarheid en u ook, dacht ik, meester Daunbey. En na verloop van tijd zal zelfs de koning er misschien achter komen.'

Benjamin grinnikte jongensachtig. 'Maar u zult hem zeggen dat dit de graal is,' verklaarde hij, 'want dat wil hij geloven en ook u wilt dat hij dat gelooft, nietwaar, Doctor Agrippa?'

De magiër keek ons met een doordringende blik aan. 'Wat bedoelt u?' fluisterde hij.

'Och kom, Doctor Agrippa,' antwoordde Benjamin. 'U bent zelf toch ook een tempelier? Sterker nog, volgens mij bent u de grootmeester. U wilt net zo min als ik dat de graal in Henry's handen valt. U *moet* de grootmeester wel zijn. U verdacht Rachel Santerre zelfs al voordat we uit Londen vertrokken, en daarom gaf u ons het wachtwoord *"age circumspecte"*, handel voorzichtig. Eerst dachten we dat het een goede raad was, maar natuurlijk doelde u op het familiemotto van de Mortimers, de familie van Rachels vader. U waarschuwde ons. U wist dat ze een tempelier was, dat de Mortimers van Templecombe al tweehonderd jaar tot de tempeliersorde behoorden. Alleen de grootmeester zelf kon op de hoogte zijn van zo'n geheim. Zo is het toch? De tempeliers vormen cellen, maar alleen de grootmeester kent hen allemaal?'

Agrippa ging op de rand van het bed zitten met de beker in zijn beide handen.

'Misschien is wat u zegt de waarheid, meester Daunbey.' Hij keek ons aan. 'Laten we eens aannemen dat deze grootmeester echt zou bestaan. Laten we eens aannemen dat koning Henry de Mol is, de vorst der Duisternis die in de voorspellingen van de magiërs van de tempeliers de Grote Vernietiger genoemd wordt. En laten we eens aannemen dat leden van zijn geheime tempeliersorganisatie, mannen als Buckingham en Hopkins, het bevel van hun grootmeester in de wind sloegen en op zoek gingen naar relikwieën die beter verborgen hadden kunnen blijven.'

Agrippa zweeg een ogenblik en beet op zijn onderlip. 'En laten we voor de goede orde ook eens aannemen dat de grootmeester het recht zijn loop liet hebben en dat deze tempeliers gestraft werden. Daar had de zaak mee afgedaan kunnen zijn, maar toen gooiden andere, op wraak beluste tempeliers nog meer roet in het eten en kwam Rachel Santerre in het spel. Ze had niet het recht om Warnham en Calcraft te executeren of een persoonlijke oorlog te beginnen tegen lieden als Mandeville en Southgate. Ze kreeg bevel daarmee op te houden, maar ze verergerde de zaak nog door mannen zoals jullie aan te vallen, vrienden van de grootmeester dus. Maar ach.' Hij liet de beker in zijn handen rollen. 'Waar is de echte graal nu?'

'In veilige handen, zoals u zult merken!'

Agrippa zuchtte, pakte de beker op en liep ermee naar de deur.

'Dan hopen we maar dat het zo blijft.' Hij draaide zich om, met één hand op de klink. 'Rachel Santerre zou nooit in leven zijn gebleven tot ze kon worden ondervraagd. Ik had haar gedood als een ongehoorzame dienaar, zoals ik ook Buckingham en Hopkins heb gedood.' Hij speelde met de beker. 'Maar ik dank jullie voor wat jullie hebben gedaan. De koning en de kardinaal zullen lovende rapporten krijgen, daar kunnen jullie van op aan!'

De magiër glipte de kamer uit. Benjamin liep naar de deur en deed hem op slot.

'Hebt u dat soms tegen Rachel gezegd om haar te dwingen tot haar bekentenis?' vroeg ik.

'Ja, ik heb gezegd dat de grootmeester niet blij zou zijn met haar en dat ze andere tempeliers in gevaar zou kunnen brengen met haar koppige houding. Ik loog zelfs en zei dat de grootmeester me haar naam had genoemd voordat we uit Londen vertrokken.'

'En ze geloofde u?'

'Ja, dat dacht ik wel.'

'En de beker?'

'Agrippa had het goed gezien. Het is een van de kostbaarheden van Glastonbury Abbey. Ik heb hem gekregen van Eadred. Ik geloof dat hij vroeger in het bezit geweest is van de vader van keizer Constantijn, die hier als generaal gediend heeft.'

'Zal de koning niet achterdochtig worden?'

'Als de beker na verloop van tijd geen magische eigenschappen blijkt te bezitten wel, ja.' Benjamin pakte me bij de schouders. 'Maar wij kennen de waarheid, Roger, en we moeten dit geheim houden. Als de koning ook maar een ogenblik achterdochtig wordt, zullen wij dezelfde weg als Buckingham gaan. En kom nu mee, we gaan, voordat oom nieuwe opdrachten voor ons verzint. We pakken onze spullen, trotseren het weer en rijden terug naar Ipswich.'

En dat deden we. We vierden de vrolijkste kerst sinds tijden en lieten de Grote Moordenaar achter om wijn te drinken uit de beker waarvan hij dacht dat het de graal was. Zijne Eminentie de Kardinaal stuurde ons brieven met uitvoerige lofprijzingen en zware beurzen vol goud, maar Henry vergat nooit iets en de tempeliers evenmin. De volgende lente overleed Sir Edmund Mandeville door onbekende oorzaak, nadat hij had aangezeten op een banket in Sheen. Volgens mij was

Agrippa daar ook geweest. Southgate herstelde nooit meer van zijn verwondingen en ofschoon hij aan de zorg van de nonnen van Syon werd toevertrouwd, overleed hij korte tijd later. De details van zijn dood herinner ik me niet zo goed meer, maar ik meen dat Doctor Agrippa de middag daarvoor was komen vragen hoe het met hem gesteld was. De Santerres wachtten een jaar en vroegen toen ontslag van rechtsvervolging aan en hadden daar kisten vol goud voor over, maar vreemd genoeg weigerde Henry zich te laten omkopen en naar ik meen zijn ze onder raadselachtige omstandigheden omgekomen in het buitenland.

Er werd beslag gelegd op Templecombe en het landhuis werd ontdaan van alle bezittingen en tot een ware bouwval gemaakt, maar de koning vond er niets. Jaren later, toen hij zijn grote aanval op de kloosters en abdijen inzette, kreeg Glastonbury zijn speciale aandacht. Abt Bere overleed in 1524 en werd opgevolgd door Richard Whitting. Dikke Henry stuurde speciale agenten om beslag te leggen op de kostbaarste schatten van Glastonbury, maar Whitting was hen te slim af en liet ze ongemerkt verdwijnen, maar moest dat met zijn leven bekopen. Hij werd naar Londen overgebracht en gemarteld, maar liet niets los. Daarop werd hij teruggebracht naar Somerset en na een schijnproces werden hij en twee van zijn monniken, van wie een de geleerde Eadred was, in november van het jaar 1539 op draagbaren door Glastonbury gesleurd en opgehangen aan de spits van de Tor. Ze namen de geheimen van Glastonbury mee in hun graf en God alleen weet waar de graal gebleven is.

En daarmee is er een einde gekomen aan dit bloedige verhaal. Ik staar door het raam en zie dat het zilverachtige maanlicht de hardbevroren sneeuw doet fonkelen. Allemaal zijn ze heengegaan. Soms droom ik nog over Rachel en zie ik haar koel en sereen voor me in de kelder waar ze gevangen was gezet; droom ik over de arrogante machtswellustelingen Mandeville en Southgate en hun twee sombere, stom gemaakte dienaren Cosmas en Damien, die hun zo trouw waren en die zo wreed aan hun einde kwamen. En dan is de cirkel rond. Mathilda's zoon is bij me op bezoek geweest en heeft me de ring teruggegeven die ik zijn moeder een eeuwigheid geleden heb geschonken in de duistere schaduwen van Templecombe. Ach, breng mij een beker rode wijn, opdat ik mijn hart kan warmen en de tranen om het verleden kan bedwingen! Zelfs mijn klerkje zit te snikken. Ik weet dat hij bij me wil blijven, om zich te verlustigen aan Phoebes pronte borsten. Hij schudt zijn hoofd, gaat bij het raam staan en kijkt naar de winterhemel.

'Denkt u, heer,' jammert hij, dat er echt een hogere intelligentie bestaat, daar boven ons? Een wijsheid die ons leidt?'

'Dat hoop ik oprecht, want hier op aarde bestaat die gegarandeerd niet!'

OPMERKINGEN VAN DE SCHRIJVER

Zojuist heb ik het volgende deel bestudeerd van de memoires van Roger Shallot, die handelen over zijn turbulente bezoek aan het 16e-eeuwse Florence. Het is een ongelooflijk verhaal, maar dat dacht ik ook toen ik zijn memoires over de graalmoorden voor het eerst onder ogen kreeg.

Sir Roger mag weinig feiten geven, maar zijn memoires berusten op een hecht fundament van waarheid. Zo werd Buckingham terechtgesteld om dezelfde redenen en voor dezelfde feiten als in dit boek worden beschreven, terwijl het voortbestaan van de geheime orde der tempeliers een goed gedocumenteerd feit is, dat ook in Graham Hancocks boek *The Sign and the Seal* wordt vermeld.

De overblijfselen van Templecombe en Glastonbury zijn ook vandaag de dag nog te bezichtigen. In Templecombe is in de jaren '60 van de twintigste eeuw een geheim schilderij van Christus ontdekt, dat wellicht dateert uit de tijd dat de tempeliers de lijkwade van Christus nog in bezit hadden. Op zijn beurt heeft dit schilderij aanleiding gegeven tot de niet op waarheid berustende legende dat de tempeliers het hoofd van een onthoofde man aanbaden, dat volgens hen een bron van grote macht was.

Glastonbury is wel degelijk de plaats waar de stoffelijke

resten van Arthur werden bewaard, en de plaats waar zijn graftombe heeft gestaan in Glastonbury kan nog steeds worden bezocht. De oorsprong en de mysteriën van die abdij, zoals Shallot ze beschrijft, zijn goed gedocumenteerd in verschillende boeken. Excalibur is nooit teruggevonden, maar de graal is waarschijnlijk in het geheim bewaard door de monniken van Glastonbury. In ieder geval zou dat de felle vervolging van de abt en zijn kloostergemeenschap door Henry de Achtste verklaren, toen de abdij in de jaren '30 van de zestiende eeuw werd ontbonden. De abt en enkele van zijn medestanders werden op barbaarse wijze boven op de Tor terechtgesteld, zoals Shallot beschrijft. De graal zelf is waarschijnlijk heimelijk overgebracht naar de abdij van Strata Florida in Wales. Volgens een van de bronnen is hij het laatst gezien in de jaren '20 van de twintigste eeuw, in een bankkluis in Nanteos, drie mijl van Aberystwyth. We mogen dus concluderen dat Sir Roger Shallot een minder grote leugenaar is dan wij soms denken!

Reeds verschenen in deze reeks:

1. De moorden van de witte roos

In 1517 hebben de Engelse legers koning James de Vierde verslagen en gedood. Roger Shallot en zijn meester krijgen de opdracht zijn vrouw koningin Margaret van Schotland behulpzaam te zijn bij het terugveroveren van de Schotse kroon. Ze krijgen te maken met een geheimzinnige moordenaar, die telkens als handtekening een witte roos achterlaat...

ISBN 97890 343 15052

2. De gifbeker

In Parijs is de hoofdsecretaris van de Engelse ambassade vermoord. Roger en meester Daunbey worden erheen gestuurd om uit te vinden wie de Franse spion aan het Engelse hof is. Daarnaast moeten ze een ring terug zien te krijgen van de Franse koning en een verdwenen boek opsporen. Als het hen niet lukt hoeven ze niet terug te komen, zo laat Henry de Achtste fijntjes weten!

ISBN 97890 8606 0009

Lees ook de andere historische thrillers van Uitgeverij De Leeskamer:

Isaac van Girona

door Caroline Roe

Heelmeester Isaac lost misdaden op in middeleeuws Girona

1. Remedie tegen verraad
ISBN 97890 343 150146
2. Een kuur voor een kwakzalver
ISBN 97890 343 15083
3. Tegengif voor gierigheid
ISBN 97890 8606 0030

Zuster Fidelma

door Peter Tremayne

Keltische misdaadmysteries rond de Ierse zuster Fidelma

1. Absolutie voor moord
ISBN 97890 343 15021
2. Lijkwade voor een aartsbisschop
ISBN 97890 343 15090
3. Moord in de abdij
ISBN 97890 8606 0047
4. De listige slang
ISBN 97890 8606 0023
5. Het web van Araglin
ISBN 97890 8606 0061
6. De vallei van het kwaad
ISBN 97890 8606 0092
7. De verdwenen monnik
ISBN 97890 8606 0115
8. Dood van een pelgrim
ISBN 97890 8606 0139

Reeds verschenen in deze reeks:

1. De moorden van de witte roos

In 1517 hebben de Engelse legers koning James de Vierde verslagen en gedood. Roger Shallot en zijn meester krijgen de opdracht zijn vrouw koningin Margaret van Schotland behulpzaam te zijn bij het terugveroveren van de Schotse kroon. Ze krijgen te maken met een geheimzinnige moordenaar, die telkens als handtekening een witte roos achterlaat...

ISBN 97890 343 15052

2. De gifbeker

In Parijs is de hoofdsecretaris van de Engelse ambassade vermoord. Roger en meester Daunbey worden erheen gestuurd om uit te vinden wie de Franse spion aan het Engelse hof is. Daarnaast moeten ze een ring terug zien te krijgen van de Franse koning en een verdwenen boek opsporen. Als het hen niet lukt hoeven ze niet terug te komen, zo laat Henry de Achtste fijntjes weten!

ISBN 97890 8606 0009

Lees ook de andere historische thrillers van Uitgeverij De Leeskamer:

ISAAC VAN GIRONA

DOOR CAROLINE ROE

Heelmeester Isaac lost misdaden op in middeleeuws Girona

1. REMEDIE TEGEN VERRAAD
ISBN 97890 343 150146
2. EEN KUUR VOOR EEN KWAKZALVER
ISBN 97890 343 15083
3. TEGENGIF VOOR GIERIGHEID
ISBN 97890 8606 0030

ZUSTER FIDELMA

DOOR PETER TREMAYNE

Keltische misdaadmysteries rond de Ierse zuster Fidelma

1. ABSOLUTIE VOOR MOORD
ISBN 97890 343 15021
2. LIJKWADE VOOR EEN AARTSBISSCHOP
ISBN 97890 343 15090
3. MOORD IN DE ABDIJ
ISBN 97890 8606 0047

4. DE LISTIGE SLANG
ISBN 97890 8606 0023
5. HET WEB VAN ARAGLIN
ISBN 97890 8606 0061
6. DE VALLEI VAN HET KWAAD
ISBN 97890 8606 0092
7. DE VERDWENEN MONNIK
ISBN 97890 8606 0115
8. DOOD VAN EEN PELGRIM
ISBN 97890 8606 0139

LIBERTUS

DOOR ROSEMARY ROWE

In Romeinse tijd spelende thrillers rond mozaïekmaker Libertus

1. HET MOZAÏEK VAN GERMANICUS
ISBN 97890 343 15045
2. EEN PATROON VAN BLOED
ISBN 97890 343 15106
3. DE GEZANT VAN COMMODUS
ISBN 97890 8606 0054

ROGER DE MARSKRAMER

DOOR KATE SEDLEY

Detectives met als hoofdpersoon een nieuwsgierige 15e eeuwse marskramer

1. DE MARSKRAMER EN DE DOOD
ISBN 97890 343 15069
2. DE STAF VAN DE MARSKRAMER
ISBN 97890 343 15113
3. DE GEHANGENE
ISBN 97890 8606 0085

DAMYAEN ROOSVELT

DOOR MARIAN DE HAAN

Middeleeuwse detectives die zich afspelen in de lage landen

1. EEN HONDENBAAN
ISBN 97890 5429 0940
2. EEN KRUIK VENIJN
ISBN 97890 5429 1145
3. MOORD IN HOGE KRINGEN
ISBN 97890 343 15038
4. DE WADE DES DOODS
ISBN 97890 343 15076
5. HET KWADE GEWETEN
ISBN 97890 343 15120
6. DE EER VAN DE FAMILIE
ISBN 97890 8606 0016
7. DE DODE HAND
ISBN 97890 8606 0108